Sophie Divry

Als der Teufel aus dem Badezimmer kam

Sophie Divry

Als der Teufel aus dem Badezimmer kam

Ein Improvisationsroman voller Unterbrechungen und ohne Anspruch auf Tiefgang

Aus dem Französischen von
Patricia Klobusiczky

ULLSTEIN

Die Originalausgabe erschien 2015 unter dem Titel
Quand le diable sortit de la salle de bain bei
Les Éditions Noir sur Blanc, Lausanne.

Die Übersetzerin dankt dem Deutschen Übersetzerfonds
für die großzügige Förderung ihrer Arbeit.

FSC
www.fsc.org
MIX
Papier aus verantwortungsvollen Quellen
FSC® C014496

ISBN 978-3-550-08136-1

Gesetzt aus der Fairfield

Satz: Annika Preyhs | buchstabenplus

Druck und Bindearbeiten: GGP Media GmbH; Pößneck

Printed in Germany

*Dieses Buch widme ich
den Unproduktiven, den Kindern,
den Ausgehungerten, den Träumern,
den Nudelessern und »Niedergeschlagenen«.*

Ich ist ein Werkzeug
– könnte Rimbaud das hören, würde er sagen:
O ja, das ist echt tausendmal besser als
Ich ist ein Anderer.

Raymond Federman

Wenn man arbeitslos ist, also unterernährt,
gelangweilt, von allen möglichen Sorgen und Nöten
geplagt, hat man nicht die geringste Lust auf
fade gesunde Kost.
Man möchte wenigstens »was schmecken«.

George Orwell

ERSTER TEIL

In welchem man von den Geldnöten der Heldin erfährt, die sich auf der Suche nach etwas Essbarem befindet und sich dabei zur Wehr setzen muss gegen lästige Einmischungsversuche von Verwandten und egoistischen Freunden, von geschwätzigen Gegenständen, E-Mails, Anrufen und anderen Schikanen des modernen Lebens.

1

Ich habe eine Phase durchgemacht, in der mein Einkommen um zwei Drittel schrumpfte und mein Wohnraum sich von achtzig auf zwölf Quadratmeter reduzierte. Aus Gründen, die ich später ausführen werde, war ich zwar nicht unglücklich, aber arm. Und als ich eines Morgens im April von der Bibliothek heimkehrte, fand ich im Briefkasten eine Nachzahlungsforderung meines Stromanbieters vor. 260 Euro wollten sie von mir, diese Saubande. Auf dem Konto hatte ich noch 300. Mit zittrigen Fingern füllte ich den Scheck aus, unterschrieb und verschickte ihn. Wirklich höchste Zeit, eine Arbeit zu finden.

Also habe ich gemacht, was jeder an meiner Stelle gemacht hätte: Ich schaltete den Computer ein.

Auf www.jobboerse-arbeitsagentur.fr loggte ich mich mit Benutzernamen, Passwort und Postleitzahl ein, um zu meinem *persönlichen Servicebereich* als Langzeitarbeitslose zu gelangen. Dort startete ich eine Multikriteriensuche und gab zunächst »Stadtschreiberin«, »Journalistin« und dann noch »Lehrerin« ein, was mir zwischen null und sechs Treffer bescherte, davon kein einziger in Lyon, außerdem erforderten alle einen Führerschein Klasse 3. Bald flimmerte es mir vor den Augen. Ich erweiterte die Suche: »PR-Expertin«, »Internatsaufseherin«, »Sekretärin«, »Privatdetektivin« … Vor lauter Beklemmung konnte ich gar nicht mehr lesen, denn während die Website emsig rechnete, um zweifelhafte Angebote auszuspucken, nahm mein Gehirn immer wieder dieselbe Subtraktion vor: 300 – 260 = 40.

Wer war schuld? Die Glühbirnen? Die Herdplatten? Der Teekessel? Der Wasserkocher? Der Computer? In meiner Wohnung hängt alles am Strom. Der Januar war außergewöhnlich kalt gewesen. Die Saône war zugefroren. Das ganze Viertel war im eisigen Nebel erstarrt, nichts schien sich zu bewegen, von weißen Rauchwolken abgesehen, die über den Dächern aufstiegen und bezeugten, dass manche immerhin den Luxus einer Zentralheizung genossen. In der vollkommen reglosen Landschaft wirkten diese Schwaden wie weiße Fahnen, die den Winter um Gnade anflehten. Nun, vier Monate später, da der Frühling einem doch das Herz erwärmen sollte, warf ich meinen teilnahmslos unter einer Staubschicht ruhenden Heizkörpern vernichtende Blicke zu. Hundsgemeine Heizkörper. 300 – 260 = 40. Von dieser so simplen wie pausenlos wiederholten Rechenaufgabe völlig verstört, setzte mein Verstand alles daran, das unanfechtbare Ergebnis zu leugnen. Er rechnete unaufhörlich nach, in der Hoffnung, auf eine andere Zahl zu kommen und sich nicht der nächstliegenden Frage stellen zu müssen: Wie soll man zehn Tage lang mit 40 Euro auskommen?

Was tun, besser gesagt, nicht tun? Nichtkaufen, nichtausgehen, nichthabenwollen, nichtmetrofahren, nichtbusnehmen, nichtshoppen, nichtnachtischgenießen, nichtfleischessen, nichtbiertrinken, nichtwochenmarktbesuchen, nichtfrischesobstundgemüseessen, nichtauswärtskaffeetrinken, nichtfürunvorhergesehenesgeldausgeben, nichtneuerechnungenbezahlen, nichtneueunkostentragen? Diese Gedanken nahmen dermaßen überhand, dass es mir die Luft abschnürte, das Nichtatmen drohte schon eine Ja-Panik und dann eine Runde Andiedeckestarrung auszulösen, als mein Rechner einen Piepton von sich gab, der mich jäh hochfahren ließ.

Eine Mail von Hector, meinem besten Freund.

Ich hatte ihn an der Uni kennengelernt, wir standen uns immer noch nah (eine Seltenheit, denn mir sind Freundschaften zuwider, die sich allein auf die Erinnerung an eine gemeinsame Vergangenheit gründen). Hector war intelligenter als der Durchschnitt und linkischer. Er gehörte zu denen, die Karohemd und Tupfenkrawatte kombinieren. Als begnadeter Saxophonist hätte er einen wunderbaren Musikprofessor abgegeben, aber der Zugang zum Konservatorium war ihm aus gesundheitlichen Gründen verwehrt geblieben: Während der Aufnahmeprüfung hatte er einen Asthmaanfall erlitten. Seitdem litt er an chronischem Prekariat, hielt sich mit ein paar Privatstunden über Wasser, trieb zwischen unterbezahlten Gelegenheitsarbeiten und der Obhut der Arbeitsagentur hin und her und gelobte immer wieder, es erneut beim Konservatorium zu versuchen, ohne sich je dazu aufzuraffen. Und noch ein Detail, bevor ich zu sehr abschweife: Hector besaß einen ganz eigentümlichen Tick, ob er ihn aus Snobismus kultivierte und sich damit gegen die Selbstentwertung stemmte, die mit der Arbeitslosigkeit einhergeht, oder aus einer Koketterie heraus, die im Industriezeitalter überholt wirkt, weiß ich nicht, jedenfalls schwelgte mein Freund in gesuchten Adjektiven und Attributen, die er zudem am liebsten nachstellte. Trotz dieses kaum erträglichen Ticks war

Hector mir ein lieber und zuverlässiger Leidensgenosse, dem ich manchmal meine Ängste, oft meine Probleme und immer meine Manuskripte anvertraute. Wie Autoren so sind, wollte ich unbedingt hören, was er von meinen Werken hielt. Obwohl ich wusste, dass mein Freund ein anderes, pikanteres Thema deutlich vorzog, davon geradezu besessen war: Im Viertel Croix-Rousse war ich weit und breit die Einzige, mit der er nicht geschlafen hatte, und dieser exterritoriale Status erlaubte ihm, mir völlig unverstellt seine Eroberungen zu schildern. Hector war eine seltene Ausnahme, er gehörte zu den wenigen Arbeitslosen, die ich kannte, denen gleich eine ganze Schar von Frauen zu Füßen lag. Und jede, die er verführte, war garantiert die Frau seines Lebens.

Von: Hungerkünstler_Hector
Gesendet: 20. April 2012, 16:35:55
An: Die_blanke_Sophie
Betreff: Hallo

Weißt du was? Die schöne Belinda, meine bezaubernde Nachbarin, hat mir kürzlich ein riesiges Stück Apfelkuchen vorbeigebracht, ein köstliches. Ich dachte also, ich hätte sie in der Tasche (im Bett), aber dann kommt sie mir am nächsten Tag in Begleitung eines ultragarstigen Kerls entgegen, den sie mir als »ihren Liebsten« vorstellt. Ein Pariser, komplett unterbelichtet, namens Charles-Édouard. Ein Vollidiot, zum Kotzen. Ja, ich bin eifersüchtig, lach du nur. Ich habe die Sache zu lange schleifen lassen. Vielleicht, weil sie gleich unter mir wohnt. Das verzeihe ich mir nie. Ich denke nur noch an sie, die schöne Belinda … Sobald ich wieder in Lyon bin, werde ich sie stürmisch belagern. Ansonsten lasse ich mich von meinen lieben Eltern sattpäppeln. Und löse knifflige Kreuzworträtsel.
Um mich abzulenken, habe ich übrigens dein zweites Buch gelesen. Nicht übel. Du sitzt wahrscheinlich schon am nächsten. Und du weißt, was ich dir rate: Wenn du Geld verdienen

willst, schreib was Lustiges, was Leichtes – Thrill, Blut und Sex!
Apropos Sex: Meinst du, ich kann Belinda eine SMS, eine knusprige, schicken? Sie soll mich bloß nicht vergessen, das launische Ding … Sag mir Bescheid und halt derweil die Augen offen. Solltest du ihren »Liebsten« (lachhaft) sichten, will ich einen ausführlichen Bericht.

Gruß und Kuss.

Vor Ausdruck dieser E-Mail bitte an die Umwelt denken.

Gleichzeitig mit Hectors Mail traf eine Nachricht meines Bruders Élie ein, mit angehängtem Foto. Auf einem Fischerboot hielten zwei Männer von vierzig Jahren stolz einen dicken toten Fisch hoch. »Unser Fang ist ein Meeraal siehe Bild im Anhang noch habe ich keinen Pelamiden gefischt wie der Bruder meiner Freundin in Hyères bis bald Élie.« Ich hatte nicht übel Lust, ihm als Antwort das Zitat von Marcel Pagnol zu schicken: »Sich mit einem Fisch ablichten zu lassen – wie würdelos!«

»Ach, Pagnol!«, glaubte ich meine Mutter zu hören. »Was für ein Mann! Was für eine edle Feder!«

Mit einem leichten Lächeln blickte ich aus dem Fenster. Die Hochfackeln von Feyzin entließen fettige Rauchschwaden in den Himmel, die sich zu einer dräuenden schwarzen Masse ballten, schwer wie ein schlechtes Gewissen, das den Städtern den ganzen Tag aufs Gemüt drücken würde. Beim Anblick der urbanen Menschenfalle krampfte sich mein Magen schmerzhaft zusammen und erinnerte mich daran, dass ich gerade etwas Unangenehmes durchlebte. Einen Moment lang hing alles in der Schwebe, als wäre dieses Gefühl gegenstandslos. Und dann drehten meine Gedanken im

Bruchteil einer Sekunde um, vorbei am Foto des Meeraals, vorbei an Hectors Mail, und rührten, während mein Blick sich von der Aussicht löste und zum Bildschirm zurückwanderte, wieder an die schlimme Frage. 40 Euro und noch zehn Tage bis zum Monatsende. Was tun?

2

»Ach, Kind!«, kraquäkte meine Mutter, »ich hatte ja keine Ahnung, dass du so arm bist. Um das zu erfahren, muss ich also deine Bücher lesen … Hätte ich das gewusst, hätte ich niemals zugelassen, dass du diese verflixte Literatur zum Beruf machst.«

Mein Kühlschrank war leer, wie meistens nach der Monatsmitte. Am besten sollte ich mich mit so vielen Vorräten wie möglich eindecken und mich in meiner Wohnung verbarrikadieren.

»Wohnung?«, widernörgelte meine Mutter. »Das ist keine Wohnung. Eine Kammer, eine Bude, ein Zelt, ein Schuppen, eine Hütte, meinetwegen ein Zimmer, aber ganz bestimmt keine Wohnung. Sonst gäbe es hier Gardinen. Es gäbe ein Regal und obendrauf Marmeladengläser, es gäbe einen Couchtisch samt Fernsehzeitschrift, es gäbe Nüsschen für den Fall, dass Freunde dich besuchen, es gäbe … ein Tafelservice! Ich bin sicher, du hast nicht mal genug passendes Geschirr für vier Personen. Jede junge Frau, und sei sie noch so *künstlerisch,* besorgt sich das bei einem provenzalischen Töpfer: ein komplettes Tafelservice, große Teller, kleine Teller, Suppenteller und Dessertteller. Falls du eines Tages ein solches anständiges Tafelservice dein Eigen nennst, kannst du eventuell von einer ›Wohnung‹ sprechen!«

Als sich in meinem Leben das Blatt so katastrophal wendete, als das große Scheitern am Horizont aufzog und ich auf die andere Seite übertrat, kurzum in der ersten Phase meiner Misere, beging ich den Fehler, mir gegen Monatsende dringend benötigte Schuhe zu kaufen. Mit dem Ergebnis, dass meine Füße sich zwar sehen lassen konnten, ich aber hungern musste. Das war mir eine Lehre. Nahrung ist die einzig gültige Priorität. Wenn ich meinen Kühlschrank auffüllte und die Wohnung nicht verließ, könnte ich es schaffen. Außerdem heißt Horten Handeln; Handeln heißt Kämpfen; Kämpfen heißt, die Würde wahren. Ich musste zum Supermarkt, um mich mit Nudeln zu versorgen.

Diesem kämpferischen Vorsatz zum Trotz setzte ich mich wieder an den Computer. Eine dumpfe Angst hielt mich zurück, auch körperliche Erschöpfung bei der Vorstellung, mit knurrendem Magen durch die Supermarktgänge zu laufen. Verzweifelt suchte ich Ablenkung. Automatisch, unausweichlich rief mein Browser das Onlinespiel Bubble Shooter auf. Sofort klickte ich die bunten Kugeln an. Sobald eine Kugel auf zwei andere derselben Farbe traf, explodierte das Trio, und während ich mich dieser stumpfsinnigen Aufgabe widmete, erfüllte mich jede Explosion aufs Neue mit Genugtuung. Mein Blick erfasste rasch die Bildanimation, die die Spielerfinder ausgeklügelt hatten, jede Kugel zerplatzte mit einem kurzen Knall, ein Wölkchen in Auflösung, die Fläche wurde immer freier, der Sieg nahte. Wieder und wieder klickte ich, ließ eine gelbe Kugel auf die anderen gelben los, eine rote auf die anderen roten, ein Hauch von Entspannung wehte mich an, wenn ich ein Trio auslöschen konnte, und ich wurde ärgerlich, wenn es mir nicht gelang.

»Ach, Kind, was für eine Schande. Da hat sich das teure Studium ja richtig gelohnt, wenn du dich jetzt am Computer dumm daddelst!«, seufzeterte meine Mutter.

Die Bubble-Shooterei, die zwar Konzentration erfordert, aber das Denken ausschaltet, beschwichtigte die nagende Angst, die mir diese gierigen Stromarschlöcher eingejagt hatten. Nach einer Stunde hatte ich die ersten drei Farben eliminiert, die Spielfläche wurde freier und freier. Ich machte weiter, bis auch die letzte Kugel zerstört war. Eingerahmt von einem wunderhübschen Pixelfeuerwerk leuchtete meine Punktzahl auf dem Monitor auf. Es ging mir besser. Auch wenn ich in gewisser Hinsicht meine Zeit vergeudet hatte.

»Ja, genau, vergeudet«, pflichtpampte meine Mutter, »und ich bin nicht gerade stolz auf dich.«

Im Radio verkündete ein Wirtschaftsexperte, dass die Bemühungen der Franzosen bald Früchte tragen würden. Der Supermarkt schloss erst um 20 Uhr. Ich stürzte mich in die nächste Partie Bubble Shooter. Diese Spiele sind hilfreiche NGOs für die Nerven, man sollte ihre Startseiten mit Votivtafeln versehen: »Hier wurde Mouloud vor dem Selbstmord bewahrt. Danke.« – »Dank Bubble habe ich Fernand vergessen.« – »Keine Depression mehr. Ewig dankbar. Maja.« Wie elektronische Schmusedecken breiten sie sich über die Nöte gehetzter Arbeitnehmer, verlassener Ehefrauen, einsamer Greise, schwerbehinderter Transferleistungsempfänger, pickliger Jünglinge oder unverheirateter Nachtwächter …

»Und Mütter, die von ihren Töchtern vernachlässigt werden«, unkzürnte meine Mutter.

Und noch einmal, noch einmal, noch einmal prüfte ich online meinen Kontostand. In der Spalte »Haben« wurden meine arglosen 300 Euro angezeigt, unmittelbar vor ihrer stromanbieterischen Verstümmelung. Aber bevor diese Summe sich auf dem Bildschirm materialisierte, musste ich nach Eingabe von Benutzernamen und Passwort drei Sekunden warten, so lange dauerte es, bis die *Kontoübersicht* geladen wurde, drei Sekunden, die angesichts des Informationsgehalts und der systeminternen Sicherheitsmaßnahmen irrationale, astronomische, gnostische Dimensionen annahmen, drei Sekunden Hoffnung, drei Sekunden, in denen ich mir eine Umkehrung der Situation ausmalen konnte. Leider: nein. Immer wieder dieselbe Enttäuschung. Und jedes Mal vorhersehbar, denn die Kontoinformationen wurden nur einmal täglich aktualisiert, wie ich sehr wohl wusste. Die Zwänge der wirklichen Welt hagelten auf mich nieder wie ein Stapel leerer Teller.

»Es reicht!«, bellschnauzte meine Mutter. »Geh jetzt einkaufen, muss ja sein. Und überleg dir gut, was du brauchst. Keine Torheiten, ich behalte dich im Auge!«

3

Im Supermarkt sind die Armen leicht zu erkennen. Es sind die mit einer Einkaufsliste in der Hand, von der sie nicht abweichen. Die, die Waren ohne Preisschild mit dem Barcodescanner prüfen. Die, die vor den Regalen von einem Fuß auf den anderen treten. Die, die lange vor dem Überangebot an Joghurt verharren und Vergleiche anstellen – Kilopreis, Stückpreis, Großpackungspreis –, in der Hoffnung, die klügste Wahl zu treffen zwischen den nährstoffarmen Billigangeboten und den qualitativ hochwertigeren, aber teureren Produkten. Eine Frau rempelt mich an, stapelt die leckeren Tiramisus mit Spekulatiusaroma in ihren Einkaufswagen. Blöde Schlampe. Hass. Neid. Frust. Aus den Lautsprechern dringt – Überraschung! – Supermarktmusik. Ich verlasse die Joghurts Richtung Nudel-und-Reis-Regal, Tomatensoßen-Regal, Dosenravioli-Regal.

Ach, wie wirkt doch alles darauf hin, mir Pein zu sein und Qual – mit jeder Packung, die ich in den Wagen lege, nimmt die Pein zu und mein Budget ab. Ich wünsche mir einen Kassierfehler oder einen Stromausfall, irgendetwas, das die übliche Logik aufhebt, der zufolge man-für-seinen-Einkauf-das-bezahlt-was-es-kostet.

»Die Welt ist nicht da, um sich deinem Willen zu beugen«, höre ich meine Mutter.

Die Gänge sind lang, die angebotenen Waren unzählig, die Produktnamen springen mir ins Gesicht und ermüden mich zunehmend. Ich muss hier weg, und zwar schleunigst. Eigentlich hätte ich noch Zahnpasta gebraucht, egal. Beim Warten vor der Kasse, diesem besonders quälenden Moment, blicke ich in meinen Einkaufswagen: Weizengrieß, Nudeln, Reis, Tomatensoße, Kartoffelflocken, Milch, Naturjoghurt, Butter, Kaffee. Lauter Lebensmittel, die binnen kürzester Zeit in meinem Magen verschwinden werden. Insgesamt 22,30 Euro. Ich zahle mit EC-Karte, mein Kampfgeist ist gebrochen. Ich weiß, bald werde ich davon träumen, dass mein Kühlschrank zum Füllhorn wird, auf magische Weise mit erlesener Feinkost vollgepackt, die ich morgens nach dem Aufstehen vertilge …

»Du verleugnest wieder einmal die Wirklichkeit. Das ist deine künstlerische Neigung. Schon als Kleinkind fiel es dir schwer, dich mit ihren Zwängen abzufinden.«

Aber was ist die Wirklichkeit?

Ist Geld etwa keine Fiktion? Ist Arithmetik etwa keine kollektive Erfindung? Ich verrate Ihnen mal, welche Wirklichkeit zählt: die des Magens. Seit Tausenden von Jahren müssen sich sämtliche menschliche Lebewesen den Magen füllen. Das ist die einzige Wirklichkeit, die sich nicht durch Revolution, Jahreszeitenwechsel oder

Zauberküsschen außer Kraft setzen lässt. Habe ich einen leeren oder einen vollen Magen? Das ist die Grundlage für alles andere. Aus Anstrengung lässt sich nämlich keine Suppe bereiten, aus Freundschaft keine Brühe kochen. Man muss Nahrung zu sich nehmen, sonst gibt es weder Liebe noch Krieg, kann weder eine kommunistische Partei gegründet noch eine Orientierungswoche für BWL-Studenten abgehalten werden.

(Ende der Durchsage.)

Nachdem ich die Einkäufe in meinem Apartment verstaut hatte, fühlte ich mich etwas besser. Die Welt mochte feindselig sein, aber mit meinen Nudeln im Kilopack war ich gerüstet. Außerdem rührte mich meine Lage: War ich nicht anständig? Hatte ich die fällige Summe nicht brav entrichtet? Man konnte mir nichts vorwerfen. Ich bezahlte meine Rechnungen. Ich schnallte mir den Gürtel enger. Ich war wirklich tapfer. Geldmangel bringt oft Hochmut mit sich – wer ihn erlebt hat, weiß bestimmt, was ich meine. Weil man imstande ist, aufs Essen zu verzichten, oder fast, fühlt man sich den anderen überlegen, als weckte die Armut bei ihren Opfern einen albernen Stolz, der jedoch notwendig ist, um sie zu bekämpfen.

Gerade als ich mir eine Tütensuppe mit einem Stück Zwieback schmecken ließ, klingelte das Telefon.

»Guten Tag. Hier Claudine Joubert von Ihrer Telecom. Ich habe ein sensationelles Flatrate-Angebot für Sie …«

»Sparen Sie sich den Rest. Kein Interesse.«

»Darf ich wissen, warum, Madame? Das Angebot ist wirklich sensationell günstig. Der Einstiegstarif liegt bei

14,90 Euro.« *[Pflichtschuldiges Lächeln ihrerseits. Genervtes Aufstöhnen meinerseits.]*

»Ich bin schon versorgt.«

»Wie viel zahlen Sie? Unser aktuelles Angebot ist garantiert preiswerter …«

»Ich habe kein Geld.«

»Aber dann ist es doch gerade in Ihrem Interesse, weniger zu bezahlen.«

»Nein, ich will keinen Wechsel. Ich habe im Moment andere Sorgen.«

»Mit Ihrer Telecom ist das ein Kinderspiel. Sie können Ihre Nummer behalten.«

[Honigsüßer Ton ihrerseits. Steigende Galligkeit meinerseits.]

»Nein. Außerdem esse ich gerade.«

»Ich kann Sie gern später zurückrufen, wenn Sie mir ein Zeitfenster nennen.«

»Nein, kein Bedarf.«

»Wollen Sie denn nicht weniger bezahlen? Da lassen Sie sich aber was entgehen, Madame. *[Gesteigerte Sprechgeschwindigkeit ihrerseits. Lust, ausfallend zu werden, meinerseits.]* Ich biete Ihnen einen günstigeren Vertrag an. Das sollten Sie sich gut überlegen, meinen Sie nicht?«

»Ich würde jetzt gern auflegen.«

»Na gut. Es tut mir leid für Sie, Madame. Wirklich schade, dass Sie nicht weniger bezahlen wollen … Wie auch immer, Ihre Telecom wünscht Ihnen einen schönen Abend.«

In der Kategorie »Übelste Jobs aller Zeiten« dürfte Telefonmarketing weltraumweit die Siegespalme davontragen. Kein anderer Beruf ist so nutzlos, so nervig für die Mitmenschen, kein anderer trägt so stark zu Lärmbelästigung und Sprachentstellung durch Kommunikation bei. Ich frage mich, welche aufgeblasene Werbersackwalze zuerst auf die Idee gekommen ist, Dienstleistungen am Telefon zu verchecken und dabei das grundlegendste Gesetz der Höflichkeit mit Füßen zu treten, das da lautet, belästige niemanden mit deinem Scheiß.

»Da hast du sicher recht, aber hüte deine Zunge!« Meine Mutter gab keine Ruhe. »Vulgarität hilft nicht weiter. Arschlöcher, Schlampe, Sackwalze, Scheiß … Das gefällt mir nicht. So habe ich dir nicht beigebracht zu sprechen.«

Nach dem Essen war das Geschirr rasch gespült. Eine saubere, trockene Traurigkeit überkam mich. Im Radio verkündete ein Politiker, er wolle Frankreich reindustrialisieren. Wie lange würde ich mich denn noch mit dieser vermauerten Welt abplagen müssen?

Schließlich ging ich ins Bett, konnte aber nicht einschlafen. Im Supermarkt hatte ich 22,30 Euro ausgegeben. Blieben mir also 17,70 Euro. Im Grunde genommen brauchte ich mir dafür nichts anderes zu kaufen als Brot. Ich hatte also ein bisschen Spielraum. Das Problem war nur, wenn ich am Automaten 20 Euro abhob, war mein Konto schon überzogen. Ich stand auf und wühlte in meinem Portemonnaie. Eine 2-Euro-Münze. Genug für zweimal Brot. Das müsste reichen, ich würde schon nicht verhungern …

»Entspann dich, mein Kind. Du hast genug zu essen. Schlaf jetzt.«

Das hätte ich so gern getan. Aber mir spukte die ganze Zeit diese Summe im Kopf herum. Es ist nämlich so: Dieses große, schlaffe, grausame, klebrige, ekelhafte Biest namens *Bedürftigkeit*, diese verfluchte Hungertuchnagerei und Kirchenmäusigkeit, dieses Raubtier mit den riesigen Fangzähnen verleitet einen dazu, sich in seinen Sorgen einzuigeln, bevor Gesundheit, Kleidung und Ernährung tatsächlich in Mitleidenschaft gezogen werden. Es herrscht das Minimale. Das Klein-Klein. Erstaunlich, dass eine so bescheidene Summe – *17,70 Euro* – dermaßen das Gehirn ausfüllen kann. *17,70. 17,70. 17,70. 17,70. 17,70. 17,70. 17,70. Das müsste reichen. 17,70. 17,70. 17,70. 17,70. 17,70. 17,70. Ich werde es packen. 17,70. 17,70. 17,70.* Armut bewirkt als Erstes, dass man sich der Außenwelt verschließt, in seiner Zwangslage zerfließt, bei fruchtlosen Grübeleien verharrt, trübselig an die weiße Decke starrt, sich in seinem ausgehungerten Bewusstsein verfängt, allen unerfüllbaren Wünschen nachhängt, sich in seinem lausigen Pech suhlt, vergeblich um Anerkennung buhlt, seine erfolglosen Bemühungen einstellt, an der Härte seiner Prüfung zerschellt, sich mit der Kargheit abfindet, seinen Magen schindet, gedanklich vor sich hin siecht, sich in sein Elend verkriecht, vor Sehnsucht nach besseren Tagen vergeht, sich in pekuniären Alpträumen ergeht, reich nur an Entbehrungen ist, sein dürftiges Brot frisst, bloß noch Monatsraten zählt, sich nach Strich und Faden quält, aus dem Schlamassel nicht rausfindet, sich vor Verzweiflung krümmt und windet …

Man denkt an nichts anderes mehr und kann gleichzeitig gar nicht denken. Sobald einem die geringste Idee kommt, kann man sie sich schon nicht mehr leisten. Es fällt uns normalerweise nicht auf, aber letztendlich ist jede Handlung mit einer Ausgabe verbunden. Wer spazieren geht, steigert seinen Appetit. Wer sich mit Freunden trifft, muss unter Umständen einen ausgeben. Dabei braucht man gerade, wenn man knapp bei Kasse ist, Ablenkung und Unterhaltung. Es ist eine Trotzreaktion, ein rebellischer Instinkt, der einem zuflüstert: Wenn schon keine Arbeit, dann wenigstens Spaß … Aber dafür war es jetzt zu spät. *17,70. 17,70. 17,70. 17,70. 17,70. 17,70. 17,70. Hoffentlich ist der Monat bald zu Ende. 17,70. 17,70. 17,70. 17,70. 17,70. 17,70. Bloß keine Rechnungen mehr. 17,70. 17,70. 17,70. 17,70. 17,70.* Mich beunruhigte inzwischen nicht nur diese Summe, sondern meine Situation insgesamt. Unmittelbar nach meiner Kündigung hatte ich mir erst mal keine Sorgen machen müssen, ich bekam ja noch Geld. Doch die Jahre zogen ins Land, und mittlerweile war mein Arbeitslosenstatus in den einer Sozialhilfeempfängerin übergegangen. Die Zeit der Unbeschwertheit war lange vorbei.

4

In meiner Kindheit war Hunger nie ein Thema gewesen. Allein der Sinn des Wortes »Hunger« war mir lange Zeit verborgen geblieben. Ich wuchs mit sechs Brüdern auf, Martial, Gaston, Virgile, Kazan, Élie und Tom. Wir lebten wie in einem Schloss inmitten eines riesigen Parks, rannten über Wiesen voller Wildpferde, angelten Molche mit der Hand, tollten im Heu, bauten Indianerhütten, spielten ausgiebig Schatzsuche, kehrten abends mit aufgeschürften Knien heim und brachten große Blumensträuße mit, die unsere Mutter auf die Anrichte im Wohnzimmer stellte, bevor sie uns heiße Schokolade servierte.

So jedenfalls erinnere ich mich an meine Kindheit. Mein Vater liebte meine Mutter, meine Mutter liebte meinen Vater, unsere Eltern liebten uns. Papa war der Allerstärkste, Mama die Schönste im ganzen Land. Nie habe ich erlebt, dass ihr der Geduldsfaden riss, wenn sie uns ankleidete, wusch, fütterte, einen Gute-Nacht-Kuss gab und das Spielzeug aus der Hand nahm, mit den Worten: »Es ist spät, ihr müsst jetzt schlafen.« Nie wurde ich geschlagen, nie wurde mir ein Haar gekrümmt. Meine Eltern spornten mich immer an, sobald ich etwas Neues lernte, erhielt ich Zuspruch, wurde für meine Mühe belohnt. Erst als Erwachsene bin ich in Schnellzüge gestiegen, suchte mir eine günstige Krankenkasse und verlor den Glauben; als Kind hatte ich von Rechnungen und Einsamkeit noch keine Ahnung. Unsere Sippe, die sich tagsüber zwischen Schule, Haus und Park zerstreute, kam beim Abendessen wieder zusammen – wie die Weizenkörner aus dem Lied, das wir sonntags in der Kirche sangen, in dasselbe Brot eingingen. Wir waren eine glückliche Familie, die ihr Glück regelmäßig zelebrierte. Meine Eltern hielten sämtliche Feiertage ein, Weihnachten genau wie unsere sieben Geburtstage. An Ostern suchten wir Eier. Zu Lichtmess aßen wir Crêpes.

Ich liebte Lichtmess. Tagsüber bereitete meine Mutter den Teig für die Crêpes in einer großen Holzschüssel zu, die sie mit einem Tuch bedeckte, das sie erst am Abend lüftete. Sie lockte uns an den Tisch, indem sie verheißungsvoll eine Kelle in die Schüssel tauchte und eine dicke beige Teigzunge in die geölte Pfanne goss. Mit einer geschmeidigen Drehung des Handgelenks zauberte sie aus der Flüssigkeit einen gleichmäßigen Kreis – wie Gott, der die Gestirne erschafft. Neben ihr vollführte mein Vater das gleiche Wunderwerk in einer anderen Pfanne, und zwischen ihnen hüpfte immer eins von uns sieben Kindern auf und ab, weil wir ausnahmsweise zwischendurch vom Tisch aufstehen durften. Ich habe die Szenen noch sehr lebendig vor Augen: Mama und Papa stehen am Herd, wenden die Crêpes voller Schwung, während wir Kinder vor Freude kreischen. Sie belegen die Pfannkuchen üppig, lassen sie auf unsere Teller gleiten, halten dabei eine absolut gerechte, wenn auch absolut nicht nachvollziehbare Reihenfolge ein, die wir mit unseren »Ich bin dran!«-Rufen zu sabotieren versuchen, bis wir schließlich satt genug sind, um uns auf unsere Manieren zu besinnen.

Dank dieser langen Prägung durch ein gemeinschaftliches Leben ist mir eine gewisse Liebe zum Chaos geblieben (oder zumindest der Hang, ein Zuviel an Ordnung für deprimierend und Chaos an sich für belebend zu halten). Was mir damals schon besonders gefiel, war der zeitversetzte Ablauf, die Tatsache, dass die öde Reihenfolge von Vorspeise–Hauptspeise–Nachspeise aufgehoben war. Während ich mir den letzten Bissen in den Mund schob, fing einer meiner Brüder erst mit dem Essen an. Alles war in Bewegung, das Wachstuch mit Käseraspeln und Eigelb bekleckert, und das Teigschöpfrad schien sich unaufhörlich zu drehen, damit wir uns die Bäuche vollschlagen konnten. Krönender Abschluss der Zeremonie war das Flambieren. Neun Zuckercrêpes wurden in einem großen Suppenteller gerollt und geschichtet. Mein Vater goss Rum in eine Kelle, stellte sie auf den Gasringbrenner, ich schmiegte mich an seine Beine, um den Augenblick nicht zu verpassen, wenn er die Kelle ein paar Zentimeter anhob und das Feuerzeug an den erhitzten Rum hielt. Schon loderte eine hohe, gefräßig blaue Flamme empor. Meine Mutter schaltete das Licht aus. Es wurde dunkel, es wurde still. Die riesige Flamme schien im Raum zu schweben. Ich sah, wie der Schatten meines Vaters das Feuer mit einer einzigen Handbewegung auf die geschichteten Crêpes verteilte. Ich war wie gebannt von dem Anblick der Flamme, die sich mit gierigem Züngeln über die Pfannkuchen hermachte. Ein berauschender Geruch nach Hitze und Zucker stieg auf, während wir die Funken beobachteten, die am äußeren Rand verglommen. Der Alkohol verdampfte, das Feuer erlosch. Es herrschte vollkommene Dunkelheit. Als das Licht wieder anging, fühlte ich mich wie nach einem altertümlichen oder heiligen Ritual, das meine Eltern als Hohepriester vollzogen hatten. Sie servierten jedem von uns einen köstlichen Crêpe, und gewärmt von der Eintracht einer Familie, die sich abends zum gemeinsamen Mahl versammelt, schlief ich danach immer sehr schnell ein.

5

Sechs Brüder hatte ich, Martial, Gaston, Virgile, Kazan, Élie und Tom. Obwohl mein Vater als Manager für ein weit entferntes Unternehmen arbeitete und abends erschöpft heimkehrte (manchmal gab es dann einen Austausch mit meiner Mutter, bei dem eine Menge Sätze fielen, die ich nicht verstand, wahrscheinlich ging es um die Haushaltsführung), war unser Haus nicht groß genug für sieben Kinderzimmer. Keiner von uns schlief allein. Je nach Alter, je nach Bedarf trug mein Vater tapfer die Doppelstockbetten hin und her. Ich sah ihm gern dabei zu, wie er schnaufte und schwitzte und dennoch unangestrengt wirkte, ein Held, der mit seinen langen Armen die Zimmer nach unseren Wünschen umräumte. Wenn ich abends in mein Bett kletterte und meine Eltern das Licht ausschalteten, schlief ich meistens sofort ein, noch während der Bruder, der gerade das Zimmer mit mir teilte, etwas erzählte.

Die Jungs trugen Sachen, die dem einen oder dem anderen gehörten, diese Gewohnheit machte sie gewissermaßen zu einer einzigen Person, die man zeitgleich in verschiedenen Lebensphasen zu sehen bekam. Dabei hatte jeder seinen eigenen Charakter. Tom war sanftmütig, Élie gelehrt, Kazan miesepetrig, Virgile musikalisch, Gaston ein Spaßvogel, Martial zum Anführer bestimmt. Er war der Älteste und diente uns als Beschwerdestelle, wenn unsere Eltern nicht da waren. Er schlichtete unsere kleinen Streitigkeiten. Er brachte uns alles bei – wie man eine Angelrute bastelt, wie man Pfeil und Bogen schnitzt, wie man Marshmallows röstet. Erst viel später ist mir im Vergleich mit anderen Familien klargeworden, wie sehr Martial mich geliebt haben muss. Er achtete immer darauf, dass ich beim Essen nicht weniger bekam als meine Brüder, er ergriff für mich Partei, wenn ich mich mit Tom zankte. Der hatte als Jüngster auch seine Privilegien. Kazan und Élie schleppten ihn überallhin mit, so bildeten sie zu dritt eine eigene Gruppe. In unserer geschwisterlichen Konstellation war Martial die Sonne, flankiert von zwei Gesteinsplaneten – Gaston und Virgile –, es folgte das Gasplanetentrio der Jüngeren, am Ende kam ich, das einzige Mädchen, das als losgelöster Satellit um jeden der Jungs kreiste. Dieses galaktische Gleichgewicht geriet ins Schwanken, wenn Tom und ich uns zu zweit ausammentaten; dann wurden wir als »die Kleinen« bezeichnet, eine Kränkung sondergleichen, so dass wir uns rasch wieder in die geschwisterliche Galaxie einfügten.

Weil wir zu siebt um die Liebe unserer Eltern buhlten, hatten sie schließlich jedem von uns einen Wochentag zugewiesen. Ich durfte den Sonntag mit meiner Mutter verbringen, das hätte keiner meiner Brüder hingenommen, wäre ich ein Junge gewesen. Wenn ich Kummer hatte, saß ich eine Weile bei ihr auf dem Schoß, doch schon nach ein paar tröstenden Küssen lief ich wieder mit den anderen los. Der Ruf der Gruppe war stärker als alles andere.

Jeder von uns kennt ein Märchen, das in etwa so beginnt: Auf dem Totenbett teilt ein Vater das Erbe unter seinen drei Söhnen auf. Einer soll sein Leben Gott weihen, ein anderer dem König und der letzte dem Handel. Die Söhne gehen auseinander – sie *bauen sich eine Existenz auf*, wie man heute sagen würde. Nach zwanzig Jahren kommen sie unter dramatischen Umständen wieder zusammen, was viele Emotionen auslöst. Ich habe diese endgültige Aufteilung unter den Brüdern lange Zeit als traurig empfunden, weil sie Leben trennt, die bis dahin verbunden waren. Aber wer sagt denn, dass der Sohn, der den Handel wählte, dies nur tat, weil die vornehmeren Berufswege schon vergeben waren? Er hätte sich, wie sein Bruder, der Armee anschließen können. Die beiden anderen hindern ihn nicht daran, der Kirche oder dem König zu dienen, sie tun es lediglich an seiner Stelle. Jeder steckt das Leben, das ihm zuteilwurde und so den anderen erspart blieb, in den gemeinsamen Topf. Die anderen verkörpern alles, was wir selbst sein könnten, sie sind nicht nur unsere Verwandten, sie sind vor allem unser Potential.

Als Nesthäkchen der Familie erlebte ich im Voraus sämtliche Existenzen, die meine Brüder sich aufbauten, jeder von ihnen war ein Teil von mir. Und wenn ich die Hungerleiderin der Familie war, dann für alle Brüder, denn über lange Zeit wollte ich so gern glauben, dass wir zu siebt die gesamte Menschheit vertraten.

Auch wenn ich weiterhin sechs Brüder hatte – Tom, Élie, Kazan, Virgile, Gaston und Martial, die inzwischen Justizbeamter, Gerichtsmediziner, Postangestellter mit Zeitvertrag, Baumpfleger, in der Erwachsenenbildung tätig und Geschäftsführer eines Sanitärunternehmens waren –, so waren wir doch getrennt, dieser Tatsache musste man ins Auge sehen. Mit meinen 17,70 Euro war ich allein. Was ich durchmachte, brachte ihnen keinen Nutzen. Ihr Erfolg half mir nicht weiter. Man musste dieser Tatsache ins Auge sehen, sie hatten sich alle *eine Existenz aufgebaut* – eine Wendung, die mir immer fragwürdig erschien, denn *sich eine Existenz aufzubauen* läuft mehr oder weniger darauf hinaus, eine Arbeit zu finden, zu heiraten, Hausbesitzer zu werden, sich ein Auto zu kaufen, die Eltern nicht mehr um Geld zu bitten, einen vollen Kühlschrank zu haben. Ich *baue mir eine Existenz auf,* also muss ich niemanden mehr um etwas bitten. Und was bedeutet *eine Existenz zu verlieren?* Keinen Urlaub, Scheidung, keine Arbeit, Emigration, auf Stütze oder moralische Unterstützung angewiesen sein. Wenn man die anderen braucht, hat man sich eben keine *Existenz aufgebaut.*

6

Es brachen die harten Zeiten an. Ich aß Pasta mit Parmesan, einen Joghurt mit Marmelade, Brot. Ein Risotto mit Brühwürfel, eine Scheibe Schinken, eine Banane. Eine gebratene Zucchini, Reis, eine Birne. Eine Dose Bohneneintopf, zwei Joghurt. Püreeflocken. Eine Tütensuppe, ein Ei. Dreihundert Gramm Hörnchennudeln mit Speiseöl. Zweihundertfünfzig Gramm Spaghetti. Acht Butterbrote. Einen Joghurt.

Ich hatte in mehreren Läden Zettel mit Schildchen zum Abreißen aufgehängt:

GUTEN TAG
Sie haben das Bügeln satt?
Die Hemden nehmen überhand?
Sie sind schon ausgelastet und haben dafür keine Zeit?

MACHEN SIE ES SICH NICHT SO SCHWER:

BUCHEN
SIE MICH

10 EURO PRO KORB (10–15 TEILE)

Sophie 06 66 69 6d 66
Sophie 06 66 69 6d 66
Sophie 06 66 69 6d 66
Sophie 06 66 69 6d 66
Sophie 06 66 69 6d 66
Sophie 06 66 69 6d 66
Sophie 06 66 69 6d 66
Sophie 06 66 69 6d 66
Sophie 06 66 69 6d 66

Armut bedeutet nicht, dass man sein Gespür für das soziale Gefälle verliert, und so freundlich die Ladenbesitzer auch waren, fand ich es demütigend, um Hausarbeit zu betteln. Ich tat es eines Morgens, als ich trotz körperlicher Schwäche genug Mut dazu aufbrachte. Die Zettel anzufertigen hatte mir Spaß gemacht. Sie von innen an die Schaufenster zu heften machte mich fertig. Sonnenlicht flutete die Straßen. Ich hatte keine Lust, nach Hause zu gehen. Also nahm ich auf der Terrasse der nächstgelegenen Snackbar Platz, bestellte mir einen Espresso und hatte dabei das Gefühl, eine Riesensünde zu begehen.

»Trink niemals Kaffee auf nüchternen Magen, Kind!«

Reiche verstehen nicht, warum Arme sich für das Falsche entscheiden, warum manche von ihnen sich lieber betrinken, als beharrlich auf ein Stück Fleisch zu sparen. Reiche müssen sich allerdings auch nicht aus einer Zwangsjacke befreien, die ihnen die Luft abschnürt. Ihr Problem liegt eher in der Selbstbeschränkung. Wenn man kein Geld hat, muss man sich hingegen laufend beschränken, man steckt die Nase ins leere Portemonnaie und zählt unaufhörlich. Für den Armen ist es ein Vergnügen, wenn er sich diesem Druck für einen Augenblick entziehen kann. Dann gibt er leichtsinnig Geld aus, gönnt sich einen bescheidenen Luxus, den er sich keinesfalls versagen kann, und wenn die Vernunft vollständig kapituliert, spielt er Lotto, verliert jede Hemmung, verprasst alles. Reichen mangelt es nicht an Zerstreuung, sie haben tagaus, tagein zu tun, sie haben Kinder, einen Job, keine Sekunde zu verlieren. Für den Arbeitslosen wird der Genuss einer Tasse Kaffee zu einer wertvollen Beschäftigung. Im Café kann man Zeitung lesen, Gesprächen lauschen, Kellnern bei der

Arbeit zusehen, den hörbaren Part eines Streits verfolgen, der am Handy ausgetragen wird ... und sich dank dieser kleinen Sketcheinlagen als Teil eines lebendigen Miteinanders fühlen. Die Snackbar, in der ich Zuflucht gefunden hatte, schenkte mir diese ganz gewöhnliche Geselligkeit, eine Geselligkeit, die Gefängnisinsassen in ihrer Zelle so schmerzlich fehlt. Mein Pech, dass ich mir für 1,50 Euro Brot hätte kaufen können, eins dieser tollen, schweren, nahrhaften Brote, ein Kilo Äpfel, um daraus Kompott zu machen – um bei Kräften zu bleiben, gibt es nichts Besseres als Vollkornbrot und Apfelkompott –, aber das ist es ja gerade, wer arm ist und eine Woche lang von Brot und Kompott zehrt, kann einer Portion Pommes frites oder einem Eis einfach nicht widerstehen, er braucht diese Illusion intensiveren Erlebens. Im Supermarkt richtete sich meine Begehrlichkeit auf künstliche Desserts, Nougatschokolade und Tiefkühlgratins. Ich hatte eben Lust auf diese extrem fetthaltigen, Übelkeit erregenden Lebensmittel. Nicht, weil sie nahrhafter oder etwa luxuriöser wären, sondern weil Fertigprodukte viel *leckerer* sind, viel mehr *Geschmack* haben als eine gesunde, fettarme Mahlzeit. Alle Armen haben ihre Laster, so lächerlich sie sein mögen. Das kann man ihnen vorwerfen, aber steckt die Menschenwürde nicht gerade im Überflüssigen – im Zauber eines Anblicks, im Lachen, im Austausch mit anderen, in einer Kinderzeichnung oder einem Tässchen Kaffee in der Bar?

Meine Tasse war leer, als Hector mir per SMS verkündete, dass Belinda sehr positiv auf seine »knusprigen Kurzmitteilungen« reagierte. Mein guter Freund wollte wissen, ob ihr garstiger Liebster noch in der Gegend war. Ich simste ihm, besagter Charles-Édouard sei weit und breit nicht zu sehen, vermutlich zurück in Paris. Hector könne weiter um seine Schöne werben … Leider nahm unsere Korrespondenz nur ein paar Minuten in Anspruch.

Ich wäre so gern die Heldin in einem Film gewesen. Ich hätte diese *Phase* meines Lebens gern einem Regisseur überlassen. Mit seiner magischen Schere hätte er eine Sequenz aus verschiedenen Einstellungen gezaubert, die dem Kinopublikum sämtliche Facetten meines Alltags auf einmal vor Augen geführt hätte. Ich, Nudeln essend. Ich, lesend im Bett. Ich, schlurfend in öffentlichen Parkanlagen. Außen/Tag: Ich bringe Werbezettel an. Innen/Nacht: Ich prüfe online meinen Kontostand. Diese Sequenz hätte der Filmemacher mit Musik unterlegt, und das Publikum hätte binnen dreißig Sekunden erkannt, gefühlt, begriffen, wie schwer mein Dasein ist. Danach hätte der Film zu seinem normalen Rhythmus zurückgefunden, den Faden der eigentlichen Handlung aufgenommen, die in Gang kommt, als ein bestimmtes Ereignis alles über den Haufen wirft, ein bemerkenswertes Ereignis, das im Fokus steht und der Heldin ein besonderes Abenteuer beschert. Alles wäre so schnell vorbei gewesen, ich hätte deutlich weniger gelitten. Aber keiner von uns ist eine fiktive Figur. Während ich in dieser Snackbar sitze, habe ich keine Ahnung, ob es eines Tages zu diesem Ereignis kommen wird. Unterdessen bin ich wirklich arm und muss die Hungerleiderzeit zur Gänze durchleben, die ereignislos verstreicht, morgens, mittags, nachts, tagtäglich, unerbittlich, konsequent, erbärmlich und unabwendbar. Im wahren Leben, da, wo Barcodes und Schlaflosigkeit herrschen, wird niemals der Zeitraffer eingesetzt.

7

Wie langsam die Zeit vergeht, wenn man kein Geld hat. Ich saß immer noch vor der Snackbar. Natürlich war ich allein. Ich meine, *alleinstehend*. Kein Wunder. Die meisten Bedürftigen, die ich kenne, sind allein. Sogar Hector, den ich gern Schniepelman nannte, konnte seine sexuellen Bedürfnisse nicht mit einem Jahresabo, sondern nur durch Einzeltickets befriedigen. Wenn jemand, der knapp bei Kasse ist, wirklich eine Paarbeziehung eingeht, verheißt das den ersten Aufstieg auf der sozialen Leiter. Dann setzt schon ein körperlicher Wandel ein, der Teint wird rosiger, das Lächeln kehrt zurück, neue Energie sorgt für straffere Haltung, eine Energie, die nicht unter Zwang, sondern vom Begehren freigesetzt wird. Während ich diesem Gedanken nachhing, fiel mein Blick auf einen Plastikbecher, der sich als kleiner weißer Fleck vom Straßengrau absetzte und im Rinnstein dahintrieb, mitgerissen vom Wasser aus einer Pumpe. Der Becher hüpfte auf und ab, drehte und wendete sich, ein erheiternder Anblick, der eine Erinnerung wachrief. Die Erinnerung an Sullac, das Dorf meiner Kindheit. Dort verlief entlang des Bürgersteigs eine tiefe Rinne, die pausenlos von Bergbächen gespeist wurde. Meine Brüder und ich warfen ein Papierschiffchen hinein und rannten ihm durch sämtliche Straßen hinterher. Hier hörte die Erinnerung auf, eine dumpfe Traurigkeit hielt mich davon ab, sie weiter zu verfolgen. Wenn ich an diese glückliche Zeit zurückdächte, würde mich der jetzige Vormittag in seiner trägen Nutzlosigkeit noch mehr beschämen. Mir fiel ein, dass ich mit diesem Wasser meinen verdreckten Schuh säubern könnte. Die Aussicht auf eine nützliche Handlung gab mir genug Schwung, um vom Tisch aufzustehen. Ich säuberte meinen Schuh. Die körperliche Bewegung setzte schließlich auch den Geist in Gang und damit wieder etwas Willenskraft. Ich besann mich auf die Kunstausstellung mit freiem Eintritt, deren Besuch ich mir fest vorgenommen hatte. Vielleicht könnte ich eine Besprechung anbieten. Unterwegs spürte ich aber, wie der Hunger mich wieder einmal mürbemachte. Wozu das Ganze? Die Besprechung würde keine Abnehmer finden, in der Versenkung verschwinden, wie so oft. Ich schleppte mich nach Hause. Türcode. Treppe. Schlüssel. Ohne die Jacke auszuziehen, drückte ich eine Taste, um den Bildschirm zu reaktivieren. Keine einzige neue Mail im Postfach. Ich nahm das Handy: keine einzige Textnachricht. Im Radio beschwerte sich ein Firmenboss über die Arbeitskosten.

Im Grunde war diese Idee mit der Besprechung gar nicht so schlecht. Ich suchte die E-Mail-Adresse des Chefredakteurs heraus, prüfte, ob die Maus richtig angeschlossen war, schon hatte ich einen Tab im Browser angeklickt. Und zack landete ich wieder bei meinem Kontostand. Seit einer Woche immer derselbe Betrag: 17,70 Euro. Und das am 28. des Monats. Ich nahm die Nase vom Bildschirm. Kann man am Geldautomaten auch bloß 10 Euro ziehen? Dann muss ich eben bei der

Post nachfragen, dachte ich. Es kostete mich zwar ungeheuer viel Kraft, aber ich schickte dem Chefredakteur eine Mail, um ihn auf diese kostenlose Ausstellung hinzuweisen. Zufrieden ob dieser Initiative, die meine einstige Berufsehre wiederherstellte (jedenfalls im Vergleich zu Bügelarbeiten), rief ich den Wetterbericht auf und stellte fest, dass es für die Jahreszeit tatsächlich sehr mild war.

Selbstverständlich sollte niemand meine Mail beantworten. Aber das wusste ich zu diesem Zeitpunkt noch nicht. Zu diesem Zeitpunkt war es Mittag, und ich hatte Hunger. Mein Kühlschrank war leer. Natürlich konnte ich mir den Magen mit Nudeln in Öl füllen, aber mein Hunger ging tiefer, er ließ sich nicht so rasch stillen, er verlangte nach Erhabenem, es war ein Hunger, der die Krallen ausfuhr, ein Hunger voller Ehrgeiz, maßlos und angsteinflößend, ein Hunger, der an die Nieren ging, ein Hunger auf Fleisch mit Soße und Sahnepudding, ein Hunger nach Aufwand, auf Schweinebraten mit Pflaumen, auf Kürbis-Maronen-Süppchen, auf gegrillte Lammwürstchen, ein Hunger nach ausgefüllten Tagen, lärmenden Tischgesellschaften, erholsamen Nächten, ein Hunger nach Befreiung aus materieller Not und gesellschaftlicher Isolation, nach fröhlichen Kameraden, ein Hunger nach Plänen, Gelächter, E-Mails im Posteingang, saftigen Birnen, lustigen Telefonaten, Vernichtung aller Zwänge; ich hatte Hunger nach einem Festmahl auf den Ruinen meiner Vergangenheit, nach Zukunftsaussichten, Vergrößerung meiner Wohnung, Hunger auf eine Tortenschlacht, auf kräftigen, süffigen, samtigen Rotwein voller Tannine, Wein, der einem den Gaumen streichelt und den Kopf verdreht, und ich hatte Hunger nach Liebe, Hunger auf einen Mann, der mich bei Bedarf mit Textnachrichten trösten würde, Hunger nach Zärtlichkeit, Hunger nach reiner, klarer Luft, Hunger nach Anerkennung, Hunger nach Zugang zu einem Leben, das mir damals wie das einzig wahre Leben vorkam, einem erfüllten Leben – dessen Umrisse ich ein paar Jahre zuvor erblickt hatte, das mir aber nach meinem kolossalen Debakel für lange Zeit (vielleicht für immer) verwehrt sein sollte.

8

Es kam der Freitagabend, der Moment, da alle Welt ausgeht, um sich die Woche aus dem Leib zu feiern. Der Verkehr, der bei Schulschluss die Straßen flutet, lässt gegen 19 Uhr nach, als würde die Stadt tief durchatmen, bevor sie sich in die Nacht stürzt. Die Sonne ist untergegangen, ein zweiter Freitag beginnt, reißt sich vom ersten los, fegt die Woche beiseite und ruft: »Stoppt das Fließband, nieder mit den Bossen, Tod den Wutbürgern, ab ins Bett, ihr Rotznasen! Jetzt wird nicht mehr entschieden oder produziert, jetzt wird nicht mehr gedient, befohlen oder gehorcht. Jetzt wird sich amüsiert!« Sobald dieser Ruf erschallt, wird alles anders. Ab unter die Dusche, Krawatte lockern, Gurkenmaske auftragen, Pumps in die Ecke schleudern, und dabei werden Tausende von Dosen aufgerissen. Den Boulevards entfährt ein gewaltiges Seufzen, dicht gefolgt von einem lauten Rauschen, weil sämtliche Gefühle, die wir eingedämmt, alles, was wir uns unter der Woche notgedrungen versagt haben, sich endlich über die Stadt ergießt: Beine und Arme regen sich, sexuelle Impulse, aber auch Gelächter, Zerstreuungen, Exzesse, Gelüste, Klatsch und Tratsch, Witz, Erholung, Spott und Hohn, Freuden aller

Art. Da sind die Studenten, die sich im Eckladen ein paar Flaschen besorgt haben, die sie bei einem Freund köpfen wollen; da sind die aufgetakelten Ehepaare, die vor meiner Haustür parken, irgendwer stand den ganzen Nachmittag für sie am Herd; da sind die Familien, die gemeinsam Pizza essen, die Freunde, die sich zusammen ein Fußballspiel ansehen; da sind die Schüler aus der Oberstufe, die sich die Genehmigung holen, mit ihrer Freundin zu schlafen; da ist die Musik, die schwallweise aus den Fenstern dringt, wie Blumenduft, der die Nase kitzelt; da sind die unbehelmten Mofafahrer, die verkehrt in Einbahnstraßen biegen, und die Bullen, die ihnen nachjagen; da sind die Sirenen, die Menschenmenge, der Lärm.

What a surprise and what a pity, ich bin nirgends eingeladen. Unter der Woche habe ich mir den Griff in den Geldbeutel versagt, wo immer ich konnte, um die Not einzudämmen. Ich bin zu Hause geblieben und habe Nudeln gegessen. Keine leichtsinnigen Ausgaben, von dem einen Espresso in der Snackbar abgesehen. Habe ich nicht auch das Recht, mich nach so viel Anstrengung zu amüsieren? Nein, Armut ist eine Strafe. Um mich zu zerstreuen, habe ich lediglich meinen Computer. Dann mal los. Angeblich trennen uns nur sieben Personen vom Papst und nur drei Klicks von der nächsten Pornoseite. Ich brauche bloß ein zweideutiges Suchwort einzugeben, einem Linkköder oder Werbebanner zu folgen, und schon zeigt mein Bildschirm ohne Vorwarnung zwei Pobacken, die von einem riesigen Schwanz bearbeitet werden (tut mir leid, Mama, aber so ist es nun mal). Ein Dialogfenster öffnet sich, eine Einladung zum »erotischen Tschätt«: Miez1118 ist online – und angeblich achtzehn.

(o)(o) **Miez1118: Hi, jemand da?**

8==> Ich: O große Kaiserin der sternbeblümten Zinnen …

(o)(o) **Miez1118: Nich schlecht.**

8==> Ich: Beherrscherin der Welt, Besüßerin der Sinnen …

(o)(o) **Miez1118: Lust aufn Date? In Grenoble oder Umgebung?**

8==> Ich: Nicht im Gebirge, in Lyon will ich mir die Zeit vertreiben.

(o)(o) **Miez1118: Auf so geile Typen fahr ich voll ab.**

8==> Ich: Wie darf ich das verstehen?

(o)(o) **Miez1118: Kuck dir meine Profilfotos an :-)**

8==> Ich: Geh, Schönheit, und fleuch!

(o)(o) **Miez1118: Haste ne Webcam?**

8==> Ich: Die artigsten Blicke

(o)(o) **Miez1118: Ich will dich sehen! :-)**

8==> Ich: Sind schmerzliche Stricke

(o)(o) **Miez1118: Ich hab Lust auf nen Typ! Jetzt!**

8==> Ich: Ich merke den Streich.

(o)(o) **Miez1118: Du willst doch auch ficken.**

8==> Ich: Ach?

(o)(o) **Miez1118: Schalt mal dein Profil frei.**

8==> Ich: Wenn eine Frau ja sagt, meint sie dann nein?

(o)(o) **Miez1118: Kommst du vorbei?**

(o)(o) **Miez1118: Ich bin bereit!**

(o)(o) **Miez1118: Mach schon, ich will dich!!!**

Da poppte bereits das nächste Dialogfenster auf. Das Foto zeigte eine Brünette mit ansehnlichem Hinterteil, die auf einem unglaublich alten, unglaublich scheußlichen Bettgestell lag, wie man sie aus Schweizer Berghütten kennt. Es handelte sich um »NeckSchnecke – 27 Jahre – Clichy – online«.

((|)) **NeckSchnecke: Hallooo!**

8==> Ich: Hallo, auch.

((|)) **NeckSchnecke: Haste ein bisschen Zeit für mich?**

8==> Ich: Zeit habe ich, werde aber langsam müde.

((|)) **NeckSchnecke: Sag mir was Versautes, das macht mich an.**

8==> Ich: Bereue deine Sünden, du Rundbackige.

((|)) **NeckSchnecke: Mehr haste nicht drauf?**

8==> Ich: Tut mir leid. Du weißt doch, Männer sind einfältig.

((|)) **NeckSchnecke: Nimm meine Freundschaftsanfrage an, hab deine auch gerade angeklickt!**

8==> Ich: Auf ein Verdienst muss sich Verehrung gründen:

((|)) **NeckSchnecke: Ich würd dich voll gern sehen, mach mal die Webcam an …**

8==> Ich: Wer jeden achtet, achtet keinen.

((|)) **NeckSchnecke: Worauf hast du Bock?**

8==> Ich: Wie bitte? Ich bin schwerhörig.

((|)) **NeckSchnecke: Ich will ficken, Alter!!**

8==> Ich: Auf diesem ollen Bett? Das törnt leider voll ab.

((|)) **NeckSchnecke: Du würdest sicher nicht nein sagen, wenn ich dir einen blase.**

8==> Ich: So sicher bin ich mir da nicht.

((|)) **NeckSchnecke: Meld dich beim Messenger an! Dann können wir geil chatten.**

8==> Ich: Du lässt nicht locker …

((|)) **NeckSchnecke: Ich bin total heiß!!!**

((|)) **NeckSchecke: Komm jetzt, gibs mir!!!!**

((|)) **NeckSchnecke: Los!!!!!**

Ich holte eine seit längerem angebrochene Flasche Grenadine aus dem Küchenschrank, goss ein bisschen Sirup in ein Glas mit kaltem Wasser – mit einem Rührstäbchen versehen, glich das Ganze einem Cocktail. Auch diesen Freitagabend würde ich zu Hause verbringen. Ich musste es nur mit einem Lächeln angehen. Alles eine Frage der Einstellung, sagte ich mir erheitert, als hätte ich tatsächlich etwas getrunken. Erheitert oder vom Hunger wahnhaft verstört. Ich ließ meine Lieblings-CD laufen und machte es mir mit den *Citynews* – dem kostenlosen Kulturmagazin – vor den Lichtern der Großstadt bequem. Ich blätterte zur Rubrik »Konzerte« vor.

Am Freitagabend spielt die Musik überall: Rockmusik, Kammermusik, Popmusik, Electro, Clubdisco, New Burlesque, Schlagerparade, Jazzeinlagen, Oldie-Goldies, Barockklänge, Reggae, Soul, R'n'B, House, Flamenco, Klezmer, Hip-Hop, Blues, Oper, Folk, neues französisches Chanson, Rap, Dub, Ska, Twist, Hardcore, Country, Punk, Coldwave, Psytrance, Afrobeat, Bossa nova, Zouk, Salsa, Dance, Bebop, Techno, Raï, Swing, Musique concrète, Spektralmusik, atonale, serielle, repetitive, elektroakustische Musik, Minimal Music, Industrial, Metal, aber auch Death Metal, Symphonic Metal, Gothic Metal, Sludge Metal, Viking Metal, Unblack Metal und Progressive Metal; außerdem Twee-Pop, Cuddlecore, Grindcore, Cosmic Electro, Neue Deutsche Welle, Folktronica, Psycho Folk, Punkjazz, Modaler Jazz, Visual Kei, Mathcore, Indierock, Acid Rock, Bubblegum Dance, Reggaeton, Sacropop, Multimodaler Pop, Freejazz, Shoegaze, Westcoast, Drum'n'Bass, Pixelstep, Dubstep, Brostep, Glam Rock, Protopunk, Emotive Hardcore, Azeri-Jazz, Boogie-Woogie, Electroswing, Fusion, Trip-Hop, Grunge, Gospel,

Southern Rock, Chiptune, Drone Music, Field Recording, Goregrind, Lo-Fi, Stax, Djent, Zeuhl, Britpop, Riot Grrrl, Rockabilly, Cowpunk, Mangue Beat, Porngrind, Rock in Opposition. Und ich kann nicht ausgehen. Keinen einzigen Gig erleben, weder Tip'n'Fun hören noch Dreamhard, Folk Metal, Hot Gernika, Poplouse, Hupkonzert, Sitarsinfonie, Orientalski Galuschka, Japan Radiation, Krishnatonales Kabarett, Free Pinocchio, Jazzkastagnetten, Alisonstep, Jazz Bumm Bumm, Capila Voice Delight, Gore in your Face, Cold Liberty, Blood in my Brain, Trash Tonic Tralala, Industrial Quetsch, Schugger Schugger Barbie, Akkordeonkrise, Traditionelle Galimawamusik, Digressiver Technopunk, Larmina Darling Heart, Montauban Sound Movement, Buttermilch Banane, Crime against ÖPNV, My Car in the Garage, Celtic Radar Hug, Ambient Progressive Fascism, Muckefuck Morning Mug, Trah Missionary, Oralreklamation, U2 Intromission, Gomora Sodomite, Sofapunkbitch, Beat Beat Touch Touch Au Au, Biologic Revolution, Heavy Chum, Total Clash, Kantic Deflagration, Brain Baltimore, Brandheiße Feuersbrunst, House Hispanic Reform, Ostzonenkühe im Schlachthaus des Westens, Hyper Symphonic Disorder, KontraBass KontrAnarchie, Electrosuicide, Garbage Can, SuperKnete, MegaTunes, Psychedelic Krawall, Ranzige Ananas, Try Taste F4, Knacki Hot Dog with Mustard, Yellow Tricktrack, Kaputter Scheißlift, Very Very Long Stairs, Happy to be at Home, Oh no I lost my Keys, Beethoven Arrangement, Parmesan Connection, Beaufort Flavours, Gummi-Grayerzer, Frizzy Fahrenheit, Schuhlöffler Refundation, Horrorpusteln im Morgengrauen, Darjeeling Invasion, Leerer-Kühlschrank-Blues, Postnaziale Depression, Hate Sarkozy Forever. Die Grenadine war ausgetrunken. Ich lauschte der Stadt, in der sämtliche Konzerte widerhallten, Perseverare Diabolicum, Duo Duale Documenta, Ich bin ja das Salz der Erde, Top Klopinambur, So pflücke, pflück, Griesgram Tristram, die Rosen deiner Jugend, Äolischer Hund treibt es bunt, Klapperdürre Gackerglucke, Wasserpfeifen zu Kernseifen, Kistenweise Pfennigfuchser, Weinrot rankt die Lacksandale, Wer lallt da im Weltall, Allmähliche Verfertigung des Komparativen, Komparse des Gebirgsriesen, Gepriesen sei das Sterbeheim, Heimlichtuer raus aus dem Urschleim, Roten Backstein haut kurz und klein, Opa verliert prompt das Schlüpperlein, Frisch bereitete Gerüchte, Fisch verbreitete Gerüche, Feierliches Naserümpfen, quillt Dampf aus den Strümpfen, Hast doch einen Schatten an der Morelle, tunkst du die Füße in diese Quelle, Blaublütiges im Lavendelfeld, Feldgrau für den Ackerbau, Wind liest Wein in Seide fein, Romaknirps sucht Brüderlein, Idylle im Morgennebel, Iglu auf matschigem Gipfel, Aus dem Maul trieft die Sardine, Am Zeh hängt die Holzpantine, Festessen für Panzerfressen, Alle Vögel sind schon da, Ampel, Drohne, Funk und Star, Wermutstropfen im Meer der Seligkeit, Karmeliterkloster platzt vor Heiterkeit, Für wen hältst du mich eigentlich, Wildgestöber aus dem Dickicht, Roter Halbmond ohne Estrich, ExxonMobil im Motortakt, Schweröl für den Darmtrakt, Ersäuft das gallische Übel, Löscht das Feuer des Dichters, Her mit dem Superduper-Dübel, Hört den Spruch des Richters, Halten Sie durch, es geht noch weiter, So 'ne verschwiemelte Schwiele, Eierstöcke gehen flöten, Und du mir auf die Klöten, Letzter Tarot in Paris, Quatsch und Co., Sechs Hooligans im Rampenlicht, Clash der Egokulturen, Überspringen Sie ruhig ein paar Seiten, Flugwerke zu Pflugscharen, Wer sagt dem weißen Kaninchen die Uhrzeit an, Diebstahl disparater Diamanten, Karottenkekse der Krabanten, Jagdgöttin Diana trinkt Caipirinha, Hohepriesterin fürchtet das Cholesterin, Apfelgrüne Knackebacke, Rachsüchtig darf röcheln, wer siecht, Raketenstart nach Horoskop, Seelenlehre ohne Bioskop, Seelandschaft mit Moderator, Wolläffchen full of Leistenvers, Proustophile auf Tuchfühlung, Minimaxi Weltanschauung, Fülltrichter und Trommeldung, Im Kreis dreh'n sich Ross und Reiter, Dies elende Kreuz mit dem Halbton, Sie lesen ja doch weiter, Prall auf Knall prangt der Mohn oder krankt er? Ein Padawan bei Dunkelheit, Im Schnee versunken drei Elche, Finanzplan für Sakralkelche, Herzkönigs Schlaf währt ewiglich, Performance auf Papier gebannt, Wir parken direkt nebenan, Dieses unbeschriebene Blatt, Feine Spürnasen, aufgepasst, Es tanzt ein Bi-Ba-Butzemann, Pariser für die Nordlichter, Rotäugige Bluesmelodie, Sermonale Melancholie, Ich esse nicht gern im Stehen, Exkursfuror in Aspik, Hipp-Hipp-Hurra-Akrobatik, Sardanapals Sarabande, Ithyphallisch und muschkotisch, Im Westen nichts Neues, Vom Partizip eingenommen, Im Prinzip total verkommen, Heroinschwestern on the run, Alle Mädchen wanna have fun, Seidenspinner auf die Straße, Prima Cuvée, Resteverwertung der Superlative, Pataphysik auf dem Prüfstand, Dubuffets Liste, Hastusiesatt musstuaufhörn, besser wird's nicht! Echt jetzt! Mensch!

9

Am Sonntag schlug aus hungrigem Himmel der Geistesblitz ein: Bertrande! Warum hatte ich dumme Nuss nicht früher an sie gedacht?

Bertrande war eine alte Dame aus der hiesigen Kirchengemeinde. Wir hatten uns vor etlichen Jahren kennengelernt, als wir noch demselben Verein angehörten. Alle Menschen sind per se Mitglied eines Vereins, dem die Erde als Hauptgeschäftsstelle dient, um Bekannte zu gewinnen, schließt man sich aber in der Regel kleineren Verbänden an. Bertrande kannte jeden in Croix-Rousse, ob tot oder lebend. Als der radikale Riss eingetreten war, hatte ich oft bei ihr gegessen, ohne sie wäre ich in die Depression abgerutscht. An ihrem Tisch waren alle willkommen, darin, wie in vielen anderen Dingen, zeigte sich ihre sagenhafte Großzügigkeit. Meines Wissens verlieh Bertrande zwar niemals Geld, aber sie beglich schon mal die eine oder andere kleinere Rechnung, und ein halbes Dutzend Telefonverträge für illegale Einwanderer lief auf ihren Namen. Bei den Stadtstreichern war sie für ihre regelmäßigen Almosen bekannt, Bedürftigen steckte sie Käsehappen, Fahrkarten oder Briefmarken zu. Ihre gesamte Rente ging dafür drauf, ihre Zeit auch, montags gab sie Alphabetisierungskurse, dienstags begleitete sie Antragsteller ins Rathaus, mittwochs zum Ausländeramt, an jedem Wochentag verteilte sie Tipps – »Ich kenn da einen preiswerten Klempner, hier hast du seine Nummer« –, und sonntags kamen Angebote wie »Kannst mein Auto haben, wenn du mal rauswillst aus der Stadt« (Bertrande besaß nämlich ein Auto – und eine Wohnung voller Nippes und Notbetten). Ihr Leben bestand aus unentwegter Hingabe an das Loservölkchen des Viertels, als gebrechliche Madonna im weiten Mantel mit Emmaussaum nahm sie jeden unter ihre Fittiche, der isoliert, geschlagen, berufsunfähig, gekündigt, prekarisiert, verlassen, ausgehungert, drangsaliert, gebrochen, ausgegrenzt, traurig oder am Ende war. Und weil sie sich ständig den schrecklichsten Umständen aussetzte, hatte sich Bertrande irgendwann einen Tick angewöhnt (stimmt, viele meiner Figuren haben Ticks, das ist eine Marotte von mir): Die kleine alte Dame verwendete pausenlos Pleonasmen. Sie sagte alles doppelt. Als hätte die menschliche Misere, mit der sie täglich in Berührung kam, irgendwann ihren normalen Sprachgebrauch verschlissen.

Das alles rief ich mir an diesem Sonntag in Erinnerung, während ich darauf wartete, dass mein Bildschirm 12:00 anzeigte. Hoffnungsfroh flitzte ich dann zur Rue Hamsun. Bertrande musste jeden Augenblick aus der Kirche kommen. Gott, was hatte ich für einen Mordshunger! Wenn ich mich nur bei ihr einschleichen könnte … Da sah ich die alte Dame, sie hielt ein Kind an der

Hand und verabschiedete sich gerade vom Pfarrer. Sie kam näher. Ich ging auf sie zu.

»Guten Tag, Bertrande, das ist ja eine Überraschung! Wie geht es Ihnen?«

Wie erhofft, lud sie mich ein, mit ihr zu essen. Ich lehnte ab.

»Doch, mach mir die Freude. Wir haben uns so lange nicht gesehen … Ich habe Brathähnchen da, das schaffen wir nicht zu zweit. Der Kleine isst wie ein Spatz. Außerdem hatte ich sowieso schon eine Extraportion eingeplant. Für den Fall, dass Marius kommt, aber er kommt nicht.«

Mein Appetit war gewaltig. Mit einem Blick und einem tiefen Schnuppern versuchte ich, die Üppigkeit des Mahls einzuschätzen, um meinen Schlingrhythmus an den Inhalt von Bertrandes Füllhorn anzupassen, denn nichts ist schlimmer als ein Festschmaus, der vorzeitig endet. Das Menü schien aber reichhaltig zu sein, ein Glück. Bertrandes Enkel, ein siebenjähriger Rotzlöffel namens Paulo, war in meinen Augen kein richtiger Rivale, auch wenn er den Brotkorb gewissenhaft plünderte. Ich machte mich so gemessen wie nur möglich über den Salat her und fragte, wer Marius sei.

»Der Sohn meines Nachbarn, er hat letztes Jahr seine Stelle bei der Telecom verloren. Da musste er umziehen, weit weg von hier. Unter der Woche essen seine Kinder in der Schulkantine, aber er hat bestimmt nicht jeden Tag etwas zu beißen, der Arme. Und so kommt er sonntags gern her, um sich von mir verpflegen zu lassen … *[sie wechselte feinfühlig das Thema:]* Heute Nachmittag geh ich zu Jackys Beerdigung. Ach je, der hat sich letzten Sonntag endgültig umgebracht. Ich dachte mir schon, dass er zum Selbstsuizid neigt, aber man hofft ja immer, dass es nicht zum Schlimmsten kommt … Ah, mein Salat schmeckt dir, was? Iss nur, der Kleine mag kein Grünzeug, und ich hatte vor kurzem Magenbeschwerlichkeiten, da verzichte ich besser auf Salat. Ärztlicher Rat.«

Ich sagte, Magenbeschwerlichkeiten dürfe man nicht auf die leichte Schulter nehmen.

»Ja, stell dir vor, mir ging's so schlecht, dass ich mich vor allen blamiert habe, weil ich in Ohnmacht gefallen bin. Mir tat der Bauch furchtbar weh, aber ich hatte Sylvie versprochen, beim Prozess dabei zu sein, den sie gegen ihren Exmann angestrengt hat. Du weißt schon, der Typ, der sie geschlagen hat und mit ihren beiden Buben nach Ungarn abhauen wollte. Ach, das wusstest du nicht? Der Mann war komplett triebgesteuert und hatte sich einfach nicht im Griff. Er hat sie jedes Mal verprügelt, wenn er blau war.«

Nach einer Pause fügte Bertrande feierlich hinzu: »So ist das mit dem Alkohol: Er macht Männer besoffen.«

Das Brathähnchen stand auf dem Tisch. Wie schön die Welt doch war.

»Tja, und dann mitten in der Verhandlung: rums! Fällt deine Bertrande doch glatt in Ohnmacht! Die Feuerwehr kam, man musste mich ins Freie hinaustragen, ein Riesenzirkus. Es hat aber alles ein gutes Ende genommen, Sylvie hat das Sorgerecht für ihre Kinder bekommen, und ich Antibiotika. Ja, die Zucchini sind köstlich, ich habe da ein Geheimrezept. Schau mal, wie der Spatz sich plötzlich den Bauch vollschlägt! Kriegt sicher einen Wachstumsschub.«

»Kommt Ihr Enkel oft?«, fragte ich und nahm mir einen Nachschlag, bevor der Knirps, der sich allmählich als ernsthafte Bedrohung entpuppte, seinen Teller leerte – immerhin hatte er mir schon die Hähnchenbrust gemopst. So leicht linkst du mich nicht, dachte ich und zog den Brotkorb zu mir heran.

»Zurzeit häufiger als früher. Ich war so traurig, als seine Eltern sich getrennt haben. Aber so ist das heute nun mal, Paare bleiben selten zusammen. Letzte Woche hat mir meine Tochter ihren neuen Lebensgefährten vorgestellt. Sehr charmant, er ist Vertreter für Kopiergeräte. Ein vielseitiger Mann.« *[Nach dieser Bemerkung räumte sie die großen Teller ab.]*

Lachend angelte ich mir den Saint-Marcellin. In Sachen Käse hängte ich das Bengelchen locker ab, er knabberte an einem Babybel und wartete auf den Nachtisch.

»Nimm dir ruhig noch etwas Brie, eigentlich wollte ich ihn Mohammed geben, aber der sitzt gerade in Sicherungsverwahrung. Eine schlimme Geschichte! Ihm droht ein Justizprozess. Schlimm. Und da sind noch die Kinder der Bobescos, du weißt schon, die Romafamilie, die vor der Snackbar übernachtet hat … Nein, ich meine den Halal-Imbiss, gleich neben der Pizzeria. Ja, da schlafen die auf der Straße, mit ihren achtzehn Monate alten Zwillingen. Sogar der Polizei haben sie leidgetan. Magst du ein paar Erdbeeren? Sie sind zuckersüß … He, was soll das, Paulo? Die Gäste zuerst!«

»Ich kann ja gar nicht mehr«, heuchelte ich und leerte die Schüssel zu einem guten Drittel. Der Lümmel warf mir einen scheelen Blick zu, dem ich souverän standhielt. Guck du nur, du Zwerg, mal sehen, wie du später zurechtkommst, dachte ich.

»Die Polizisten hätten ihnen gern erlaubt, im Kommissariat zu übernachten, der Präfekt war aber dagegen.

Jetzt wechseln sich die Mitarbeiter der Buchhandlung und vom Feinkostladen mit der Unterbringung ab, aber das ist auf Dauer auch keine Lösung. Soll ich dir einen Kaffee machen? Kevin bringt mir immer welchen mit, aus dem Restaurant, wo er arbeitet. Den stibitzt er wohl heimlich, ich finde es traurig, dass er seinen Chef bestiehlt, aber was soll ich tun, er war so froh, bei mir Unterschlupf zu finden, als er aus dem Gefängnis entlassen wurde. Wie wär's mit einem Stück Schokolade? Mal sehen, ob ich noch was dahabe …«

Das Bürschchen ärgerte sich grün und gelb, während ich der Ferrero-Schachtel den Garaus machte. Ich hatte so viel gegessen wie sonst in einer ganzen Woche. Nun war ich *genudelt,* wie meine Mutter gesagt hätte.

»Könntest du mir nur einen Gefallen tun? Du bist doch so groß mit deinen langen Beinen – hol mir bitte den Kleidersack vom Schrank runter. Danke, ich sortiere die Sachen und bringe sie der Gemeinde … Nein, lass das Geschirr bitte stehen, Jamaala kommt nachher zum Spülen vorbei. Wir haben einen kleinen Deal: Im Gegenzug stelle ich ihr Lohnbescheinigungen für das Arbeitsamt aus, sie hat ja alles verloren, bei dem Wohnungsbrand … Und jetzt hilfst du mir die Treppe hinunter. Der Lift ist kaputt, wie soll es eine Greisin auf ihre alten Tage alleine schaffen? Schön, dass du hier warst. Es scheint dir ja blendend zu gehen. Hast du der Dame auf Wiedersehen gesagt, Paulo? Ach, Kinder, wo sind nur eure Manieren!«

Bertrande tat immer so, als würde man sie wirklich nur um ihretwillen besuchen. Und dann bat sie ihren Gast, eine »dicke schwergewichtige Tasche« für sie zu wuchten oder ein »zugeschraubtes festverschlossenes« Marmeladenglas zu öffnen oder einen Brief Korrektur zu lesen – »du bist doch Schriftstellerin«. So war ich anschließend nicht nur vom Hunger befreit, sondern auch von der Scham, mir etwas erbettelt zu haben. Und noch etwas erleichterte mich, etwas, das sich nicht so freimütig bekennen lässt: Weil Bertrande sich um die Ärmsten der Armen kümmerte, schenkte sie uns weniger Armen, Kleinbürgern auf dem absteigenden Ast oder Langzeitarbeitslosen den tröstlichen Eindruck relativen Wohlstands. Wenn ich hörte, wie unsäglich schlimm es anderen erging, empfand ich ein feiges Gefühl von Beruhigung, weil ich vergleichsweise besser dran war.

Voller Tatendrang kehrte ich nach Hause zurück. Morgen war der Monatserste. In spätestens drei Tagen würde die Sozialhilfe auf meinem Konto eingehen. Ich hatte Freunde, der Frühling war herrlich, alles würde sich fügen.

10

Am übernächsten Tag radelte ich zur Uni-Bibliothek. Ich hatte nur ein bisschen Brot als Proviant dabei und vor allem große Lust, meine vier Wände zu verlassen, ich wollte unbedingt schreiben, in der Hoffnung, dass diese Tätigkeit mir eines Tages etwas einbringen würde, Spaß, Anerkennung, Liebe, Geld, Feinschliff, gesellschaftlichen Nutzen, kurzum alles, was das Leben vielleicht erträglich macht.

Ich erreichte die Bibliothek zehn Minuten vor der Öffnung. Zum Zeitvertreib beobachtete ich die Leute, die aus dem Metroausgang strömten. Die École Normale Supérieure war ein paar Jahre zuvor von Fontenay nach Lyon verlegt worden. Ich musterte die jungen Frauen. Diese Elitestudentinnen setzten sich drastisch von gewöhnlichen Passanten ab. Allein schon durch ihre Kleidung. Was sie am Leib trugen, ergab ein so harmonisches Ganzes, dass man ihm kaum mit abgedroschenen Bezeichnungen wie Hose, Rock, Pulli oder Jacke gerecht werden konnte. Jedes einzelne Kleidungsstück wirkte weniger dem Zufall geschuldet als vielmehr wie ein ansprechendes Detail in einem meisterhaften Gemälde, fiel einen Hauch länger oder kürzer aus als üblich, Schwarzes war schwärzer als sonst, Lilanes lilaner.

Die Farben waren nicht einfach aufeinander abgestimmt – das wäre zu billig gewesen –, sie bildeten eine ausgefallene Palette, meistens in Pastell-, Ocker- und Purpurtönen oder unterschiedlichen Schattierungen von Beige. Im Vergleich dazu kamen mir meine Klamotten hässlich und rein zweckmäßig vor. Diese Studentinnen sind schön. Sie tragen Feinstrumpfhosen ohne Laufmasche an langen, zartgliedrigen Beinen, die in exquisit-exklusiven Stiefeletten stecken. Ihre Röcke sind aus alten Pullovern gefertigt, die von einem als Topgeheimtipp gehandelten Trödler stammen, ihre Hosen aus einem rauen englischen Stoff geschneidert, der an ihren grazilen Körpern als edles *Vintage*-Stück aufersteht – Süße, das passt ja fabelhaft zu deinem schicken Oberteil. Diese Studentinnen sind niemals *too much:* nichts Banales, aber auch nichts Extravagantes. Über die schmale Schulter, die sie trotz stolzer Haltung, selbstbewusstem Gang und perfektem Lebenslauf immer noch als schwache Frauen ausweist, welche ihr anmutiges Köpfchen abends nur zu gern an die Brust ihres männlichen Verführers lehnen, haben sie den Riemen ihrer Handtasche gehängt, einer Handtasche aus Stoff oder Leder, die sich dem Schwung ihres straffen, niemals schlaffen Rückens und ihres Hinterns anpasst, wenn sie dem Tor der Universität entgegenwogen; an dieser Tasche prangt das Logo einer Luxusmarke, die auf den ersten Blick verkündet, auf welcher Seite der sozialen Schranke sich die Studentinnen befinden. Dort darf man sich niemals den Anschein harter Arbeit geben, nie wird man eine *Normalienne* mit Rucksack erleben, die Anmutung wäre zu proletarisch; affektiert darf man auch nicht wirken, in ihrer Tasche wird stets das eine oder andere Buch stecken. Mit ihren filigranen Brillen vor großen, akkurat geschminkten Augen busseln sie sich gegenseitig ab, wenn sie einander in der Menge der Metronutzer entdecken, reden über ihr nächstes *Master*-Seminar oder den letzten Film von Godard, reden noch über viele andere Dinge, denn ihnen kommt oberhalb des überaus dezenten Lidstrichs nie in den Sinn, dass man zwischendurch schweigen kann.

Die Männchen hingegen sind hässlich. Während die Studentinnen so schlank sind, dass sie dem allermodernsten Schönheitsbild entsprechen, ohne je den Anschein zu erwecken, sie verdankten ihre Figur irgendeiner Diät (dann hätten sie sich in Sachen Ernährung ja niedrigen – also verwerflichen – Zwängen unterwerfen müssen, die den unermesslichen Freiraum beeinträchtigen würden, in dem sie sich von Geburt an bewegen), wirken ihre männlichen Pendants einfach nur schmächtig. Ihre Uniform besteht aus Jeans-Hemd-Pullunder. Null Sinnlichkeit. Ich beobachte, wie diese Jünger des vielfach gebrochenen Schachtelsatzes sich zur Mädchengruppe gesellen. Sie werden wohlwollend aufgenommen, da die Studentinnen es nicht darauf anlegen, unter sich zu bleiben. Natürlich könnten sie auch von Frau zu Frau flirten oder sich gegenseitig den Nektar wegnaschen, aber irgendwann hat es jede satt, den neuen Schal von X oder den Lammfellmantel von Y kritisch in Augenschein zu nehmen und mit verlogenen Komplimenten um sich zu werfen – sehr hübsch, deine Ohrringe, ist das Bernstein? –, und dann sehnt sie sich aus einem atavistischen Impuls heraus nach männlicher Gesellschaft. Darum machen sich die Studentinnen schön. In dieser Clique aufgekratzter Abtörner, der Jahrgangsbesten aus sämtlichen französischen Gymnasien, kann ich viele Laffen erkennen, wie Cyrano sie nennen würde, etliche Lümmel und lächerliche Tröpfe. Wichtigtuer, die eine dünne Dissertation über Spinoza verfassen, um danach bei einem kommerziellen Sender ein fettes Gehalt zu beziehen, sie gewöhnen sich an ihren Erfolg bei den Damen, gewöhnen sich mit der Zeit auch daran, ständig von Prachtexemplaren dieser Gattung umgeben zu sein, was schließlich dazu führt, dass sie die durchschnittlich hübschen oder alltäglich gekleideten jungen Frauen, die ihnen später begegnen, verächtlich betrachten, eine Unverfrorenheit, bedenkt man die schwindsüchtige Erscheinung dieser Kerle.

Beim Beobachten dieser privilegierten Studenten kam ich mir, bei allem Sarkasmus, zwangsläufig vor wie eine Vogelscheuche. Ich fand es normal, einen ganzen Winter mit nur zwei Pullovern zu bestreiten. So sparte ich morgens immerhin Zeit. Kein Mann wird je angemessen würdigen, welchen Aufwand die Elitestudentin mit ihrer Kleidung treibt. Um die verdiente Anerkennung zu bekommen, bewundert sie sich darum selbst in aller Ausgiebigkeit. Fährt sich ständig durchs Haar, steckt es hoch oder lässt es weich über die Schulter fallen, onanistische Liebkosung einer geborenen Friseurin, die den Beruf verfehlt hat. Zupft den Rollkragen hoch, streicht sich über die Wangenknochen, fühlt sich in ihrer Haut so wohl, dass sie jede Art von Bewegung genießt und nichts mehr verabscheut als die trägen Stunden am frühen Nachmittag, wenn ihr Lippenstift im Kabeljau-Polenta-Tagesgericht der Mensa verlaufen ist.

11

Dienstag, Mittwoch, Donnerstag – meine Grundsicherung war immer noch nicht eingegangen (weiter oben habe ich zwar Sozialhilfe geschrieben, aber das ist der alte Begriff). Das Geld wurde bestimmt überwiesen, überlegte ich, aber die Bank hat den Eingang noch nicht verbucht. Um sicherzugehen, musste ich mich nur auf der Website der Arbeitsagentur einloggen. Im Baumdiagramm meines persönlichen Servicebereichs schaute ich unter der Rubrik »Meine persönlichen Leistungen« nach … Nichts, kein Hinweis auf eine bereits erfolgte oder anstehende Überweisung.

Mir wurde plötzlich sehr heiß. Schließlich hatte ich zehn Tage zuvor, wie verlangt, den elektronischen Antrag ausgefüllt, der normalerweise die rettende Zahlung auslöste. Diesmal offenbar nicht. Wo war das Problem? Ich nahm den Hörer ab und wählte die 3949. Die Warteschleifenmusik der Agentur zersägte mir aufs Grausamste die Nerven, ich war ohnehin schon den Tränen nahe. Ich drückte die Taste 2, dann * und 3, danach #1 und 5, gab mein Passwort ein, meine Postleitzahl und versuchte verzweifelt, jemanden zu erreichen, einen realen Menschen, ein mitfühlendes Ohr. Beim dritten Anruf konnte ich den Sprachserver überlisten und landete im Zustand völliger Auflösung endlich bei einer Beraterin.

»Guten Tag. Ich rufe an, weil ich meine Grundsicherung nicht bekommen habe. Heute ist schon der 4., und ich habe gesehen, dass sie nicht überwiesen wurde. Ich wüsste gern, warum.«

»Ich sehe mal in Ihrer Akte nach ... Ach, weil Sie gearbeitet haben, Madame. Sie haben in Ihrem elektronischen Antrag einen Verdienst von 150 Euro angegeben.«

»Ja, für einen Artikel, den ich letzten Monat geschrieben habe. Aber man darf doch etwas hinzuverdienen, das habe ich überprüft.«

»Sicher, Madame, das wird sogar gern gesehen. In Ihrem Fall fehlt uns aber die Gehaltsbescheinigung, die Ihre Angaben bestätigt.«

»Und was soll ich jetzt tun?«

»Wenn Sie zwischendurch arbeiten, müssen Sie uns jedes Mal eine Kopie Ihrer Lohnabrechnung zukommen lassen, um Ihre Angaben zu beglaubigen. Erst dann geben wir die Zahlung der Grundsicherung frei.«

»Ich habe keine Abrechnung bekommen. Könnten Sie das Geld trotzdem überweisen?«

»Nein, Madame. Die Sätze hängen jeweils von der Höhe des Zuverdienstes ab.«

»Und wie wäre der Satz bei einem Zuverdienst von 150 Euro?«

»Unverändert. Dieser Betrag ist anrechnungsfrei.«

»Aber warum überweisen Sie's nicht einfach, wenn der Satz gleich bleibt?«

»Weil wir nachprüfen müssen, ob Sie wirklich 150 und nicht etwa 800 Euro verdient haben. Dann würde sich die Grundsicherung verringern, und zwar um 30 Prozent der Differenz zwischen dem …«

»Moment mal: Wozu stelle ich diesen Antrag überhaupt, wenn Sie mir nicht trauen? Außerdem schneide ich mir doch ins eigene Fleisch, wenn ich statt 800 Euro nur 150 angebe …«

»Ich habe mir dieses Verfahren nicht ausgedacht, Madame.«

»Und wie soll ich so lange über die Runden kommen? Bis die Zeitung mir eine Honorarabrechnung schickt, diese bei mir eintrifft, ich sie kopiert und Ihnen per Post zugesandt habe, Sie die Überweisung anordnen, die irgendwann auf meinem Konto eingeht, dauert es doch mindestens zehn Tage … Ich habe meine Reserven bereits komplett aufgebraucht.«

»Rufen Sie Ihren Auftraggeber an, Madame. Sobald wir die Bestätigung Ihrer Angaben erhalten, wird Ihre Grundsicherung auf das entsprechende Konto überwiesen.«

»Es ist aber das erste Mal, dass ich für diesen Auftraggeber arbeite! Ich kann da nicht einfach Druck machen, wenn die Honorarabrechnungen für freie Mitarbeiter womöglich immer Wochen später erstellt werden …«

»Das müssen Sie mit ihm direkt klären. Er hat dazu kein Recht.«

»Was für ein bescheuertes System. Kaum verdiene ich 30 Euro hinzu, bekomme ich von Ihnen kein Geld, wenn ich nicht sofort meine Honorarabrechnung vorlege. Und weil mein Honorar auch noch nicht eingegangen ist, stehe ich am Ende mit leeren Händen da …«

»Normalerweise funktioniert das System recht gut, auch wenn man sich in den ersten Monaten ein wenig … einarbeiten muss, um vollständige und fehlerfreie Anträge zu stellen.«

»Wie wäre es damit: Sie überweisen mir das Geld heute. Und falls sich herausstellt, dass ich gelogen habe, können Sie den Zuverdienst im nächsten Monat anrechnen.«

»Das liegt nicht in meiner Macht, Madame. Dieses System soll die Empfänger ja gerade vor der Rückerstattung bereits ausgezahlter Beträge schützen, die für sie eine schwere Belastung darstellt.«

»Aha, und die Garnichtauszahlung ist etwa keine Belastung?«

»Ich habe mir dieses Verfahren nicht ausgedacht. Aber man muss sich nun mal daran halten.«

»Beim nächsten Mal gebe ich gar nichts an. Dann kommt das Geld wenigstens pünktlich.«

»Falsche Angaben sind strafbar.«

»Versetzen Sie sich doch mal in meine Lage!«

»Ich erkläre Ihnen lediglich das Prozedere.«

»Aber das ist hirnrissig …«

»Ist Ihre Frage jetzt hinreichend beantwortet, Madame? Es sind noch viele Anrufer in der Warteschleife.«

»Jein, bitte tun Sie mir den Gefallen und überweisen das Geld … Ich verspreche, Ihnen meine Honorarabrechnung so schnell wie möglich zukommen zu lassen.«

»Ich kann Ihnen da nicht helfen, Madame, selbst wenn ich wollte. Ich habe keinen Zugriff auf Ihre Akte, und es wäre nicht legal.«

»Vorhin hatten Sie noch Zugriff auf meine Akte …«

»Ja, aber nur zur Einsicht. Ich kann Ihnen das Geld nicht eigenmächtig überweisen. Wir müssen uns alle Schritt für Schritt an das Verfahren halten. Wären Ihre Fragen hiermit geklärt, Madame?«

»…«

»Alles klar?«

»… Jaja, alles klar …«

»Dann viel Erfolg, Madame, und vergessen Sie nicht, eine Kopie der Abrechnung an die Adresse zu schicken, die auf unserer Website angegeben ist.«

»Wie sollte ich das vergessen?«

»Auf Wiederhören, Madame. Im Namen der Arbeitsagentur wünsche ich Ihnen noch einen schönen Tag.«

12

Nicht heulen – nachdenken. Wegen dieser bürokratischen Widrigkeiten würde das Geld zwar später eintreffen, aber nicht ausbleiben. Bald sollten zwei Zahlungen mein Konto wieder auffüllen: Artikelhonorar und GS. Also könnte ich wohl eine Überziehung riskieren. Mein Geld war ja nicht verschwunden, sondern nur im Verwaltungslabyrinth steckengeblieben. Letzten Endes litt ich an einer Diskrepanz zwischen dem Nominalwert meines Bankkontos und seinem realen Wert, beziehungsweise zwischen Nominalwert und Nutzwert, oder so ungefähr … Jedenfalls wollte ich partout nicht auf die Einkäufe verzichten, die seit zehn Tagen vorgesehen waren. Nach einer ordentlichen Mahlzeit würde ich wieder klarer sehen, ich würde Arbeit finden.

»Sehr gut, Kind, so gefällst du mir schon besser«, anfeuermutigte mich Mama.

Voller Schwung und Elan nahm ich die Treppe in Angriff. Doch ehe ich aus der Haustür trat, um die langersehnten Besorgungen zu erledigen, öffnete ich aus Neugier meinen Briefkasten. Darin steckte ein Umschlag mit dem Logo des Wasserversorgers Veolia. Möge das

Unternehmen samt Filialen in Flammen aufgehen! Eine Rechnung über 90 Euro. Vielmehr eine Zahlungserinnerung. Um dieser Verkettung von Kalamitäten angemessenen Ausdruck zu verleihen, müsste man schwerfälligere, stockendere Sätze bauen. Das kommt mir jetzt in den Sinn, damals war mein erster Gedanke: »Das ist der ideale Zeitpunkt für eine Andiedeckestarrung.« Voller Kummer und Jammer stieg ich die Treppe wieder hinauf.

Für eine effektive Andiedeckestarrung nehme man:

1. ---> ein Bett
2. ---> eine Zimmerdecke
3. ---> ein niedergeschlagenes Individuum

1. ---> Das Bett

Sollte leicht zugänglich sein, damit das niedergeschlagene Individuum sich unter Tränen darauf werfen kann, und einen vernünftigen Abstand zur Zimmerdecke aufweisen. Im Lauf etlicher Andiedeckestarrungseinheiten für Fortgeschrittene habe ich genug Erfahrung gesammelt, um eine Deckenhöhe von mindestens 2,50 Meter zu empfehlen.

1.1. Hochbetten sind ungeeignet, weil die Decke dem niedergeschlagenen Individuum dann gewissermaßen auf den Kopf zu fallen droht. Die Andiedeckestarrung erfordert viel Bewegungsfreiheit für die Augen, da sämtliche andere Aktivitäten buchstäblich zum Erliegen kommen.

1.2. Beträgt der Abstand zur Decke hingegen mehr als vier Meter, werden die Augen schnell müde, was dieser Übung abträglich ist.

1.2.1. Wenn Sie allerdings über eine so hohe Decke verfügen, sind Sie zwangsläufig reich und betreiben die Andiedeckestarrung lediglich aus Liebeskummer oder wegen eines Steuernachzahlungsbescheids, beides Luxusprobleme, die hier nicht relevant sind.

2. ---> Die Decke

2.1. Ist Gegenstand der Anstarrung. Um tröstlich auf das getrübte Gemüt einzuwirken, sollte die Decke nicht makellos sein. Reinweißigkeit verhindert die angestrebte porentiefe Sorgenentfernung, denn eine heilsame Anstarrung hängt unmittelbar von den Zerstreuungen ab, welche die Augen nach und nach an der Decke ausmachen können.

2.1.1. Zusammenfassend lässt sich folgende Gleichung aufstellen: weiße Decke => null Zerstreuung => nutzlose Übung.

2.2. Eine stark verschmutzte Decke mag dem Auge zwar viele interessante Anhaltspunkte bieten, um länger zu verweilen und darüber sämtliche Sorgen zu vergessen, ist aber auch nicht optimal. Der Dreck färbt allzu leicht auf das ohnehin getrübte Gemüt ab und führt aufgrund einer gewissen Leitfähigkeit (oder Leitbefähigung) schließlich zur Verschlechterung seines Zustands.

2.3. Ein alter Wasserschaden, der vertrocknete Kadaver eines zerquetschten Insekts, Fingerabdrücke, die vom Wechsel einer Glühbirne herrühren – solche Spuren sind Anregung genug für …

3. ---> … das niedergeschlagene Individuum

Es sollte noch die Kraft haben, sich zum Bett zu schleppen, aber so k.o. sein, dass es zwei Stunden lang reglos verharren kann. Im Idealfall ist das Individuum nicht unbedingt ausgehungert, aber zutiefst deprimiert. So tief, dass es sich nicht dazu aufraffen kann, die Nudeln für das Abendessen aufzusetzen (ein Phänomen, das auch unter dem Namen Nachtmahlpastaverweigerungsaffekt bekannt ist).

4. ---> Anordnen wie folgt:

2

3

1

Nicht schütteln!

(das anstarrende Individuum wurde schon mehr als genug durchgerüttelt)

5. ---> Ruhen lassen

Wenn die psychohygienische Wirkung einsetzt, kommt das Individuum gelegentlich auf Lösungen und zu einem emotionalen Neustart. Ach, wenn sich doch alle Decken der Welt die Hand reichen könnten! Was hätten sie nicht alles zu erzählen über das menschliche Leid, das sie auf sich genommen …

Meine Tränen versiegten. Die Frage, was mit der Rechnung meines Wasserversorgers (möge Aussatz ihm die Hoden verdorren!) zu tun sei, löste sich in Luft auf. Mich bewegte eine ganz andere Frage: Warum musste ich unbedingt diesen blöden Briefkasten öffnen? Warum musste ich ständig nachsehen, ob ich neue E-Mails bekommen hatte, neue Kurznachrichten …

»Vielleicht, weil du dir wünschst, dass jemand an dich denkt …«, spekuriet Mama.

Sag ich ja, total kindisch, ein Zeichen von Unreife.

»Ganz einfach: Um dich zu beschäftigen«, fünkelte Hector dazwischen und setzte dafür kurz seinen SMS-Austausch mit Belinda aus.

Nutzlose Beschäftigung das, unproduktiv, ablenkerisch, aber sogar Firmenbosse geben diesem ständigen Überprüfungsdrang nach …

»Solche Lebenszeichen tun dir einfach gut«, ergänzufügte meine Mutter, »sie beweisen deine Existenz, trösten dich über die Einsamkeit hinweg.«

Einsamkeit macht mir keine Angst, Mama.

»Lüg dir nicht in die eigene Tasche, mein Kind …«

»Hör mal«, sagte Hector und wechselte das Thema, »könntest du dein fabuliziöses und legendarisches Schreibtalent nicht dafür einsetzen, dass Belinda mit ihrem garstigen Kerl Schluss macht und sich dann in mich verliebt?«

Nee, keine Lust. Ich starrte die Decke an.

»Komm schon, tu mir den Gefallen. Das wird eine supergeile Sexszene, ich mit dieser heißen Braut.«

Kommt nicht in Frage. *Erstens* will ich nicht, dass mein Text gekapert wird, *zweitens* – wenn du mich schon fragst – ist Belinda nun mal in einen netten jungen Pariser verliebt, der bestimmt kreuzunglücklich wäre, falls …

»Das kann ja wohl nicht wahr sein! Du ergreifst für ihn Partei!«, erwütete sich Hector. »Was für eine Schande. Du bist mit *mir* befreundet, in dieser Angelegenheit musst du *mir* zur Seite stehen.«

Nein. Ich bin ganz und gar unparteiisch. Ich bin die universale, objektive Schreibinstanz, ohne Geschlechts- oder Klassenzugehörigkeit, frei von jeglichen Zwängen, unerschaffen, ich bin der Atem, mehr noch, ich bin das Wort, ich habe keinerlei …

»Du solltest nach Hause kommen, mein Kind«, mahnrügte meine Mutter. »Du bist übergeschnappt. Bisher hast du dich wacker gehalten, aber jetzt reicht's, komm heim.«

Sie hatte ja recht. Aber sie wusste nicht, dass man etappenweise ins Elend abrutscht. Ein Jahr lang arm zu sein ist hart, aber man passt sich an. Man ist sogar stolz, weil man sich beweisen und am eigenen Schopf rausziehen will. Zwei Jahre lang arm zu sein bedeutet quasi Hausarrest, aber man hat sich ja schon daran gewöhnt und fühlt sich ganz wohl in seinem kleinen Verschlag. Drei und noch viele weitere Jahre arm zu sein bedeutet, dass sämtliche Klamotten verschleißen, man seine Freunde verliert, nie mehr Spaß hat, nicht mehr wählen geht, keinen Ausweg mehr sieht. Darum kehrte ich noch nicht nach Sullac zurück (wo die Leute ihre Rechnungen gleich am Briefkasten öffnen und die im

Departement Hérault zugelassenen Autos über Landstraßen mit motorsensengepflegten Gräben fahren, wo Tatiana gerade ihre Schicht bei der McDonald's-Filiale am Verkehrskreisel der Umgehungsstraße begonnen hat, wo das Füchslein, das zum ersten Mal seinen Bau im Wald gegenüber verlässt, in die mörderischen Fänge eines Bussards gerät). Dafür hatte ich am nächsten Tag immerhin Kraft genug, die Unterstützung einer Sozialarbeiterin anzufordern.

13

Die Damen vom kommunalen Sozialhilfeverein hatten mir bei meinem Wechsel vom Arbeitslosengeld zur Grundsicherung geholfen, sämtliche Unterlagen für den kniffligen Antrag zusammenzustellen. Beim KSHV ähnelten sich die Sozialarbeiterinnen auf verwirrende Weise. Sie verwendeten alle die gleiche Haartönung, waren alle zwischen 40 und 50 Jahre alt, hörten alle wohlwollend zu, informierten stets über alle möglichen Arten von Unterstützung, ohne je gegen die Vorschriften zu verstoßen. Nun hoffte ich, dass eine von ihnen mir helfen würde, diese Rechnung zu begleichen. Mit dem Anschreiben des Wasserversorgers (mögen Skorpione seine Augäpfel fressen!) und meinem speziösen Spezimen einer spezifischen Sozialhilfeempfangsberechtigungsbescheinigung ging ich zum KSHV.

Das Büro war angenehm ruhig, die Dame freundlich, allein: Es tat sich nichts.

»Wie bitte?«, horchhakte meine Mutter nach.

Die Sozialarbeiterin war wirklich sehr nett, aber – und das war sicher eine Dummheit – aber aber aber ich habe es schließlich sein lassen …

»Ach, Kind! Es ist zum Verzweifeln mit dir! Du machst da einen schweren Fehler.«

Pass auf, Mama, ich erkläre es dir. Ich habe mein Bestes gegeben. Habe mir in diesem Büro auf die Lippen gebissen, um nicht loszuheulen, weil ich mir selbst so unendlich leidtat, als ich meine Lage schilderte. Die

Beraterin teilte mir mit, dass solche Rechnungen in bestimmten Ausnahmefällen vom Amt übernommen werden können. Sie wollte einen neuen Termin vereinbaren, um den Antrag bei irgendeinem Sonderhilfsfonds zu stellen, der mich unterstützen würde, wenn ich zunächst Widerspruch gegen das Einzugsverfahren erhöbe … Viel zu kompliziert. Ich habe das Handtuch geworfen.

»Von nichts kommt nichts. Du darfst jetzt nicht aufgeben! Stell diesen Antrag.«

Du hast leicht reden. Die Unterstützung brauche ich doch jetzt, warum soll ich in einer Woche mein Gesuch einreichen, um einen Monat später zu erfahren, ob mir das Geld bewilligt wird? Und was, wenn der Bescheid negativ ausfällt?

»Natürlich dauert das seine Zeit, man kann dir schließlich nicht alles auf einem Silbertablett präsentieren«, sauertöpferte Mama.

Nach dem Beratungstermin ging es mir gleich besser. Man hatte mir zugehört. Ich war nicht mehr allein mit meinen jämmerlichen Problemen, gliederte mich in das Kollektiv der Notleidenden ein, wurde integraler Bestandteil eines amtlich bekannten Prekarisierungsprozesses. Das Biest hatte seine Fangzähne ein Stück weit aus meinem Hals gezogen, unter dem mächtigen Schirm des guten alten Vaters Staat keimte eine winzige Hoffnung. Ich war durchaus bereit gewesen, diesen Antrag zu stellen.

»Und warum hast du es dann nicht gemacht?«, inquibohrte meine Mutter.

Weil ich, kaum war ich wieder zu Hause, den Fehler beging, mir als Erstes die Liste mit den erforderlichen

Unterlagen anzusehen. Ich konnte es nicht fassen. Verlangt wurde Folgendes:

Kopie des Personalausweises;

Kopie des Steuerbescheids vom Vorjahr;

Kopie der Verdienstbescheinigungen (oder der Auszahlungsnachweise der Arbeitsagentur);

Kopie des Familienkassenbescheids (gegebenenfalls)

Kopie des letzten Wohnsteuerbescheids und/oder

Kopie des letzten Grundabgabebescheids

Kopie der letzten Mietzahlungsquittung

Kopie der jährlichen Nebenkostenabrechnung

Kopie der letzten Strom- und Gasrechnung

Kopie der letzten Beitragszahlung für Gebäude- und
Kfz-Versicherung
des Fälligkeitsverzeichnisses bei Kreditaufnahmen
jeglicher Schuldennachweise
einer Bescheinigung über die Bank- oder Postbankverbindung …

Kopie

Kopie

Kopie

Kopie

»Normalerweise vermeidet man die Inkorporierung solch prosaischer Listen in literarisch ambitionierte Werke«, mischte sich Hector voller Empörung ein. »Du solltest lieber eine schöne Liebesgeschichte schreiben …«

Lass mich bloß in Ruhe. Ich habe ganz andere Sorgen.

»Sprichst du etwa mit mir, Kind?«

Nein, Mama. Mit einem Störenfried. Er liest jetzt woanders.

»Gut so. Man sollte immer höflich und anständig bleiben. Vor allem darf man sich niemals entmutigen lassen.«

Das sehe ich genauso. Ich hatte mich darangemacht, die Unterlagen zusammenzustellen. Doch als sämtliche Federn, die mein heikles wirtschaftliches Gleichgewicht in Schwingung hielten, vor mir ausgebreitet waren, schämte ich mich. Mir wäre Entlastung lieber gewesen als die Bürde einer weiteren Antragstellung. Außerdem mussten die Kopien und Briefmarken auch irgendwie bezahlt werden … Hinzu kam die Angst. War ich arm genug für diese Form der Unterstützung? Sollte ich vielleicht ein kleines bisschen lügen, um meine Chancen auf Bewilligung zu erhöhen? Gott der Staat ist aber allwissend. Er sieht alles, hört alles, verzeichnet alles in seiner riesigen digitalen Datei. Meine jämmerlichen Schwindeleien würden auffliegen, man würde mich an den Pranger stellen, ich hätte bis in alle Ewigkeit jegliches Anrecht auf Unterstützung verwirkt. Mir wurde schwarz vor Augen. Die Sozialarbeiterin hatte sich in eine böse Hexe verwandelt, die auf meinem Papierkram einen Veitstanz aufführte und in die allerintimsten Winkel meiner Intimsphäre vordrang, um mich vor dem Tribunal der Schmalhänse und Huckeduster bloßzustellen und am Ende zu verkünden, ich sei jedes Almosens unwürdig, und wäre es noch so klein. Mir brannten die Wangen, der Magen, die Augen, ein widerwärtiges Gefühl. Und diese Beklemmung, die mich die Zähne zusammenbeißen ließ, war im Grunde nichts anderes als Erniedrigung. Kaum hatte ich das begriffen, sprang ich auf: IHR KÖNNT MICH ALLE AM ARSCH LECKEN! So viel Aufwand für Wasser im Wert von läppischen 90 Euro. Die werden gar nichts erfahren. Ich komme schon allein klar.

Ich drehte mich um. Meine Mutter verschwand, empört über meinen Rückfall ins Ordinäre. Dafür war Hector wieder da.

»Und wie stellst du das jetzt an?«

Keine Ahnung. Ob er wohl einen Vorschlag hatte?

»Ich habe dir doch schon einen genialen Ausweg genannt: Ich, Hector, gehe mit Belinda ins Bett …«

Mir war nicht klar, wie das mein Problem lösen sollte.

»He, mach dir keinen Kopf, lass diese blöde Rechnung einfach liegen …«

Bloß nicht. Ich hatte keine Lust, die Gerichtsvollzieher vor der Tür zu stehen zu haben. Wer seine Rechnungen begleicht, tritt wenigstens nicht auf der Stelle, er treibt die Dinge voran, auch wenn er dafür sein Konto überziehen muss. Wenn man schon in der Tinte sitzt, dann richtig. Lasst alle Vorsicht fahren, wie Saint-Just sagte.

Ich stellte einen Scheck über 90 Euro aus, frankierte den Umschlag, ließ mich dann aufs Bett fallen, um zu weinen. Ich weinte lange, so lange, bis es auch draußen vollkommen finster war. Danach schlüpfte ich unter die Decke und machte mich über die kleinen Schokotäfelchen her, die zum Kaffee gereicht werden und die ich als Notration für Depri-Abende aufbewahrte.

14

Am nächsten Tag war mir klar, dass ich zuerst Geld auftreiben musste, bevor ich mir eine Arbeit suchte. Also habe ich gemacht, was jeder an meiner Stelle gemacht hätte: den Computer eingeschaltet. Zu Zeiten meines großen Exodus hatte ich viele Habseligkeiten über die Handelsplattform PriceMinister verkauft. Mit dem großen Exodus meine ich den Moment, in dem ich mich von meinem früheren Leben losriss. Jeder trägt seine eigene Nachkriegszeit im Herzen, seinen Moment der Kapitulation; jeder hat seinen persönlichen Auszug aus Ägypten erlebt, seinen eigenen New Deal, seine Weltwirtschaftskrise. Jede einzelne Biographie lässt sich gliedern wie ein Geschichtsbuch, inklusive Eiszeiten und Revolutionen.

Mein *Verkäuferkonto* lockte keine Kunden mehr an, ich musste neue Angebote einstellen. In meinem Bücherregal standen noch ein paar Exemplare mit potentiellem Marktwert. Schweren Herzens suchte ich ein knappes Dutzend heraus. Bis ein Internetsurfer welche kaufte, ich sie zur Post brachte und über die Plattform 5 Euro einnahm, würde es seine Zeit dauern und mein Bankkonto nicht nennenswert auffüllen. Mein habgieriger Wasserversorger (möge das Haus seiner Mutter von Schlamm geflutet werden!) hingegen würde meinen Scheck einlösen, sobald er ihn erhielt, und mein Konto wäre in null Komma nichts um 72,30 Euro überzogen.

Airbnb wäre theoretisch auch eine Option gewesen – ich hätte mein Zimmerchen für 40 Euro die Nacht vermieten können. Eine ideale Lösung, wenn denn meine Klospülung funktionieren würde, mein einziger Stuhl nicht auseinanderzubrechen drohte, mein Geschirr nicht angeschlagen wäre. Schon lange geht niemand mehr ins Leihhaus, so was liest man nur noch in Romanen aus dem 19. Jahrhundert. Die Kreditanstalt ist heutzutage ein bürokratischer Schalter, wo für jede Pfandhinterlegung eine Liste von Dokumenten verlangt wird, die genauso lang ist wie die Schlange von Asylbewerbern vor der Ausländerbehörde. Da ist es eher angesagt, seine Möbel beim Trödler loszuwerden, seine DVDs übers Internet zu verticken und seine Bücher im Antiquariat. Wer bessergestellt ist, kann sein Gold veräußern. Ich fasste an das Kettchen um meinen Hals, ein Geschenk meines Vaters, unmöglich, mich davon zu trennen. Mir blieb nur der Onlinehandel.

Mit strengem Blick suchte ich mein winziges Apartment nach einer möglichen Geldquelle ab, wie ein General, der nach altem Kriegsbrauch zur Dezimation schreitet. Die Gegenstände zitterten, kaum richtete ich mein Auge auf sie. Mich nicht! Mich auf keinen Fall!, schienen sie zu rufen. Das Los fiel auf den Jüngsten, einen Toaster, der sich an die hiesigen Gepflogenheiten angepasst hatte und auf leeren Magen ein Stück von Jean Racine las.

Ich trat näher an ihn heran. Neben ihm atmete die elektrische Saftpresse erleichtert auf. Als der Toaster erkannte, was ihm blühte, band er sich weinend an seine Steckdose.

»Wie kannst du so grausam mich opfern? Warum mich morden, was hab ich getan? Mit welchem Recht, wer hat's dir befohlen?«

»He«, presste die Saftpresse hervor. »Reg dich ab, sonst kommt es noch zum Kurzschluss …«

»Das ist Verrat, die reinste Freveltat. So lohnst du meine Liebe!«

»Spiel dich nicht so auf, du bist doch bloß ein Toaster«, setzte die Saftpresse nach und ließ mehrmals ihren *on/off*-Schalter klicken.

»Was soll das heißen, bloß ein Toaster? Ich war Gefährte ihr, hab stets ihr Leid gelindert! Bei jeder Scheibe, die sie in meinen Leib steckte, seufzte ich vor Wohlbehagen. Aus ihrem altbackenen Brot zauberte ich eine knusprig heiße Köstlichkeit. Ich reichte es ihr behutsam dar, um die zarten Fingerchen nicht zu versengen. Verlor'ne Müh! O Tücke des Geschicks! Warum will es mir so übel? Und warum werden Sie, Frau Nachbarin, verschont?«

»Weil ich sie mit Vitaminen versorge, statt mit schädlichen Kohlehydraten«, zischte die Saftpresse und schlug nun frostigere Töne an. »Dein Getoaste erhöht nur ihre Kosten. Mit mir spart sie hingegen Platz und Energie. Du nimmst ja fast die ganze Arbeitsfläche ein. Find dich damit ab, dass andere nützlicher sind. Brot kann man auch ungeröstet essen. Aber wie soll man ohne eine Presse seine Orange trinken?«

»Ach! Ich bin ja nicht taub und kann Euch durchaus folgen. Doch will ich diesem hehren Ort nicht entsagen, dafür ist mir seine Herrin viel zu teuer. Wenn sie mir am Monatsende, o Graus, kargen Zwieback einfüllte, verfeinerte ich ihn für ihren Gaumen mit dem Aroma gebrannter Mandeln und handverlesener Haselnüsse. Ich brannte, glühte für sie, verzehrte mich vor Sehnsucht. Und was ist der Dank für meine Liebe? Was frommte sie mir? Man füllte mich immer mehr, ich verbrauchte nicht weniger.«

»Hör auf, mir kommen gleich die Tränen. Was verlangt sie für dich?«

»15 Euro, meinte sie«, schniefte der Toaster. »Ich glückloser Spielball rachsüchtiger Götter war bei meiner Geburt doppelt so viel wert …«

»Aber du kannst dir denken, wie Käufer auf Gegenstände aus zweiter Hand herabsehen«, meinte die Saftpresse gnadenlos.

»Wer weiß, wie es mir unter einem neuen Dach ergehen wird?«, bösschwante der Brotröster. »Ob man mich auch dort hegt und pflegt? Mir trüben schwarze Ahnungen den Geist. Ein gehässiges altes Weib wird den Zuschlag erhalten, es wird mir jedes Mal die Schuld geben, wenn eine Sicherung durchbrennt, mich in die Rumpelkammer verbannen und sich ein primitives Waffeleisen zulegen. Und ich, trauriger Auswurf der Natur, bleibe dann in meinem Winkel allein mit all dem tiefen Gram, den ich erlitten.«

»Wer wird denn da gleich schwarzmalen? Vielleicht gibt es in deinem neuen Zuhause ja Vollkornbrot, Butterhörnchen, Kinder.«

»Kinder?«, hitzelte der Schnittenwärmer.

»Was könnte es Schöneres geben als nimmersatte Kinder, die dich pausenlos vollstopfen? In meiner Erhabenheit stehe ich nur Erwachsenen zur Verfügung, du hingegen könntest gleich eine ganze Kinderschar erfreuen. Und dann wird sich der Umzug als Segen erweisen!«

»O Freundin, wie begierig lauscht mein Herz der holden Rede, die mich vielleicht täuscht«, schnüffelte der Krumengriller und schüttelte zaghaft sein Kabel. »Der Abschied muss dir nun gesaget sein …«

»Kinder gibt es in dieser Stadt wahrlich genug«, dozierte die Saftpresse. Dann zischte sie: »Und du hast doch gewusst, dass du in Krisenzeiten als Erster dran glauben musst …«

»Weh mir!«

15

Ohne mich von diesem tragischen Wortwechsel erweichen zu lassen, stöpselte ich den Toaster aus, machte mit meiner Webcam ein paar Fotos und annoncierte ihn auf der Onlineplattform.

Um meinen Hunger zu überspielen, klickte ich mich dort von Angebot zu Angebot und lechzte nach trendigen Fahrrädern, selbstreinigenden Backöfen, Waschmaschinen, Ferienwohnungen zur Miete, Bettwäsche, Schnellkochtöpfen und allen anderen Dingen, die mir *theoretisch* fehlten. Was hätte ich mir in der Theorie, im imaginären Raum, in einem Paralleluniversum nicht alles geleistet, hätte ich Geld gehabt, was hätte ich für Kleider getragen, auf welcher Matratze geschlafen, in welchen Bademantel wäre ich nach einer entspannenden Dusche geschlüpft, welchen alltäglichen Luxus hätte ich mir gegönnt … lauter Dinge, die nur im Konditional zu haben waren.

Bestimmt wurde der Konditional von einer bettelarmen Familie erfunden, um die eigenen Lebensbedingungen besser zu ertragen. Das muss vor langer, langer Zeit gewesen sein, als es noch keinen Strom gab und keinen Sonntagabendblues und jedermann an einen ultrabösen Gott glaubte. Das war bestimmt die Familie Notleid.

Die Notleids ackerten auf dem Gut zweier verschwägerter Familien namens Mehrwillich und Kannsmirleist.

Die Mehrwillichs und Kannsmirleists speisten Wildschweinbraten und unterhielten sich dabei im Futur über ihre Italienreisen, im Präsens über ihren Grundbesitz und im Perfekt über ihre glanzvollen Hochzeiten. Einst hatte man die Notleids zu diesen Festmahlen geladen, aber sie konnten nichts zum Tischgespräch beitragen, es waren Leute ohne Stammbaum und Skiurlaub. Sie wurden nach Hause geschickt, um Kartoffeln zu schälen, und schließlich zu Leibeigenen degradiert.

Eines Tages jedoch, als der Gutsherr Kannsmirleist gemächlich durch seine ausgedehnten Ländereien ritt und den Sonnenuntergang bewunderte, hörte er Gelächter aus der kärglichen Hütte der Notleids. Er spähte durch die Scheibe und staunte nicht schlecht. Die ganze Familie war versammelt, lag Kopf an Fuß auf Strohmatten und lauschte einem jungen Minnesänger. Bei heiteren Passagen hüpften die Nachtmützen lustig auf und ab, im nächsten Augenblick flossen Tränen. Was der junge Mann zum Besten gab, schien ungemein fesselnd. Kannsmirleist wurde urplötzlich von Neid erfüllt. Er wich ein paar Schritte zurück und brüllte:

»Halt! Komm raus, du Bauer, ich will mit dir reden!«

Es wurde still, dann hörte man Geflüster.

Schließlich antwortete Notleid: »Werter Herr, wäre ich bekleidet, würde ich herauskommen. Aber ich bin nackig und würde ungern Euren Unmut erregen.«

Der Edelmann traute seinen Ohren nicht. »Wie? Gleich komm ich rein und reiß dich aus dem Bett!«

»Ich niederes Bäuerlein sollte den hohen Herrn verärgert haben? Nun gut …«

Und so trat der alte Notleid im Nachthemd hinaus, gefolgt von dem jungen Unbekannten. Beide wirkten ausgesprochen vergnügt.

»Mein Herr«, sagte der Bauer ohne eine Spur der gewohnten Unterwürfigkeit, »Sie sollten lieber Bescheid geben, wenn Sie sich unserer bescheidenen Behausung zu nähern gedenken. Wären Sie gestern vorbeigekommen, würde ich Ihnen heiße Schokolade kredenzt haben. Heute ist mir leider die Milch ausgegangen.«

Der Ritter war fassungslos. Kakao hatten die Kannsmirleists noch nie gekostet. Er war zu teuer, selbst für die Mehrwillichs (damals außerdem noch nicht entdeckt).

»Du hältst mich zum Narren, Halunke! Euresgleichen … schläft um diese Zeit und wird von Alpträumen geplagt, wie es sich für Gesindel gehört … Ihr habt euch auszuruhen, damit ich euch morgen auf meinen Feldern besser ausbeuten kann.«

Der Minnesänger warf ein: »Wollt Ihr damit sagen, er *hätte* Euch nie und nimmer so ansprechen dürfen? Wir *hätten* schlafen sollen?«

Kannsmirleist rang nach Luft. Zum ersten Mal in seinem Leben hatte er das Gefühl, nicht alles zu begreifen. Außer sich vor Zorn stammelte er: »Was ist das überhaupt für ein Kauderwelsch? Das wirst du mir büßen! Ich kann dich jederzeit töten, wenn mir danach ist.«

Der Herr entfutteralte sein Schwert. Er hätte seinen Pächter umgehend aufgespießt, hätte der geheimnisvolle junge Sänger nicht endlich erklärt, was er hier zu suchen hatte.

»Halt, gnädiger Herr, beruhigt Euch oder richtet Euren Zorn gegen mich. Ich allein trage die Schuld. Dabei wollte ich nur, dass diese Familie von meinem Wissen profitiert.«

»Was für ein Profit? Mit welchem Recht? Ich bin es, der herrscht, ich kämpfe und werde kämpfen. Ich erbe, ich habe geerbt, und ich werde herrschen. Ich werde dich töten!«

»Verschont ihn, Herr, er ist ein wahres Genie«, mischte sich Notleid ein. »Ihm verdanken wir, die wir so elend waren, nun so viel Freude zu empfinden …«

»Und auch Kummer, mehr als zuvor«, bedauerte der Minnesänger.

»Ja, mein Junge«, fuhr Notleid fort und vergaß darüber vollkommen die Anwesenheit seines Lehnherrn, »aber dank deiner Erfindung können wir endlich träumen, Sehnsucht spüren, Schmerz lindern, uns alles Mögliche vorstellen, erhoffen, wünschen … Hör nur, wie es mich beflügelt.«

Und dann deklamierte der wackere Freigeist Notleid:

Hätte ich Geld, würde ich Lokum naschen wie
ein Mohr.

Hätte ich einen Adelstitel, würde ich für meine
Tochter eine prächtige Hochzeit ausrichten.

Hätte ich eine Armee, würde ich die Adligen
erdrosseln und ihre Güter an die arbeitende
Bevölkerung umverteilen!

Als Kannsmirleist diese Worte vernahm, hob er, der zutiefst gekränkte Nichtgrammatiker, sein Schwert und stach beide Männer ab. Sie waren die ersten Märtyrer des Konditionals. Kannsmirleist kehrte nach Hause zurück, berstend vor Imperativen, Indikativen und Imperfekten. Am nächsten Morgen befielen ihn vor seiner Dampfespressomaschine vage Schuldgefühle. Er ließ der Witwe Notleid eine Entschädigung überbringen und murrte, er hatte nicht tun dürfen, was er hatte tun müssen, er hatte etwas anderes tun müssen als das, was er getan hatte. Den richtigen Modus fand er nicht.

Die Jahre gingen ins Land. Das Gut wurde inzwischen vom Junker Mehrwillich geführt, der gewiefter war als sein Schwiegervater. Heimlich übte er die neue Sprechweise ein, um mehr Macht zu erlangen. Nach unzähligen Konjugationen im Verborgenen suchte der Herr seinen Pächter auf, um ihn zu verhöhnen.

»Notleid! Komm raus aus deinem Loch!«

»Sehr wohl, mein Herr. Womit kann ich dienen?«

»Man hat mir gesagt, die Ernte würde dieses Jahr mager ausfallen.«

»Kann sein, kann auch nicht sein. Das lässt sich nicht so genau vorhersehen, lieber Herr.«

»Bring mir die zehn Zentner Getreide, die mir alljährlich zustehen, sonst kannst du was erleben. Und da wäre noch etwas, du Lump: Deine Frau war krank, sie hat unsere Wäsche nicht gemacht. Hättest du mir Bescheid gegeben, würde ich Nachsicht geübt haben können, aber dafür ist es jetzt zu spät. Ihr werdet fortan doppelt so viel Frondienst leisten.«

»Ach«, sagte Notleid und schluckte. »Euch Bescheid geben? Aber wie das, teurer Herr? Wir hatten Angst, Euch zu verärgern …«

»Ihr hättet lediglich eine Krankmeldung bei meinem Gutsverwalter einreichen müssen, samt Kopie des Personalausweises, Kopie der Krankschreibung, Kopie des Freistellungbescheids …«

»…?«

»Hättest du mir diese Unterlagen rechtzeitig zukommen lassen, würde ich dir die Sanktionen ersparen können. Jetzt kann ich dir nicht helfen, selbst wenn ich es wollte. Es wäre nicht legal, außerdem habe ich keinen Zugriff mehr auf deine Akte.«

Der Junker versetzte seinem Pferd einen kräftigen Gertenhieb und entschwand in einer Wolke von Staub.

16

Nachdem ich meine Begehrlichkeit beim Surfen erst recht angestachelt hatte, trat Lorchus in Erscheinung, mein persönlicher Dämon und Experte in Sachen Versuchung.

»Servus, du Amöbe! Alles cool am Pool?«, dröhnte es aus seinem qualmenden Mund.

Ich hatte wirklich andere Sorgen, es war nicht der Moment, um auf seine Teufeleien einzugehen.

»Machst du Witze? Nach allem, was du in den letzten zwei Wochen erlebt hast, muss dir doch klar sein, dass ich der Einzige bin, der dir helfen kann. Rück mal ein Stück.«

Lorchus pflanzte seine mephistophelischen Arschbacken auf meinen Schreibtisch. Weil ich meinen Dämon nur allzu gut kannte, warnte ich ihn gleich: Keine krummen Touren, er dürfe höchstens ein Kleinod, das sich teuer verkaufen ließe, unter einem Möbelstück verstecken, wie in diesem Märchen, wo der Held um fünf Minuten vor Mitternacht endlich des Goldkiesels habhaft wird, den er in die Zaubergrotte zurückbringen soll …

»Ha! Ha! Ha! Ist doch alles Kinderkram«, höhnte Lorchus und fegte mit seinem stachligen Schwanz meinen Bücherschatz vom Tisch. »Etwas mehr Realismus würde deiner Geschichte guttun.«

Und dann verpasste er mir mit seiner klebrigen Hand eine Ohrfeige.

»Aua!«

»Wann kapierst du's endlich: Arbeit ist nur was für Schwächlinge. Deine Bücher sind das Papier nicht wert, auf dem sie gedruckt werden. Erst kürzlich hat mein Advokat zu mir gesagt (ich rede wahnsinnig gern mit meinem Advokaten, er gibt mir immer recht): Ist den Schweißtropfen nicht wert, den man dafür aufwenden muss.«

Lorchus war an diesem Tag in Hochform, zwischen seinen schwarzen Lippen quoll das Gift nur so hervor. Von seinem Urteil über meine Bücher entmutigt – ein Dämon findet jede Schwachstelle –, bat ich ihn um Rat.

»Das Geld liegt auf der Straße! Man muss nur die Augen aufmachen. Du könntest Diebin werden. Dafür bringst du gute Voraussetzungen mit, ich habe neulich gesehen, wie du bei der Post mit dem Gewicht geschummelt hast, um Porto zu sparen. Ein guter Einstieg … aber natürlich nur Mückendreck. Klauen muss man im großen Stil.«

Ich konnte ja wohl kaum Banken überfallen.

»Brauchst ja kein Schießeisen zu nehmen, Brechstange genügt. Krall dir einen betuchten Studenten –

und bäng! Ausbeute: eine Brieftasche, ein iPhone, ein Paar heiße Sneakers, eine Lederjacke. Hefte dich an die Fersen eines Trödlers, der die Taschen voller Scheine hat. Bäng! Schon wandern die Peseten in deine Tasche. Reiß kleinen alten Damen die Handtasche weg. Sie tragen immer Bargeld mit sich herum. Diese alten Schachteln haben nie begriffen, wie nützlich eine EC-Karte ist – meine geniale Erfindung …«

Beim Sprechen kratzte sich der Dämon unter den Achseln, fauliger Schorf fiel zu Boden. Bald wurde der Gestank unerträglich. Ich lehnte seufzend ab. Gewalt gegen meine Mitmenschen kam nicht in Frage. Dafür erntete ich die nächste Ohrfeige.

»Aua!«

»Dann wirst du eben Dealerin. Baust Gras an. Ist echt nicht schwer. Musst dir nur einen Kundenstamm aufbauen, über Freunde und Freunde von Freunden. Networking ist das Zauberwort, Net-work-ing. Dir fehlt es an Unternehmergeist, das sieht man gleich, kannst nur Stütze oder Lohnsklaverei … *Leistung* ist für dich ein Fremdwort. Du hast noch nie diesen Rausch erlebt, den eine Gewinnmarge von 90 Prozent auf ein beliebiges Produkt auslöst. Das ist wahres Glück. Danach muss man das Geld vernünftig anlegen, klar«, sagte er und fasste sich an die Hörner.

Lorchus verstummte für eine Weile, in fiskusfernen Gedanken nach Helvetien schweifend. Ich hielt mir die Nase zu und erklärte, für mich tauge nichts von alldem, ich sei ein anständiges Mädchen. Lorchus zog mir brutal die Ohren lang.

»Autsch …«

»Ich bin noch lange nicht fertig, Würmchen! Bezahl dein Brot beim Bäcker mit einem 10-Euro-Schein und verlang Rückgeld für einen Zwanziger. Das klappt in 50 Prozent der Fälle. Einen Großteil deiner Zeit vergeudest du in Bibliotheken, lass einfach ein paar Computer mitgehen. Zum Schnäppchenpreis wirst du sie los. Wenn du dich an einen Bartresen hockst, kannst du dir gleich die Taschen der Raucher unter den Nagel reißen, sobald sie zum Paffen rausgehen …«

Lorchus lief im Zimmer auf und ab, seine Hufe hinterließen schmierige Spuren auf meinem knapp bemessenen Holzboden.

»Beraube deinen Nächsten!«, brüllte er, von meinem Schweigen erzürnt. »Setz dein Potential frei! Ich kann dir ja nicht alles hinterherteufeln. Glaubst du vielleicht, dein Geld wird vom Himmel fallen? Geh anschaffen, Nutten verdienen nicht schlecht. Oder geh betteln … Ah, dazu hat die Lady also keine Lust, das ist nämlich – wie heißt es doch gleich? – unter ihrer Würde.«

So hatten meine Eltern mich nicht erzogen. Lieber verhungern.

»Meinetwegen, aber du musst dich schon entscheiden, Schätzchen. Entweder, du schlägst dich auf die Seite der *Winner,* die immer einen Ausweg finden, oder auf die Seite der *Loser,* die am Staatstropf hängen, bei jeder Rechnung losflennen und jeden Tag ein bisschen tiefer im Morast versinken. Du solltest deinen Standpunkt überdenken. Dich selbst verwirklichen. Ehrlichkeit, Gerechtigkeit, Zurückhaltung – das alles ist einen feuchten Kehricht wert. Willst du etwa ein Leben lang auf deine Mutter hören? Sei du selbst. *Be yourself!*«

Den Kopf zwischen die Knie vergraben, hielt ich mir die Ohren zu und murmelte, dass ich am Sonntag wieder Bertrande besuchen würde. Lorchus ging in die Luft.

»Bertrande!«, schrie er, und eine purpurrote Flamme schoss aus seinem Mund. »Wie ich diese Frau hasse. Ständig kommt sie mir in die Quere. Ich verbiete dir, sie zu besuchen!«

Mir wäre es wirklich lieber gewesen, ihn verschwinden zu sehen. Ich wollte Bücher lesen und eine Portion Zuversicht schöpfen. Ich öffnete das Fenster.

»Für wen hältst du mich eigentlich, du Laus? Meinst du, ich fliege davon wie eine Hexe auf ihrem Besen? Ich lasse mir von niemandem sagen, was ich zu tun habe. Ach, und wenn ich schon mal da bin, kann ich mich auch gleich ein bisschen unfrisch machen …«

Und so verzog sich Lorchus in mein Badezimmer. Am Waschbecken wurde er von meinem Freund Hector angesprochen.

»Entschuldigung … Monsieur Lorchus?«

»Was gibt's?«

»Wenn Sie schon mal da sind – ich bräuchte Ihre Hilfe. Ich habe ein Problem und … tja … dürfte ich Ihnen untertänigst eine Bitte vortragen?«

»Nur zu. Untertänigst – das gefällt mir. *[Schlack! Schlack! Schlack!]* Ich mach mir die Leute gern untertan.«

»Ich heiße Hector.«

»Schieß los, Hector, nur zu. Nichts höre ich lieber als eine flehentliche Bitte, während ich mir die Nägel schön spitz feile … *[Schlack! Schlack! Schlack!]* Und? Sag schon, ich hab's eilig, auf mich warten noch ein paar Seelen, die gemartert werden wollen.«

»Es ist so: Ich bin in meine holde Nachbarin Belinda verliebt, sie findet auch an mir Gefallen, aber sie ist mit einem gewissen Charles-Édouard liiert … und ich … ich leide wahre Höllenqualen.«

»Du willst das Paar also auseinanderbringen.«

»Nein, nicht unbedingt, aber wenn Sie mir helfen könnten, mich Belinda zu nähern, ohne Schaden anzurichten …«

»He ho, was denn nun, du Knirps? Wir sind hier nicht bei den Sozen, wenn ich einschreite, dann richtig – mit Schmackes. Wenn ich was kaputtmache, wird es nie wieder ganz. Wenn ich lüge, ist das kein Spaß. Wenn ich eine Trennung herbeiführe, dann gehen nicht nur Teller zu Bruch, es hagelt Vorwürfe, Zweifel und Misstrauen machen sich breit. Was heißt hier ›keinen Schaden anrichten‹, ich bin doch nicht Harry Potter! Ich sorge gern dafür, dass die Schnecke in deinem Bett landet, damit du ihr ein ganzes Erdenleben lang mit deinem Pinsel das Puderdöschen polieren kannst, aber *auf meine Weise*. Hättest mich gar nicht erst fragen dürfen. Jetzt ist es zu spät. Lass mich machen und kack mir nicht auf den Dreizack. Wie alt ist die Schlampe?«

»Äh … Keine Ahnung, so Mitte zwanzig. Sie ist aber ein ehrbares Mädchen, wir backen um die Wette, sie bringt mir Kuchen vorbei …«

»Erspar mir deine Lebensgeschichte, du Wicht, sie ist mir wurst. Mich interessiert die Zwietracht, die ich säen kann. Sieh mal an: Ihr Wochenende mit Charles-Édouard ist soeben ins Wasser gefallen. Eine kleine Störung der Funkwellen ihres Handys, Skype funktioniert auch nicht mehr … Und schon bricht sie in Tränen aus …«

»Ich eile, sie zu trösten! Das wird sie nie vergessen. Danke, danke vielmals, Monsieur Lorchus, Sie sind ein Genie.«

Hector rannte zu seiner Nachbarin. Der Teufel kam aus dem Badezimmer.

»So, ihr Muggels«, sagte er und spuckte auf den Boden. »Ich mach mich jetzt vom Acker. *But I'll be back!*«

Dann flog Lorchus endlich von dannen, und mit ihm die Unterlagen des Sozialhilfevereins.

17

Am nächsten Tag ging ich mit leerem Magen zu Gibert, um meine Bücher zu verkaufen, vier Erstausgaben und fünf Taschenbücher. Ich reihte mich in die Schlange ein. Eine Mitarbeiterin, von der nur die obere Gesichtshälfte über den Schalter ragte, händigte der Person vor mir ein paar Scheine aus. Ich betete, dass man mir sämtliche Bücher abkaufte. Dann kam ich an die Reihe: Ich legte meine Schätze auf den Tresen, die Schalterdame scannte die Barcodes, ohne mich eines Blickes zu würdigen, schlug jedes einzelne Buch auf, ohne sich übermäßig zu beeilen, und legte es wieder hin, ohne ein Wort zu verlieren. Sie hatte die Bücher auf zwei Stapel verteilt, der erste bestand aus drei, der zweite aus sechs Exemplaren.

»Die nehmen wir nicht«, sagte sie und schob den größeren Stapel beiseite.

»Ach … äh … warum nicht?«

Knastfreundlich antwortete sie: »Das da haben wir

schon, das auch, von dem da gibt's inzwischen eine neuere Auflage, die anderen interessieren uns nicht. Für die drei bieten wir 9 Euro. Wollen Sie's in bar oder als Einkaufsgutschein mit einem Bonus von 10 Prozent?«

Ich schluckte – ein bisschen schämt man sich immer.

»In bar, bitte.«

Sie zählte mir das Geld hin und schickte mich weg.

Was für eine Enttäuschung. Wie sollte ich mit 9 Euro meine Ernährung nennenswert verbessern? Bisher hatte mich die Aussicht motiviert, meinen Kühlschrank auf strategisch ausgeklügelte Weise zu befüllen, aber jetzt ließ meine Entschlossenheit schlagartig nach. Für 9 Euro kriegt man drei Doseneintöpfe oder sechs Tassen Kaffee oder ein Tagesgericht, wenn man zu den Glücklicheren zählt, aber richtig einkaufen kann man damit nicht. Ich ging die Rue Chenavard hoch zu Schlecker. Bevor ich irgendwas Dummes anstellte (ich spürte es schon kommen), kaufte ich zwei Dosen Ravioli, ein kleines Glas Getreidekaffee und eine Packung Kekse. Mir blieben noch 2,50 Euro. Im erstbesten Café bestellte ich ein Bier. Auf leeren Magen löste der Alkohol bei mir eine Art von *0* Euphorie *0* aus, die herrlich unangebracht schien.

Ich betrachtete die Bücher, die mir geblieben waren, darunter *Mathematik* von Jacques Roubaud, *Tagebuch einer Kammerzofe* von Octave Mirbeau, *Augenblicke des Daseins* von Virginia Woolf, *Die Abenteuer der Mieze A.* von Vladan Matijević und eine Anthologie französischer Lyrik (in einer tatsächlich unverkäuflichen Ausgabe), die meine Mutter für ihr eigenes Studium verwendet und mir später überlassen hatte. Ich schlug das Buch an einer beliebigen Stelle auf.

Die Sonn ist hinter Wolken heut gesunken,
Es bringt der andre Tag den Sturm uns mit;
Dann wieder folgen Morgenrötes Funken,
Dann Nacht, dann Tag, entflieh'n der Zeiten Schritt.

All diese Tage werden ob den Flüssen,
Dem Meere schwinden, ob der Berge Haupt,
Und ob den Wäldern, wo ein leises Grüßen
Geliebter Toten man zu hören glaubt.

Der Meeresspiegel und die grünen Wälder,
Der Berge Gipfel, die kein Alter trübt,
Sie bleiben jung; stets nimmt der Bach der Felder
Vom Berg die Wogen, die dem Meer er giebt.

Doch ich, von jedem Tage mehr gebeuget,
Und von der frohen Sonne nicht erwärmt,
Ob ich auch geh, eh sich das Spiel geneiget,
Nichts fehlen wird der Welt, die um mich schwärmt.

Mit Bleistift stand noch am Rand, was ein Dozent damals erläutert hatte: »Sonnenuntergang – Motiv der Romantik; Wortfeld Jugend/Alter«.

Ich hatte zwar keinen Cent mehr in der Tasche, aber zu meinen Füßen steckte in der Schlecker-Plastiktüte immerhin noch was zu essen. Ich sträube mich mit Händen und Füßen gegen jeden Gedanken an die Zukunft, dachte ich und betrachtete meine Hände. Ich legte sie flach auf den Tisch und führte dann ein kleines Theaterstück auf. Der Zeigefinger der rechten Hand attackierte den kleinen Finger der linken Hand. Er schlug so lange mit der Kuppe auf ihn ein, bis der Daumen sich heldenhaft dazwischenwarf. Im Gegenzug bekam er einen Aufwärtshaken auf den Nagel verpasst. Von links kam

Verstärkung, die drei restlichen Finger fielen über den schlimmen Zeigefinger her und schlossen ihn ein. »Ha! Jetzt hast du das Nachsehen«, murmelte ich. Der Zeigefinger zappelte hin und her. Schließlich entkam er. Bei seiner Heimkehr trösteten ihn seine Kumpel. Tatsächlich schmiegten sich die fünf schmusend aneinander, zugleich schmiedete man rechter Hand schon Rachepläne, die Nägel wurden geschärft, der nächste Angriff stand unmittelbar bevor. Der Gegner erwartete ihn mit geballter Faust. Und schon ging es los. Nagel gegen Nagel! Schlag auf Schlag! Handteller an Handteller! Die Rechte gewinnt die Oberhand. Die Linke muckt auf …

Ich spielte noch eine Weile weiter, bis ich den Blick eines Gastes am Tresen auffing. Vor lauter Verlegenheit schnappte ich mir das Käseblatt, das auf einem Nebentisch herumlag.

»Was machen Sie da, Madame?«, fragte der Mann.

»Ich lese Zeitung«, erwiderte ich knapp.

»Und was steht drin?«

»Na ja, die Lokalnachrichten.«

»Ich wette, da steht kein Wort von dem, was im letzten Monat passiert ist«, sagte der Typ und rückte näher heran.

Dieser Aufdringling machte mich unruhig, und so stellte ich ihm insgeheim eine soziale Diagnose, die drei Alternativen zuließ – der Kerl baggert mich an, der Kerl tickt nicht ganz richtig, der Kerl langweilt sich. Ich war misstrauisch und zugleich froh, nach so vielen einsamen Tagen von jemandem angesprochen zu werden.

»Was ist denn passiert?«

»Tja, ich habe mich von meiner Frau getrennt.«

»Guten Tag, Belinda. Wie geht's? Ich habe dir eine Portion Tiramisu mitgebracht.«*

»Tut mir leid«, sagte ich lächelnd, »davon steht nichts in der Zeitung.«

»Wie nett, dass du vorbeischaust, Hector. Möchtest du vielleicht kurz reinkommen?«

»Seit ich wieder Single bin, geht es mir deutlich besser«, sagte der Typ und setzte sich nun tatsächlich zu mir. »Aber Sie wissen ja, wie das ist …«

»Gern, danke. Hübsch hast du's hier. Passt hervorragend zu dir …«

»Wieso sollte ich das wissen… ?«, fragte ich verwirrt.

»Wie lieb von dir. Mmmh, dein Tiramisu ist köstlich. An dir ist ja ein richtiger Gourmetkoch verlorengegangen, Hector. Immer für eine Überraschung gut, mein Nachbar …«

MOMENT MAL, DIE GEHEN MIR ALLMÄHLICH AUF DEN WECKER, DIESE BEIDEN, MIT IHRER UNART, SICH STÄNDIG OHNE MEINE ERLAUBNIS EINZUMISCHEN.

Könnte man hier vielleicht ein bisschen Ordnung reinbringen?

LINKS DIE LITERARISCHEN DOKTORSPIELCHEN
MEIN TEXT RECHTS

– Das ist nach
einem Rezept meiner Nonna, sie
war Italienerin.
– Italienerin? Aus welcher Region?
– Lombardei.
– Wahnsinn. Ich bin in Padua geboren.
Und dann sind meine Eltern nach
Frankreich ausgewandert.
– Meine Nonna hat in Padua
gewohnt! Als kleiner Junge
habe ich sie dort besucht.
– Was für ein Zufall! Wer
weiß, vielleicht haben
wir im Kindergarten
miteinander gespielt …
– Oh, das wüsste ich aber
noch. So ein hübsches Mädel,
wie du sicher warst, vergisst man
doch nicht.
– Lieb, dass du das sagst, Hector.
Ich fühle mich momentan nicht so toll.
– Was ist denn los?
– Ich habe mich mit meinem Freund gestritten.
Du kennst ihn, ich habe ihn
dir vor ein paar Tagen vorgestellt.
– Ja, ich erinnere mich.
– Wir sehen uns viel zu selten. Ich weiß nicht, ob so
eine Fernbeziehung für mich das Richtige ist. Ich bin
sehr anhänglich, ich brauche Zärtlichkeit, jemanden,
der abends mit mir kuschelt und bei Bedarf
auch mal einen Nagel in die Wand schlägt.
– … Zärtlichkeit – die brauche ich auch …
– Ich habe ihm gesagt, dass es so nicht weitergeht,
aber das ist ihm so was von egal …
– Arme kleine Belinda, du hast wirklich was
Besseres verdient. Hättest du Lust, heute
Abend eine DVD mit mir zu gucken?

»Sie war halt krankhaft eifersüchtig, verstehst du?«

Ich zuckte zusammen, als mich der Typ so unvermittelt duzte, er kam jetzt richtig in Fahrt.

»Es fing damit an, dass ich die Mädels auf der Straße nicht mehr angucken durfte, aber da dachte ich noch, was soll's. War ja nicht schlimm, ich fand ihren Besitzanspruch eher lustig, ganz süß eigentlich. Später schaltete sie einfach um, wenn in der Glotze irgendein hübsches Ding auftauchte. In ihrer Abwesenheit hatte ich Fernsehverbot. Ständig klebte sie an mir, wollte sogar mit, wenn ich meine Kumpel traf, sie hatte Angst, dass wir uns mit anderen Frauen treffen oder auch nur über andere Frauen reden könnten … Dann schnüffelte sie auf einmal in meinem Telefon herum. Ich konnte ihr noch so oft sagen, dass ich sie liebte, dass sie die schönste Frau der Welt war, alles für den Arsch. Wenn sie mich anrief und ich nicht ranging, sprach sie mir so Sachen wie ›Ich bin dir wohl nicht wichtig genug‹ auf die Mailbox, rief fünf Minuten später wieder an, hinterließ mir wieder eine Nachricht … Da geh ich also kurz mal pissen, komm zurück und habe gleich fünf Schimpftiraden auf Band! Sie drehte völlig durch. Zerdepperte alles, was ihr in die Finger kam, Teller, Gläser, der reinste Tsunami … Ich bin ja so ein Zen-Typ, aber das wurde selbst mir zu viel. Immer dieselbe Leier: Mit wem hast du zu Mittag gegessen? Warum bist du nicht rangegangen? Ich habe auf Baustellen zu tun, ich esse mit den Kollegen, aber sie glaubt mir nicht, verdammt! Als dann unser Junge zur Welt kam, wurde es noch schlimmer, sie fand sich hässlich, behauptete, jetzt würden sich sämtliche Frauen auf mich stürzen … Ich sagte, ich wolle den Rest meines Lebens mit ihr verbringen, sie glaubte, ich würde ihr nur was vormachen … Schließlich durfte ich nicht mal mehr in die Fernsehzeitschrift gucken, weil da Frauen abgebildet sind. Ich bitte dich, so eine Fernsehzeitschrift ist doch nicht der *Playboy!*«

»Stimmt.«

Inzwischen hatte ich eine neue Diagnose gestellt: Dieser Mann muss sich eine Menge von der Seele reden.

»Fünf Jahre ging das so, vor einem Monat habe ich sie verlassen. Ich habe zu ihr gesagt: Du bist nicht zum Aushalten, selbst Beton könnte dich nicht aushalten … Und das Schlimmste ist, ich habe sie nicht mal betrogen, ich wollte auf keinen Fall, dass sie recht behält. Hab höchstens YouPorn geguckt und ein bisschen gewichst … Sorry, dass ich das so sage, Madame.«

»Ist doch nichts dabei.«

»Da bin ich aber froh, dass Sie das auch so sehen … Weil sie mich eines Tages … Das war das Allerschlimmste. Als ich mir eines Tages vor einem harmlosen Porno einen runterholte, ist sie ganz unerwartet nach Hause gekommen, hatte irgendwelche Papiere vergessen. Und da hat sie mich auf frischer Tat ertappt! Ein Riesendrama. Und im Grund hatte ich nichts verbrochen, oder? Seit ich zwölf bin, hole ich mir dreimal täglich einen runter, und ich kann es ihr dann immer noch besorgen. Die eigene Flosse ist doch was anderes als eine fremde Muschi, angeblich ist das auch gut für die Prostata.«

»Davon weiß ich nichts.«

»Jedenfalls habe ich sie verlassen, ein Glück. Jetzt bin ich frei. Als Single kann man die Freiheit genießen. Glauben Sie mir, man darf sich da nicht einigeln. Jetzt kann ich endlich mit allen Mädels etwas anfangen, mit denen ich meine eifersüchtige Frau früher nie betrogen habe … Aber nicht dass Sie jetzt denken, ich wäre ein geiler Bock oder so. Tut mir leid, das sagen zu müssen, Madame, aber Frauen sind ja eh alle verrückt. Erst kürzlich habe ich so 'ne Tussi in einer Bar aufgerissen, dann nehme ich sie mit nach Hause. Sie ist total aufgeschlossen. Wir gehen hoch, machen uns gegenseitig heiß und immer heißer, ab ins Schlafzimmer, wir fallen auf dem Bett übereinander her – und dann hört sie mittendrin auf und sagt: ›Halt, das geht mir zu schnell, wir sind noch nicht mal auf Facebook befreundet!‹«

18

Es war bereits der 9., und meine Honorarabrechnung ließ immer noch auf sich warten. Ich hatte die zwei Dosen Ravioli aufgegessen und sämtliche Kekse weggeputzt. Hunger wurde zu meinem ständigen Begleiter.

Wenn ich morgens aufstand, drehte sich alles. Um mir die Zeit zu vertreiben, lief ich durch die Straßen und versuchte dabei, den Läden auszuweichen, die mich stärker anzogen als andere, dem Schaufenster einer Eckkonditorei beispielsweise, wo Schokoladenéclairs und Millefeuilles mich minutenlang fesselten. Was für tolle Törtchen in Frankreich gebacken werden! Ihr Anblick war die reinste Folter. Ab und an nahm eine Verkäuferin in weißem Kittel eins dieser Törtchen aus dem Schaufenster. Eine Tarte Tropézienne mit Cremefüllung … Die Küchlein schürten meinen Hunger auf so grausame Weise, sie bereiteten mir solche Magenschmerzen, dass ich das Gefühl bekam, sie nicht bloß mit den Augen zu betrachten, sondern gleich mit dem Mund.

Die Tage damals glichen einander so sehr, dass ich heute nicht mehr sagen könnte, wie viele es waren. Am ungefährlichsten war es für mich im Garten des Kunstmuseums. Dort streunte ich oft herum. Setzte mich auf eine Bank und las ein mitgebrachtes Buch. Lesen war die einzige Möglichkeit, mich meinem Körper zu entziehen, auch wenn Hunger sich nie ignorieren lässt. Wenn meine Augen buchstabenmüde wurden, stand ich auf und machte mich daran, die Säulen zu zählen, die Statuen, die Leute. Das wiederholte ich ungefähr einmal stündlich. Mittags schlenderte ich Richtung Eingangshalle des Museums und nahm dort Dutzende von Prospekten mit, um mir all die Ausstellungen auszumalen, die ich niemals besuchen würde. Um diese Zeit kamen die Angestellten aus den umliegenden Straßen in den Garten, um ihr Pausenbrot zu essen. Spatzen pickten die Krümel auf. Ich ging gemächlich hinauf, um in Ausstellungskatalogen zu blättern. Dann kehrte ich zu meiner Bank zurück, in der Hoffnung, dass mir gegenüber ein wütendes Pärchen Platz nehmen würde, es hätte sich lauthals gestritten, und ich hätte ein paar Brocken aus seinem Leben mitbekommen. Es war aber vollkommen ruhig. Manchmal fielen Touristen mit ihrem Guide lautstark in den Laubengang ein. Nachmittags machten sich Großmütter mit ihren Enkeln breit, Zeitung lesende Rentner, strickende Frauen, während die allgemein entspannte Stimmung vom Springbrunnen berieselt wurde. Bei schönem Wetter zeichneten einige Kunststudenten die Skulpturen, und ich sah ihre konzentrierten Köpfe über die grün-schwarz marmorierten Zeichenblöcke hervorlugen. Am späten Nachmittag gönnten sich die Städter eine Pause von ihrem Einkaufsbummel und stellten Tüten mit dem Logo diverser Modeketten zu ihren Füßen ab. Um 18 Uhr überwältigte mich die Erschöpfung eines ganzen Tages. Statt friedlicher Menschen sah ich nichts als Not und Hässlichkeit. Einen Obdachlosen, der vom Parkwächter abgewiesen wurde. Einen Bettler, der die in der Metro erschnorrten Münzen zählte. Einen mürrischen Greis, der die Passanten anherrschte. Die Zukunft war voller Zwänge und Zweifel, ichbezogener Meinungen, abstoßender Fernsehmeldungen und undurchlässiger Tage. Schließlich ging die Sonne unter. Die Großmütter, Kinder und Konsumenten waren schon weg. Jetzt war es Zeit für den Apéro, die Kita schloss ihre Pforten, man musste Brot kaufen, das Abendessen zubereiten, man durfte sich nicht verspäten. Nur ein halbes Dutzend Leute blieben auf den Bänken sitzen, Ausgehungerte wie ich und dieser junge Mann, der unentwegt an seiner schwindenden Zigarette zog. Leute, die keinen Appetit haben, weil sie allein essen werden, die das Licht selbst anmachen müssen, wenn sie nach Hause kommen, die von niemandem gefragt werden, wie ihr Tag denn gelaufen sei, die keine Kinder haben, die sie bei der Hand nehmen könnten, die sich eben nicht von einem geschäftigen Arbeitstag erholen brauchen. Genau wie sie verharrte ich bis zur letzten Sekunde im Museumsgarten, aus Verzweiflung, aus Müdigkeit, ich verharrte dort als stumme Gefährtin der anderen Schemen und betrachtete wie sie den Enzian, der wieder hervorgesprossen war, mit der dumpfen Ahnung, dass Naturbeobachtung die Last menschlicher Existenz für einen Augenblick vergessen macht. Um 19 Uhr drehte der Parkwächter seine Runde. Wir schließen!, rief er, klimperte mit seinen Schlüsseln und seinem Menschenhass. Die einsamen Gestalten standen auf. Wir hielten Abstand zueinander und liefen auf den Ausgang zu, ohne ein Wort zu wechseln, wie die kreisförmigen Wellen, die sich im Wasser voneinander lösen und verschwinden.

Von meinem Mansardenfenster aus blickte ich zum Glück auf eine weitere Grünanlage im Viertel. Ich beobachtete die Baumblüte. Auf dem Rasen sonnten sich Straßenkatzen, die von alten Damen gefüttert wurden, und für meine Augen, die der Hunger immer größer werden ließ, wirkten diese im Gras faulenzenden schwarzen Kugeln wie Auslassungspunkte auf einem weißen Blatt. Unter diesen Umständen war Schreiben natürlich ein Ding der Unmöglichkeit.

Mit der Zeit wandert der Hunger, er sitzt weniger im Bauch – an die Krämpfe gewöhnt man sich – als vielmehr in den zu weit aufgerissenen Augen, den eisigen Händen und Füßen, die sich gar nicht mehr aufwärmen lassen, im Kopf, einem schwebenden, empfindlichen Gebilde, das beim leisesten Geräusch schmerzt. Die Sorgen, die mir den Schlaf geraubt hatten, hatten sich gewissermaßen in Verzweiflung aufgelöst, mein Geist, dem die Strapazen der Verdauung versagt blieben, verkümmerte, weil ihm vor lauter Entbehrung jegliche Konzentrationsfähigkeit abhandengekommen war. Ich hatte jede Hoffnung verloren, dass meine Lage sich bessern könnte, es ging weniger darum, eine Mahlzeit aufzutun, als mir die Zeit zu vertreiben, denn irgendwann kommt der Punkt, an dem Essen – wenig Essen, schlechtes Essen – nur noch dazu dient, den Hunger aufrechtzuerhalten, anstatt ihn zu stillen, irgendwann kommt der Punkt, an dem der Hunger einen dermaßen gierig, dermaßen durchlässig macht, dass man jedes Gesicht aufnimmt, jedes Leid, erst recht in diesen so tristen, verzagten, teilnahmslosen, so entsetzlich vorhersehbaren und entsetzlich einsamen, so schamlos ungerechten Zeiten, die wir damals in Frankreich durchlebten. Bald hatte mein Hunger nichts Persönliches mehr an sich, er wurde zum Kammerton, auf den sich sämtliche Leiden der Welt einstimmten, denn er hatte alles beseitigt, Hoffnung und Zukunft, Wärme und Lust, übrig waren nur noch Beleidigung und Würdelosigkeit, obszöne Fernsehansprachen von obszönen Vertretern der Macht, obszöne Verunglimpfungen, die sich über die menschliche Schwäche ergossen. Das alles nahm ich über meinen nunmehr klaffenden Körper wahr. Und es war so, als hätte ich niemals etwas unternommen, um mich zu entwickeln und mich davor zu schützen, als hätte ich niemals Liebe erfahren, als hätten meine Mutter und meine Brüder niemals existiert, als wäre alles mit dem heiseren Geschrei der Katzen verhallt, die von alleinstehenden Omis gefüttert wurden, deren sanfte, kalkweiße Gesichter mir das Herz brachen.

19

So war mein Zustand, als ich eine lange SMS von Martial erhielt: »Vergiss Basiles Taufe nicht, jetzt am Wochenende. Die ganze Familie kommt. Mama will wissen, wann dein Zug eintrifft. Für die Kleinen habe ich eine Schnitzeljagd geplant.«

Ich las die SMS wieder und wieder. Dieser festliche Anlass war mir völlig entfallen. Weil Basile der erste Sohn von Élie war, durfte ich der Versammlung nicht fernbleiben, das hätte ein Drama ausgelöst. Ich loggte mich umgehend bei Blablacar ein. Samstag früh fuhr ein Auto nach Montpellier und bot einen Platz zum Preis von 27 Euro an. Damit würde ich mein Konto noch mehr überziehen, trotzdem gab ich meine Kartennummer fröhlich aufgeregt ein. Die Buchung wurde bestätigt. Meine Familie rettete mir das Leben, weil sie mich nötigte, Lyon zu verlassen. Nach dieser ersten freudigen Reaktion kam mir der Gedanke, dass es keine Rolle spielte, ob ich in Sullac war oder hier. Schließlich geriet ich in Panik, als ich an die Abreise dachte, so viel

Hin und Her, so viele Wege … War ich dazu überhaupt in der Lage? Wieder las ich die SMS.

Martial hatte also eine Schnitzeljagd geplant.

Gaston und er hatten für uns fünf Kleine oft welche organisiert. Zuerst galt es, sich zu verkleiden. Mit alten Klamotten verwandelten wir uns in Kobolde oder Kosmonauten, dann traf plötzlich eine Botschaft ein, mit einem Pfeil aus dem tiefen Wald abgeschossen. In Morseschrift verfasst, zeigte sie die Zahl der Schritte an, die wir nach rechts und dann nach links machen sollten, sobald wir die große Eiche mit den Dohlen passiert hatten. Danach mussten wir unter der Linde eine Metalldose ausgraben, in der die nächste Botschaft steckte. Sie wies uns an, den bunten Wollfäden zu folgen, die uns zu einer Lichtung führten. Dort erwartete uns Martial, der als geheimnisvoller, frei umherziehender Prinz nicht mehr wiederzuerkennen war. Als wir dann ein Pergament über das Lagerfeuer hielten, kam eine Zauberformel zum Vorschein. Wir sollten die Königin vor einer Entführung bewahren. Das Spiel setzte sich bei meinen Großeltern fort. Sie wohnten zwei Hügel von uns entfernt auf einem Bauernhof, mit Pferden, die im Frühling auf der Weide grasten und im Winter den Stall wärmten, der damals noch an die Küche grenzte. Im Stall stellte uns Gaston, der als netter Menschenfresser maskiert war, ein letztes Mal auf die Probe. Zum Abschluss rannten wir auf den Dachboden, wo wir in einer verstaubten Truhe Schokolade und eine Glückwunschkarte entdeckten. Danach tischte uns Oma eine ihrer köstlichen Nachmittagsjausen auf. *Geschafft* – wie die Fabeldichter sagen – kehrten wir heim.

Meine Kindheit schien immer so weiterzugehen, ohne Ende und ohne Leid, bis zu einem ganz bestimmten Tag. Ich war vielleicht neun oder zehn. Es war mittags. Wir saßen bei Tisch. Mein Vater, der sonst kaum redete, geschweige denn von sich, hob zu einem düsteren Monolog an. In seinem Mund verbanden sich Wörter wie »erniedrigt«, »Büro«, »Erschöpfung« zu einer Endlosschleife. Ich sah, wie meine Mutter die Fassung verlor. Die fröhlich lärmende Atmosphäre war einer bedrückten Stimmung gewichen. Mein Vater sprach, ohne uns anzusehen, Mama blickte ihn an, sein Kontrollverlust lähmte sie, aber sie blieb ihm zärtlich zugewandt, sein Kummer zerriss ihr das Herz. Schließlich sagte mein Vater: »Ich bin erledigt … ich bin erledigt …«, und dann tat er etwas Furchtbares, etwas Unerhörtes, er fing an zu weinen.

Neben mir weinte auch Tom, von Papas Traurigkeit überwältigt. Darauf bedacht, den Schock abzufedern, ergriff meine Mutter das Wort, halb feierlich, halb gereizt: »Es ist nicht schlimm. Wir Erwachsene haben auch schon mal unsere Sorgen, euer Vater hat Sorgen, das ist alles.« Und dann fügte sie hinzu: »Jeder hat Sorgen. Das ist normal.« Ich konnte ihr nicht folgen, war noch zu klein, um es zu verstehen, im Gegensatz zu den Großen, die voller Scham auf ihren Teller starrten. Wir aßen unter der Laube im großen Park. Von der Wange meines Vaters löste sich eine Träne und fiel zu Boden. Da kam ein gewaltiger Wind auf. In einem Zug, der so lang währte wie das Schicksal, riss er das Schlossdach fort, die Linden, die Kobolde und Crêpes-Abende. Die Täfelung bekam Risse, die Kamine verschwanden, die Spiegel lösten sich auf, die Pferde flohen von der Weide, die Eichen und Kiefern stürzten krachend um. Die Erde bebte immer stärker, meine Brüder wuchsen heran. Bald gab es keine Schnitzeljagden mehr, keine Zahnfee, keine Buntspechte und Turmdohlen. Die Küsse meiner Mutter konnten das Fieber der Pubertät nicht heilen, ihre Schönheit welkte dahin, meine Großmutter starb. Nachts riefen die Käuzchen nicht mehr, stattdessen hörte ich den Verkehrslärm von der Landstraße.

Als der Erdboden die Träne meines Vaters endgültig verschluckt hatte, waren die Parkzäune eingestürzt, die meine Kindheit einhegten. Es blieb nur eine Terrasse, auf der eine Familie ihre Mahlzeit einnahm. Ich wohnte nicht auf einem weitläufigen Landgut mit magischem Dachboden, ich war ein Kind der Mittelschicht am ländlichen Rand einer alten Industrienation. »Das ist normal«, hatte meine Mutter gesagt. Ich war ein normales Kind, das eine normale Schule besuchte, ich hatte normale Noten, die ich meinen normalen Eltern vorlegte, damit sie ihre normale Unterschrift unter mein normales Zeugnis setzten, ich aß ganz normal ein normal gutes Gericht, ich ging zu einer normalen Zeit ins Bett, spielte in meinem normalen Zimmer normale Spiele, ich hatte normal viel Spaß unter der Obhut normaler Eltern, die uns normal liebten. Ein paar Jahre später wurde mein Vater krank und starb. Das Rauchen. Die Erschöpfung. Ist doch normal.

ZWEITER TEIL

In welchem die nächsten Abenteuer der Heldin erzählt werden, die Gespräche mit ihrer Mutter und der Kampf, den sie gegen andere Figuren führt, die mit ihrer lüsternen Besessenheit den Lauf der überaus ergreifenden Berichte und polemischen Abschweifungen zu stören drohen.

überall

überall

überall

überall

überall

überall

überall

überall

überall

überall

überall

Stimmen überall.
Nicht genug Ohren,
nicht genug Liebe.

Robert Pinget

überall

überall

überall
überall

überall

überall

1

Im Mitfahrauto, das mich nach Montpellier brachte, teilte ich mir die Mitfahrbank mit einem Zwanzigjährigen namens Dylan, der ein Faible für Schlangen hatte. Und das hörte sich ungefähr so an:

»Am besten steigt man mit einer Boa oder einem Python ein, die sind leichter zu händeln als Nattern. Ich habe in Châteauroux Tierhändler gelernt und mit einem Python angefangen, jetzt hab ich eine Natter und zwei Pythons, echt fett. Ich füttere sie mit lebenden Mäusen, alle zwei Wochen kriegen sie eine. Soll ich dir ein Video zeigen? Pass auf, jetzt verschlingt er sie gleich. Hast du's gesehen? Wie er sich über sie hermacht? Das ist so geil! Der hat die Ruhe weg. Und die Maus hat keine Chance. Das ist so geil, wenn er sich auf sie stürzt. Nach fünf Sekunden hat er sie erstickt, fürs Fressen braucht er höchstens zehn Minuten. Guck ihn dir an, er heißt Half. Und Half braucht Lebendfutter. Der andere heißt Jeyson, der kriegt Tiefkühlkost, einmal hat ihn eine Maus gebissen, und seitdem hat er Angst, der Depp, darum geb ich ihm Tiefkühlmäuse. Die kann man überall kaufen, sind auch billiger. Als meine Freundin die zum ersten Mal im Eisfach gesehen hat, hat sie mir natürlich voll die Szene gemacht. Klar muss man die auftauen lassen. Am Abend vor der Fütterung kommt die Maus in einen Becher, der Becher in heißes Wasser, und am nächsten Morgen kann Jeyson loslegen. Meistens reibe ich die Tiefkühlmaus vorher an eine lebende Ratte, ja, 'ne Ratte hab ich auch, dann riecht die tote Maus appetitlicher, quasi frisch. Für den Python ist das angenehmer. Er ist ja Fleischfresser und soll sein Mahl schließlich genießen dürfen. Im Extremfall kannst du der Maus auch die Schnauze brechen oder ihr eine Nadel in den Schädel rammen, damit ein bisschen Blut fließt. Generell ist es leichter, von toter Kost zu Lebendfutter überzugehen als umgekehrt. Von lebend zu tot kann der Python gar nicht ab, anders herum ist es für ihn ein richtiges Fest. Guck dir mal das Foto an, ist der nicht superschön. Quatsch, der beißt nicht. Pythons sind total zutraulich. Ganz anders als ein Hund, der dich zur Begrüßung ankläfft, ich war am Anfang so verliebt, dass ich Jeyson beim Fernsehen immer auf dem Schoß hatte. Das war echt geil. Wobei, vor drei Jahren hatte ich eine Natter, die ist immer voll ausgerastet, hämmerte gegen die Scheibe vom Terrarium und zeigte die Zähne. So was kommt aber superselten vor, und dann ist sie sowieso gestorben, die war einfach zu gestresst. Auf Stress reagieren Schlangen megasensibel. Guck dir die mal an, das ist Irouk. Die Ärmste wäre heute tot, wenn ich sie nicht bei mir aufgenommen hätte. Eine irre Geschichte. Ich war am Bahnhof von Châteauroux, da treffe ich einen Typen, und der sagt zu mir, dich kenne ich doch, ich sage, aber ich kenne dich nicht, er sagt, klar, du bist doch der mit den Schlangen, ich sage, ach, woher weißt du das denn? Und dann stellt sich heraus, der Typ hatte mal in der Tierhandlung von Châteauroux mit mir geredet, ich konnte mich nur nicht daran erinnern. Und dann sagt er, ich hab auch Schlangen, ich habe sie sogar dabei, willste mal sehen? Sie sind im Zug. Und das war im Dezember! Das muss man sich mal vorstellen, Schlangen brauchen Wärme, die krepieren in der Kälte. Also steige ich mit ihm in den Zug, er öffnet seine Reisetasche, eine ganz normale Tasche, und darin stecken vier Pythons. Die armen Viecher waren schon total steif vor Kälte, kurz vorm Abnippeln. Weil der Typ im Freien gepennt hatte, 'ne ganz dubiose Nummer. Er fragt, willst du sie nicht bei dir aufnehmen? Vier waren mir aber zu viel, also rufe ich einen Kumpel an und frage, hast du Bock auf zwei Pythons? Er sagt, okay, eine nehme ich, und ich sage zu dem Typen, gib mir zwei. Die hab ich dann in meine Jacke gesteckt, um sie aufzuwärmen. Nach einiger Zeit ging es ihnen schon besser, als sie anfingen, sich zu rühren, packte ich sie wieder in die Tasche. Zu Hause haben sie sich gleich ins Terrarium verkrochen und sechs Monate nix gefressen, so ist das immer bei Schlangen, nach so 'nem Stress. Im Nachhinein hab ich mich gefragt, ob der Typ die vielleicht gestohlen hatte. Aber dann hätte er sie mir eher nicht gegeben. Wobei solche Tiere ständig gestohlen werden, da gibt's 'nen regen Schwarzhandel. Vor allem für exotische Vögel, Wellensittiche, zum Beispiel. Als ich noch im Zoocenter arbeitete, hab ich eines Morgens was total Abgedrehtes erlebt, ein Einbrecher hatte die Ladentür geknackt. Beim Rundgang schien nichts zu fehlen, allerdings stand in der Vogelabteilung der Sittichkäfig offen … und auf dem Käfig saß ganz brav der Wellensittich und wartete auf uns. Ich geh auf das Vögelchen zu, und da sehe ich eine Blutlache, direkt darunter. Und was entdecke ich darin? Mitten in der Blutlache? Ein Stück Finger! Echt jetzt … Im Schnabel von so 'nem

Vögelchen steckt nämlich mehr Kraft als im Maul eines Krokodils. Der Einbrecher wollte sich offenbar den Wellensittich schnappen, da hat der Wellensittich ihm kurzerhand die Fingerkuppe abgehackt. Ein richtiges Blutbad! Kein Wunder, dass der Mistkerl abgehauen ist. Wobei es für ihn nicht gut aussieht, die Polizei findet ihn bestimmt. Mit der Kuppe hat er schließlich auch seinen Fingerabdruck hinterlassen …«

2

Die Fahrt nahm kein Ende, Autobahn folgte auf Autobahn, Teerbelag auf Teerbelag, deprimierende Radiosendungen auf dämliche Werbespots. Man musste runter von der A9, rein in den Kreisverkehr, musste warten, bis die Ampel grün wurde. Ich nannte den Autobesitzern meinen Code – BZUTG8 –, damit sie ihn in ihr Blablacar-Konto eingeben konnten, so wurden sie um 27 Euro reicher, das Leben strotzt vor langweiligen Tätigkeiten, an die die Erwachsenen nicht denken, wenn sie sich dem *Projekt Kind* widmen, sie akzeptieren zum Beispiel, dass der kleine Sonnenschein später mehr Zeit damit verbringt, Autofahren zu lernen oder einen Immobilienkredit zu beantragen, als sich mit moralischen, ästhetischen und politischen Fragen auseinanderzusetzen, etwa nach Gerechtigkeit, Schönheit und Chancengleichheit.

Ich hätte ja lieber den Zug genommen, aber der kostete mittlerweile doppelt so viel. Ich wurde hinter dem Bahnhof abgesetzt. Das Auto fuhr heulend davon und schloss sich wieder der riesigen Masse der anderen Umweltverschmutzer an. Als ich meinen Rucksack schulterte und die Rue de Maguelone hochlief, war ich mit den Nerven am Ende. Es war zehn Uhr morgens. Ich hob den Blick, sah die weißen Fassaden an der Place de la Comédie und darüber den ungetrübten, strahlend blauen Himmel von Montpellier. Anderswo nimmt man Blau einfach als Himmel wahr, ohne zu ahnen, dass man darin gehen kann. Hier macht sich das Blau breit, nimmt den ganzen Raum ein. Man trinkt Blau, atmet Blau, macht eine Blaukur. Und da begann in meinem tiefsten Inneren eine verborgene, stille und dennoch nie verstummte Uhr wieder zu ticken. Glücksbläschen stiegen auf, und mein ganzes Elend verschwand in diesem Blau. Als gäbe es in Montpellier eine Art Urblau, das sich dann im Himmel über Frankreich auflöst und schwächer wird, trüber, weniger leuchtend als jenes Blau über den Gebäuden an der Place de la Comédie. Als besäße nichts von dem, was mir in Lyon widerfahren war, die Kraft dieses Originalfarbtons, mit dem ich als Kind in Berührung gekommen war und der mein Leben für immer eingefärbt hatte.

Ich nahm auch die Zeichen der inneren Entschleunigung wahr, die einen ereilt, sobald man an den Schauplatz seiner Kindheit zurückkehrt, diese Gedämpftheit, die uns jede Form von Unabhängigkeit raubt, als versagte an allzu vertrauten Orten unsere Willenskraft oder käme uns das Erwachsensein abhanden. Im Haus in Sullac würden die Stunden bestimmt zu einem *riesigen formlosen Etwas* verschmelzen, so dass man am Ende des Tages das Gefühl hätte, gar nichts getan zu haben. In Erwartung dieses Phänomens nahm ich meine Armbanduhr ab.

»Jemand holt dich mit dem Auto ab«, hatte es geheißen. Ich hoffte, es wäre meine Mutter. Ich wollte sie einen Moment für mich allein haben, bevor sie nur noch ihre Enkel hätschelte. Ich wollte mich ein bisschen bemitleiden lassen. Außerdem hatte ich, wie jedes Kind, das eitle Bedürfnis, mich mit meinen Heldentaten zu brüsten, in diesem Fall also ganz bescheiden zu erzählen, wie schwer es gewesen war, wochenlang mit so wenig Geld auszukommen, denn ich war überzeugt, dass meine Mutter mir sofort ansehen würde, wie ausgehungert ich war. Ein Auto fuhr heran. Ihr Auto. Es parkte. Jemand öffnete die Fahrertür. Jemand stieg aus. Meine Mutter. Sie kam offensichtlich frisch vom Friseur.

»Guten Tag, mein Hase, wie geht's?«

Sie gab mir drei Küsse auf die Wangen. Ich umarmte sie fest. Sie lächelte und sagte: »Du siehst toll aus!«

Es war wohl besser so. Diese Enttäuschung hätte mir die Laune verderben können, doch die Aussicht, für ein paar Tage wieder normal, sogar üppig essen zu können, ließ mich meinen Stolz hinunterschlucken und wie ein wutzekleiner Wicht den Stich vergessen, den sie mir soeben versetzt hatte. Ich war nach Hause gekommen, jetzt würden wir feiern.

3

»Steig ein, mein Hase, sie warten schon alle auf uns.«

Stadtzentrum, Vororte, Landstraßen, Dorf, Tor, Garage. Endlich zu Hause. Ich stellte meinen Rucksack ab. Sie waren alle da: Martial und seine Frau Catherine, ihre Töchterchen Éliette, Ellébore und Haïssine; Gaston und seine Lebensgefährtin Stéphanie mit den Zwillingen Kia und Kitu und außerdem Enzo; Virgile und Nicole mit ihrer kleinen Albertine; Kazan war mit seiner Frau Castafiore und meinen drei ältesten Neffen Arthur, Benoît und Jacquot gekommen; Élie und Maya umsorgten liebevoll Basile, den Letztgeborenen; Tom und seine neue Freundin (deren Vorname mir nicht einfallen will) waren auch da. Ein kunterbuntes Durcheinander aus Kaffeeduft, Babygeheul, Jackenstapeln, Möhrenbrei, noch ungebundenen Krawatten, Mandarinenschalen und Kinderspielzeug.

Meine Brüder begrüßten mich.

»Wie geht's? Anscheinend hast du uns doch noch nicht ganz vergessen!«

»Na, alles im Lot in Lyon?«

Ich antwortete vage, dass es mir gutgehe, das Wetter in Lyon schön sei, der Frühling schon angekommen. Mir war nicht danach, näher ins Detail zu gehen. Beunruhigt fragte ich mich, ob Hector meinen Briefkasten wie vereinbart leeren würde. Ich hatte ihm meine Ersatzschlüssel dagelassen, 50 Cent für eine Kopie meiner Honorarabrechnung und einen frankierten, an die Arbeitsagentur adressierten Umschlag. Kein Thema, das für Heiterkeit gesorgt hätte, deshalb redete ich über andere Dinge, vor allem um den heißen Brei herum, sorgte für Zerstreuung, suchte Ablenkung, führte sie hinters Licht. Ich irrlichterierte, delirierte, tirilierte, jubilierte, fabulierte. Plapperte bis zum Umfallen, blubberte bis zum Abwinken. Goss ihnen Honig in die Ohren, bis es troff aus allen Poren, erzählte munter vom Pferd, pries den heimischen Herd. Blies ihnen die Lauscher voll, kaute ihnen die Löffel ab, schwindelte mir die Nase lang, spann genug Seemannsgarn, um ihnen ein ganzes Bärengehege aufzubinden …

Und immer wieder musste ich von vorn anfangen, denn ich habe ja sechs Brüder, und jeder sagte zu mir:

»Erzähl doch mal.«

»Was gibt's Neues?«

Leider gar nichts.

Als ich meinen Job verloren hatte, war meine ganze Familie schockiert gewesen. Sie hatten sich alle um mich geschart, und ich hatte eine Menge zu erzählen. Mit der Zeit aber ließen sie mich in Ruhe, wenn ich zum alljährlichen Weihnachtsessen auftauchte. Die Welt war schließlich nicht zusammengebrochen. (Aber das tut sie ja nie, wie auch dieser sehr schöne Satz von Paul Nizan in seinem Roman *Die Verschwörung* belegt: »Sie dachten, man müsse die Welt ändern. Sie wussten noch nicht, wie schwer und wie schlaff die Welt ist, wie wenig sie einer Mauer gleicht, die man einreißt, um eine neue, viel bessere zu errichten, sondern eher einem formlosen Gebilde aus Gelatine, einer Art riesiger Qualle mit sorgsam versteckten Organen.«) Die Tatsache, dass ich mich mit meiner Arbeitslosigkeit abfand, mich dauerhaft in ihr einrichtete, beschwichtigte ihre Sorgen, anstatt sie zu schüren. Im Grunde hatte sich meine Lage normalisiert. Nichts Neues hieß: keine Gefahr im Verzug. Ich stand vor ihnen wie immer. Dasselbe Gesicht. Dieselbe

Stimme. Nur eine Entwicklersubstanz aus unbekannten Komponenten hätte meinen quälenden Hunger sichtbar machen können. Meine Familie hatte keine Ahnung, dass Arbeitslosigkeit nicht zu Beginn am schlimmsten ist. Am schlimmsten ist sie, wenn man sich genau diese Vorstellung zu eigen macht – dass *nichts Neues* mehr passieren wird, von meiner Rückstufung als Sozialleistungsempfängerin abgesehen. Diese Etappe, die erst lange nach meiner Entlassung erfolgte, blieb von meiner Familie unbemerkt. Viele behördlich verhängte Katastrophen bleiben unbemerkt, obwohl sie in so manchem Haushalt zu schwersten Erschütterungen führen. Ich frage mich sogar, ob sich das Los des modernen Menschen nicht gerade dadurch auszeichnet, dass es an Formularen hängt. Gemessen an früheren Epochen, als Wetterbedingungen die Massen terrorisierten, ist das sicher ein Fortschritt. Heute werden Hungersnöte durch amtliche Schreiben ausgelöst, die infolge reiner Willkür im Briefkasten landen oder auch nicht.

»Immer noch glücklich in deiner Wohnung?«

»Läuft's?«

Wenn fünfundzwanzig Menschen, die sich sehr mögen, Wiedersehen feiern, geht es laut zu. Meine Mutter redete. Meine Brüder redeten. Ach, sag bloß! In meiner Familie wurde pausenlos geredet. Geredet, geredet und wieder geredet. Forte und piano. Schöngeredet, kleingeredet. Geredet, beredet und zerredet. Über dieses und jenes, ohne Punkt und Komma. Halblaut, in Rätseln. Ins Nichts und in taube Ohren. Laut und schrill. Ach ja! Sie hören gar nicht mehr auf zu reden. Oh nein! Sie reden Tacheles und reden über Mode. Reden frisch von der Leber weg, ohne Blatt vor den Mund. Reden unverblümt, in den Bart hinein oder mit zusammengebissenen Zähnen. Reden druckreif, reden verdruckst, reden nachdrücklich. Reden wie ein Buch. Ach! Was die alles reden! Ach! Oh! He! Schließlich stammen wir aus dem Süden. Da wird gequasselt. Da wird diskutiert. Da wird geschwatzt. Gezankt. Gewitzelt. Da wird interpelliert. Apostrophiert. Kommatisiert. Da wird dialektiert. Geflüstert. Anvertraut. Da werden Reden geschwungen und Phrasen gedroschen. Da werden Steine erweicht, es wird vom Leder gezogen. Ach! Was hat Élie gerade gesagt? Und was Martial nur wieder redet! Sie haben Standpunkte und halten Standpauken, sie murmeln und murren, schwadronieren und kommunizieren, tuscheln und plauschen. Ach! Das lassen sie sich nicht sagen! Was meint Kazan? Sie reden über Gott und die Welt. Spalten Haare. Nennen die Dinge beim Namen. Sprechen sich alles von der Seele. Streiten um des Kaisers Bart. Ach! Oh! Was für ein Schlagabtausch! Da wird erwidert und entgegnet. Da wird gekontert und protestiert. Da wird abgewiegelt und aufgetrumpft. Man ergänzt und fügt hinzu. Man hält inne und fährt fort. Staunt und widerspricht. Stammelt und knurrt. Brüllt und schreit. Hakt nach und prustet los. Mault und brummt. Gibt sich preis und hinterfragt. Und dazwischen wuseln lauter Kinder, die ebenfalls der Sprache mächtig sind. Man kann sich vorstellen, wie schwindelerregend diese familiäre Zusammenkunft war, jedenfalls für mich, die bis dato ein asketisches, stummes Zwiegespräch mit meinem solipsistischen alleinigen Selbst geführt hatte.

Wenn ich das Gesagte wortwörtlich mollybloomisiere, klingt es so: *Ich habe die Isolierung komplett erneuert weil man im Winter den Wind durch die Fenster dringen spürte nein Éliette da darfst du nicht raufklettern Das muss ja eine Stange Geld gekostet haben Nein weil*

Éliette du steigst da sofort wieder runter sonst werde ich böse hörst du Weil ich einen Kollegen beauftragt habe der gerade sein eigenes Unternehmen aufzieht und mir ein Na siehst du ist doch nicht so schwer Warum muss man immer erst laut werden Wer parkt das Auto um die Großen können die Tischtennisplatte nicht raustragen Geh du Kazan so kommst du auch an die dragierten Mandeln Der Kollege hat mir ein günstiges Angebot gemacht wir konnten alles ganz genau abstimmen Gib mir das und geh draußen spielen Draußen Liebling sie tragen doch schon ihre feinen Kleider sie können nicht raus sie machen sich sonst schmutzig Offen gesagt traute ich Handwerkern bisher nicht über den Weg das ist jetzt anders Liebling wo ist dein Telefon sie möchte damit spielen Der Typ war superprofessionell er hat mir die Isolierung vorgeschlagen Okay aber nur kurz Was ist jetzt mit den Autos Kazan parkst du sie endlich um Frag doch Enzo Mama was ist das für ein Bild Cathy hat es mir geschenkt Ach das wusste ich nicht Das war an Weihnachten Sie wollen unbedingt Tischtennis spielen bevor wir gehen sie können keine fünf Minuten stillsitzen Als ich meine Garageneinfahrt umbauen wollte bin ich mit dem Polier aneinandergeraten Mach die Musik leiser Kim das ist ja nicht zum Aushalten Er hat immer höhere Kosten veranschlagt war taub für meine Anregungen Kim mach die Musik leiser hab ich gesagt.

Ich schlich in die Küche und stopfte mich mit Butterbroten voll. Das frische Brot plumpste mir in den Magen wie Rettungsringe, die man einem Menschen zuwirft, wenn er über Bord gegangen ist. So hatte ich ein paar Stunden lang Ruhe. Es wurde allmählich Zeit, die ganze Sippe brach zur Kirche auf, wo Élies Sohn getauft werden sollte. Aus diesem Anlass bitte ich um ein wenig Andacht.

inri

Basile, ich taufe dich im Namen des Vaters, des Sohns …

/|\

und des
Heiligen
Geistes

Amen

Wieder daheim, setzten wir uns zu Tisch, und ich konnte endlich richtig ESSEN.

Mit Martials Hilfe hatte Mama allerhand vorbereitet. Zuerst gab es grünen Salat mit getrockneten Gartentomaten und meinen geliebten Orangensalat all'italiana, dazu ein Glas Vigné-Lourac, dann eine Zwiebelcremesuppe, weil Zwiebeln so reinigend sind, dann Auberginenscheiben, weil Catherine seit Ewigkeiten davon redet, dann geröstete Paprika mit Pinienkernen, weil Pinienkerne so lecker sind, das Ganze begleitet von einem Corbières feinster Güteklasse, einer für besondere Gelegenheiten gehüteten Flasche Côte-Rôtie, dann einen gefüllten Kapaun als solide Grundlage, außerdem Pastinakenpüree, damit die Kinder alte Gemüsesorten kosten, Maisbrot für die Glutenallergiker, ein Spinatomelett, weil's so schnell geht, einen Rest Blutwurst, Hechtauflauf für alle, die kein Fleisch essen, Risotto für alle, die keinen Fisch essen, Morbier und Fourme d'Ambert vom neuen Käsehändler, Ziegen- und Schafskäse, weil Kuhmilch schädlich ist, Sesambrot, weil es so appetitlich aussah, eine Tarte Tatin, um die Äpfel der Nachbarin loszuwerden, einen Flônekuchen, weil die älteste Enkelin ihn so gern mag, eine Erdbeercharlotte, weil nicht alle Kinder Flône mögen, Himbeerjoghurt, um die Marmelade zu probieren, hausgemachte Baisers, einen Joghurtkuchen, weil die einfachen Sachen am besten sind, Aprikosentarte, um alle zu erfreuen, Clafoutis, weil Kirschen gerade Saison haben, Schokotrüffel zum Kaffee, dragierte Mandeln, weil man schließlich eine Taufe begeht, After Eight zum Naschen, Spekulatius, weil sie im Angebot waren, kandierte Orangen mit Schokoüberzug, weil es schade ist, sie nur an Weihnachten zu machen, Pflaumen, weil man eine Mahlzeit nun mal mit Obst beschließt, und ein Birnenschnäpschen für die Verdauung, da sagt man doch nicht nein.

Unterdessen hielt sich das allgemeine Gequassel an unverfängliche Themen. Die jüngsten Überflutungen. Ob man die Kinder nötigen sollte, sich morgens anzuziehen, wenn sie Ferien haben. Wie verheerend der Massentourismus doch ist. Was gesagt wurde, spielte keine Rolle, Hauptsache, jeder leistete seinen Beitrag, auf dass man seine unverkennbare Stimme hörte und das Zusammensein genoss. Das ist wohl gemeint, wenn von phatischer Sprachfunktion die Rede ist.

4

Der Nachmittag verging mit siestamäßiger Faulenzerei. Aus meinem Bauch drangen Geräusche, die meine Familie erheiterten. Der große Benoît führte seinen kleinen Cousins Zauberkunststücke vor, die sie eine Zeitlang bestaunten, bis ihnen, wie allen Kindern, langweilig wurde. Sie stürmten in den Garten, um eine Runde zu schaukeln, bis ihnen auch das langweilig wurde. Sie kehrten ins Wohnzimmer zurück und legten ein Puzzle, es wurde ihnen langweilig. Schließlich baten sie mich um eine Geschichte. Geschenke hatte ich nicht mitbringen können, Geschichten zu erzählen fiel mir hingegen leicht. Virgile schlug vor, mich mit der Gitarre zu begleiten. Doch da rief meine Mutter: »Zu Tisch!«

Es war schon wieder so weit, Zeit fürs Abendessen.

»Bringt die Kinder ins Bett«, fügte sie hinzu, »damit wir unsere Ruhe haben.«

Die ganze Schar ging geschlossen nach oben. Die Jüngsten sammelten sich in einem Zimmer wie eine Herde kleiner Wichte. Éliette lag unter der Daunendecke. Kitu und Kia lauschten unter Laken. Enzo gab keinen Mucks mehr von sich. Das war der ideale Moment. Ich fing an:

DER KONSONANTENFRESSER

Eines schönen Tages tauchte im friedlichen Dschungel eines kleinen Landkreises von Massachusetts aus dem Nichts ein merkwürdiges Tier auf, das den Namen Konsonantenfresser trug.

Das Tier hatte eine mächtige, sehr lange Schnauze mit drei Hörnern. Es hatte dreizehn Krallen an seinen vier Vorderläufen und neun an beiden Hinterläufen. S
Seine Zähne waren so zahlreich, dass es sie nicht alle mit seiner speicheltriefenden Zunge erreichen konnte. Es rannte gazellenschnell, schwamm wie ein Fisch und schnarchte im Schlaf so laut, dass an den Bäumen sämtliche Blätter erzitterten. In seinen Ohren wucherten Haare. Wenn es furzte, kam Sturm auf, wenn es ins Wasser tauchte, eine Flutwelle. Es war ein richtiges Scheusal!

Es fraß aber niemanden, dieses wackere Ungeheu-
T er. Es machte sich nicht über Kinder her, stahl keine Kaninchen und schlürfte auch keine Hühnereier aus. Einen Fehler hatte es allerdings – und was für einen! –, der die Dschungelbewohner sehr schnell aufschreckte: Es ernährte sich von den Konsonanten sämtlicher Tiere, die seinen Weg kreuzten. Mit einem Biss, klack!, entriss es ihnen stets den ersten Konsonanten. Verschlang die ***T***s, ***G***s und ***L***s der Raubtiere, die im Landkreis siedelten. Ließ sich die ***K***s, ***M***s, ***R***s und ***D***s leichtsinniger Vögel schmecken.

Und so gab es in diesem Dschungel von Massachusetts bald nur noch

ausgehungerte öwen
aggressive iger L
entnervte aguare

J

ätzende atzen
irritierte unde
Darüber flogen Schwärme von
entgeisterten euschrecken
erschrockenen eisen
irrlichternden ücken
eigelben altern und orientierungslosen ienen.

König Öwe traf es am härtesten. Eines Tages bestellte er sämtliche Tiere zu einem Gipfeltreffen auf dem Berg.

Wer sich bei diesem Gipfeltreffen aber nicht blicken ließ,

war der Affe,
war der Otter,
war der Esel,
war der Igel.

F

Aal und Amsel scherten sich einen Dreck um diesen Konsonantenraub.

Auch die Ameise blieb dem Treffen fern.

Dafür kam der uchs, mächtig aufgebracht, gefolgt vom ojoten und der erzgemeinen yäne. Irsch, ehbock, iege und orilla hatten sich zusammengeschlossen. Chakal und chimpanse hielten sich im Hintergrund. Im Fluss waren eine riesige orelle und ein winzig kleiner arpfen zu sehen.

König Öwe ergriff das Wort: »Wir müssen dem ein Ende setzen, liebe Freunde! Seit dieses *Wesen* in unserer friedlichen Gegend weilt, ist es mit dem Frieden vorbei. Ich habe euch heute hier versammelt, um das Problem anzugehen. Und ich gebe offen zu, dass ich gern mit aller Härte vorgehen würde. Wir müssen diesen Unhold vertreiben. Ohne ihn waren wir in meinem Königreich viel besser dran …«

M

Er seufzte traurig. »Wenn ich jetzt Antilopen jage, lachen sie mich aus, das ist deprimierend … Mir vergeht der Appetit.« *S*

Die espe brummte ihrerseits: »Was soll ich denn sagen – ohne mein ***W*** erkennt mich kein Mensch! Da kann ich fliegen und stechen, so viel ich will.«

Der korpion kreischte: »Ohne **S** nimmt mich niemand mehr ernst …« *K*

Eine uh stöhnte: »Kein Mensch will mich mehr mel-
H ken.«

Ein ferd trat vor und sagte: »Unser önig … Verzeihung, unser König hat recht. Wir müssen diesen Eindringling wegjagen. Sonst holt er sich die nächsten Konsonanten, die wir am Leibe tragen. Und dann gehe ich auf ufen. Mit allender ähne. Und hinten habe ich was? Einen ch…wanz?«

Die Tiere stimmten für die Vertreibung des Ungeheuers. Aber wie sollten sie das bewerkstelligen? Sobald sie sich ihm näherten, würde er ihnen weitere Konsonanten wegreißen … Und weder atze noch und, die schon schwer geschädigt waren, wollten als völlige Krüppel enden.

P

Da kam ein Zebra, wie immer mit großer Verspätung. Es sagte: »Zapperlot, was izzzen hier los, ihr Zooten? Hab grad am Fluss gezuzzzelt und eure Sitzzzung vernommen. Braucht ihr Unterstützzzung?«

Als sie das hörten, begriffen die Tiere, dass **Z** nicht auf dem Speisezettel des Scheusals stand, o nein! Nie hätte es ein **Z** hinunterbekommen, war ihm wahrscheinlich zu zünftig. Von dieser Erkenntnis waren sie begeistert. Die atze schlug als gewieftes Raubvieh vor, dass auch die anderen sich alle ein **Z** als Schutzzauber zulegen sollten. Das Zebra war froh, seinen Freunden helfen zu können, und teilte großzügig aus. So rüstete sich die ganze Truppe, dann umzingelte sie den Konsonantenfresser. Alle brüllten: »Zieh Leine, aber zack, zack!«

Als er diese feindselige Meute (wenn auch
ohne Eichhörnchen
ohne Adler
ohne Elefanten
ohne Uhu
ohne Alpaka
ohne Erdmännchen)
auf sich zukommen sah, bekam der Konsonantenfresser einen Riesenschreck und begann zu weinen. Vor Verblüffung blieben die Tiere stehen. Keines brachte es übers Herz, ihn anzugreifen. Das Ungeheuer saß auf seinem riesigen Hintern und greinte: »Jagt mich bitte nicht davon! Ich will doch nur spielen. Egal, wo ich hinkomme, macht man sich über mich lustig, weil ich so hässlich bin. Und so fresse ich Buchstaben in mich hinein, um nicht vollends zu verzweifeln. Abends wärmen sie mir den Bauch, und das tröstet mich ein bisschen.«

Beim Sprechen bekam der Konsonantenfresser immer wieder Schluckauf. Und dabei kullerten aus seinem scheußlichen Maul eine Menge ***T***s, ***K***s, ***J***s, ***S***, ***M***s, ***B***s, ***V***s, ***H***s, ***C***s, ***R***s … Unterdessen lief der Kojote wieder zu alter Form auf, schöpfte der Geier neue Kraft, musste der Löwe sich nicht mehr schämen und war der Hund, dieses treuherzige Tier, zu Tränen gerührt.

Amsel und Ameisenbär wollten dem netten Ungeheuer gern beibringen, etwas anderes zu fressen. Der Konsonantenfresser war einverstanden. Dann umarmten sich alle.

Doch als sie dem Zebra schließlich seine **Z**s zurückgeben wollten, rief es: »**Z**s habe ich mehr als genug. Ich habe sie euch geschenkt, macht was draus!«

Und weil sie alle sehr müde waren, so müde wie Kinder nach einem langen Tag voller ausgelassener Spiele, nutzten sie die **Z**s als Schlafzauber … Um sich von diesem Abenteuer in Mazzachuzetts zu erholen, das am Ende für alle gut ausging.

… zzzzzzzzzzzzzzzzzzzzzzzzzzzzzzzzzzzzzzzzzzzzzzzzzzzzzzz
zzzzzzzzzzzzzzzzzzzzzzzzzzzzzzzzzzzzzzzzzzzzzzzzzzzzzzzzzzzzzz
zzzzzzzzzzzzzzzzzzzzzzzzzzzzzzzzzzzzzzzzzzzzzzzzzzzzzzzzzzzzzz
zzzzzzzzzzzzzzzzzzzzzzzzzzzzzzzzzzzzzzzzzzzzzzzzzzzzzzzzzzzzzz
zzzzzzzzzzzzzzzzzzzzzzzzzzzzzzzzzzzzzzzzzzzzzzzzzzzzzzzzzzzzzz
zzzzzzzzzzzzzzzzzzzzzzzzzzzzzzzzzzzzzzzzzzzzzzzzzzzzzzzzzzzzzz
zzzzzzzzzzzzzzzzzzzzzzzzzzzzzzzzzzzzzzzzzzzzzzzzzzzzzzzzzzzzzz
zzzzzzzzzzzzzzzzzzzzzzzzzzzzzzzzzzzzzzzzzzzzzzzzzzzzzzzzzzzzzz
zzzzzzzzzzzzzzzzzzzzzzzzzzzzzzzzzzzzzzzzzzzzzzzzzzzzzzzzzzzzzz
zzzzzzzzzzzzzzzzzzzzzzzzzzzzzzzzzzzzzzzzzzzzzzzzzzzzzzzzzzzzzz
zzzzzzzzzzzzzzzzzzzzzzzzzzzzzzzzzzzzzzzzzzzzzzzzzzzzzzzzzzzzzz
zzzzzzzzzzzzzzzzzzzzzzzzzzzzzzzzzzzzzzzzzzzzzzzzzzzzzzzzzzzzzz
zzzzzzzzzzzzzzzzzzzzzzzzzzzzzzzzzzzzzzzzzz

5

Wahrscheinlich war es ein Fehler gewesen, abends Gänseleber zu essen. Das Grollen in meinem Bauch kündigte auwei oweh ein wahres Donnerwetter an. Ein Verdauungsspaziergang schien dringend geboten. Kazan, Élie und Gaston wollten sich ebenfalls die Beine vertreten. Wir gingen, zunächst schweigend, zum kleinen Hügel hinter der Siedlung. Von dort aus konnten wir den Bauernhof meiner Großeltern sehen, wo inzwischen Martial wohnte. Das Haus war ziemlich gut erhalten, trotz der Hochspannungsleitung am Westflügel.

Kazan war verstimmt. Er hatte sich gerade mit seinem Sohn Arthur gestritten, den er als eingebildet, egoistisch und faul beschrieb. Kazan glaubte offenbar nicht, dass unsere Gesellschaft seine drei großen Söhne zu »Männern« machen würde. Élie fiel ihm ins Wort: »Was verstehst du überhaupt unter ›Männer‹?«

»Na Männer eben, erwachsene Männer«, erwiderte Kazan.

»Männliche Männer? Starke Männer?«

»Nein, da hast du mich falsch verstanden. Ich meine etwas anderes. Ich habe lange geglaubt, man könnte Kindern das Leben ungefähr so erklären: Es wäre ein fairer Kampf unter guten Kameraden, ein Hin und Her zwischen Freiheit und Solidarität, mit nützlichen Werkzeugen wie Einfühlungsvermögen, Gastfreundschaft und Zuverlässigkeit. Wenn man ihnen das Leben aber heutzutage so erklärt, hilft ihnen das nicht weiter. Heutzutage ist das Leben so: Du bist allein. Vielleicht setzt du dich für Gerechtigkeit ein, aber allein. Vielleicht baust du Kathedralen, aber allein. Betreibst Landwirtschaft, aber allein. Errichtest dein Haus, allein. Leidest allein. Verreist allein. Freust dich allein. Nichts machst du umsonst. Deine Fortschritte evaluierst du selbst. Führst einen rein persönlichen Krieg gegen deine eigenen Werte. Glaubst keinem politischen oder religiösen Versprechen. Lernst, deine Zeit zu bemessen. Plauderst nicht mit Fremden. Machst nicht mit, wenn gestreikt wird. Lässt dich nicht von einem unerwartet lauen Sommerabend verführen. Stellst einen Zaun vor dein Haus. Und wenn du dann so schön allein bist, mit deiner einzig und alleinigen Familie, deinem einzig und alleinigen Kind, wirst du so frei sein, wie man es inzwischen sein muss: frei ganz allein in deinem Käfig.«

Die Dämmerung knabberte den Tag weg. Gaston nickte und sagte: »Eltern wollen immer das Beste für ihre Kinder. Sie sollen bei bester Gesundheit sein, beste Schulnoten erzielen, die bestmögliche Ausbildung erhalten. Wir wollen, dass sie jeden Wettbewerb gewinnen, die schönste Wohnung bekommen, die günstigsten Kredite, einen tollen Posten, einen tollen Partner. Wir wollen, dass es ihnen an nichts fehlt, dass es in ihrer Beziehung läuft. Wir sehen es gern, wenn sie für schwere Zeiten etwas auf die Seite legen. Wir wollen, dass sie uns wohlerzogene Enkel schenken. Und was heißt das im Grunde? Wir Eltern wollen, dass unsere Kinder ein bürgerliches Leben führen.«

»Was ist das Kriterium für eine gelungene Erziehung?«, entgegnete Kazan im Dämmerlicht. »Dass unsere Kinder völlig angepasst sind, sich gut etabliert haben, ihr kleines Glück verteidigen? Oder dass sie *gute* Menschen werden? Warum geben wir uns so viel Mühe, ihnen die richtigen Wege aufzuzeigen, wenn wir gleichzeitig sagen, sie könnten sich frei entscheiden? Wenn Arthur lieber Polizist wird als Richter, Benoît lieber Bäcker als Ingenieur – warum wäre ich enttäuscht? Wenn sie damit glücklich wären, auf meine Vorlieben zu pfeifen – warum wäre ich enttäuscht? Und wann wäre ich wirklich stolz auf meinen Sohn: Wenn er und nicht sein Kollege befördert wird? Oder wenn er einem Bettler seinen Mantel schenkt? Und vielleicht ist man ja schon ein Held, wenn man anderen nicht schadet.«

Dann trat Stille ein, die von einem vorbeifahrenden Motorrad unterbrochen wurde. Der Himmel war rot. Dort prangte bereits ein erster Stern, wie eine Schauspielerin, die neugierig durch den Vorhang linst, ehe die Vorstellung beginnt. Wir gingen immer weiter. Élie nahm den Faden wieder auf, mit einem Lächeln in der Stimme: »Meine Nachbarin hat einen Sohn, der gern Fallschirm springt. Sie ist außer sich vor Sorge. Erst gestern hat sie mir gesagt: ›Jahrelang tut man alles, damit das Kind nicht friert, sich nicht fürchtet, keine Schmerzen hat. Und kaum ist es volljährig, hat es nichts anderes im Sinn, als sich aus einem Flugzeug zu stürzen …‹«

In der Dunkelheit hörte ich Kazan lachen. »Ich habe lange gebraucht, um zu verstehen, dass man die Schwierigkeiten nicht auf Anhieb erkennt, wenn man ein Kind großzieht. All diese kleinen Dinge, die wir Männer so lange den Frauen überlassen haben – dem Kind ein Lätzchen umbinden, ihm beibringen, wie man sich die

Zähne putzt, dass man aufessen soll, ihm die Handschuhe überstreifen, den Brei in die Mikrowelle stellen, das Gemüse zerdrücken, den Strampler wechseln, mit ihm in den Park gehen oder ihn zum Judokurs anmelden, es in endlosen Diskussionen dazu bringen, sich zwischendurch zu melden oder zu bedanken, die Zeit aufbringen, um seiner Schulaufführung beizuwohnen, oder mit ihm über die Höhe des Taschengelds zu verhandeln … Dabei sind es genau diese Dinge, über Jahre angehäuft, die uns mit hocherhobenem Kopf sagen lassen: ›Und ich habe zwei Kinder großgezogen!‹«

»Groß und gefährlich ist die Welt«, sagte Gaston. »Unsere Kinder werden ihre Größe ausmachen oder ihre Gefährlichkeit.«

»Ihre Offenheit.«

»Ihre Engherzigkeit.«

»Ihre Schönheit.«

»Ihre Treue oder ihren Verrat.«

»Sie werden ihren Schmerz ausmachen.«

»Ihre Freude.«

»Ihr Mitgefühl.«

Meine Brüder sprachen ganz leise, wie Geister, die den Rückweg antreten.

»Sie werden ihre Großzügigkeit ausmachen oder ihren Eigennutz.«

»Sie werden ihre Sanftmut ausmachen oder ihre Gewalttätigkeit.«

»Sie werden die Würde der Welt ausmachen oder ihre Schamlosigkeit.«

Inzwischen war es stockfinster geworden, und die Väter sorgten sich auf dem Heimweg um das Wohl der Welt und das ihrer Kinder.

6

Am nächsten Tag war ich krank, mein Magen hatte den Schock nicht verkraftet. Ich siechte vor mich hin, vom postschmausatischen Syndrom befallen, das heißt, von entsetzlichen Bauchkrämpfen. Tatsächlich machte mir mein Bauch ständig auf die eine oder andere Weise zu schaffen.

Unten wurde munter geredet und abermals gegessen. Hin und wieder drang das Stimmengewirr zu mir durch, während ich mich ärgerte, allein im Bett zu liegen – wozu war ich überhaupt hergekommen?

Ich war in meinem Kinderzimmer, das ich mir lange mit Tom geteilt hatte, bevor ich nach Lyon gezogen war. Der Parkettboden, stellenweise bunt bekritzelt, kam mir vor wie ein Tagebuch, in dem unsere Spiele festgehalten waren. Wir lernen das Leben als Kinder kennen, und dann verlieren wir, wie eine Rakete ihre Stufen, nach und nach jeglichen Schutz. Als ich noch klein war, musste ich keinerlei Entscheidungen treffen. Man kümmerte sich um mich. Alles wurde von einer gütigen Hand geordnet – und bevor wir diese Ordnung hinterfragen, vergeht sehr viel Zeit. Als ich erkannte, dass sie alles andere als perfekt war, musste ich wie jedermann erwachsen werden. Sicher, nun war ich groß, aber ich hatte mich offenbar nicht ganz von dieser seligen Phase verabschiedet, in der das Leben genau darin bestand, sich einer geduldigen und gütigen Hand zu überlassen.

Martial scheuchte mich aus meinen melancholischen Gedanken. »Na, Hase? Mitten in der Leberkrise?«, sagte er, während er die Tür öffnete.

Unter dem Laken lachte ich matt, froh über seinen Besuch.

»So viel Essen sind wir gar nicht gewohnt, was?«

Ich sagte, nein, wirklich nicht. Hier hätte ich nur leicht die Stimmlage ändern, ein bisschen seufzen, statt eines heiteren einen etwas klagenden Ton anschlagen müssen, um meinen Bruder erfolgreich in die Falle zu locken und ein Gespräch über meine aktuelle Lage vom Zaun zu brechen. Ich ließ es aber sein. Wenn jemand, der einem sehr nahesteht, in Not ist, besteht die gängigste Reaktion darin, ihn zurechtzuweisen, es könne doch nicht sein, man müsse Prioritäten setzen, sein täglich Brot beschaffen, endlich den Arsch hochkriegen! Man bestürmt ihn mit Fragen, nötigt ihn, die Leichen aus dem Keller seiner jämmerlichen Existenz zu holen. Ich hatte Angst vor Martial. Er war dermaßen selbstsicher, sein Leben lief *wie am Schnürchen*. Was hätte er wohl gesagt, damit ich mich noch mieser fühlte? »Du solltest dich schämen! Alles nur deine Schuld. Du hättest Sullac nie verlassen, dich nie aus dem familiären Gewebe lösen dürfen, das uns immer ein Sicherheitsnetz geboten hat. Vor allem dir als Mädchen. Du hättest deinen Mann nicht verlassen dürfen, auch wenn er dich betrogen hat. So schlimm war er doch gar nicht, und du hättest dich noch ein paar Jahre damit arrangieren können. Mit ihm hattest du ein Dach über dem Kopf, ein komfortables Leben, Wochenendausflüge, du hattest immerhin jemanden an deiner Seite. Wer soll dir jetzt mit der Zahnpasta helfen, wenn du dir den Arm brichst? Du hättest deinen Job nicht aufgeben dürfen. Auch wenn du die bedrückende Atmosphäre und die dämlichen Vorschriften nicht mehr ertragen konntest, hast du wenigstens ein Gehalt bezogen und Rentenbeiträge gezahlt. Du hast dich aufgeführt wie ein verzogenes Gör. Du solltest nicht so leben. Es war ja keine schlechte Idee, sich selbständig zu machen, aber du hattest es zu eilig. Du gibst deiner Phantasie zu viel Raum, das schadet dir. Du baust zu sehr auf dein Glück. Man muss sich nun mal ins Zeug legen, höchste Zeit, sich Ziele zu setzen. Armut gehört sich einfach nicht.«

Um mir solche Reden zu ersparen, sagte ich nur, stimmt, die Gänseleber hat mir den Rest gegeben. Mein Bruder leistete mir noch einen Augenblick Gesellschaft. Er erzählte mir, was sich »unten« im Wohnzimmer abspielte. Mit fröhlicher Stimme erzählte er froh von einem erfreulichen Geschenk, das sein froher Neffe bekommen hatte. Er war froh, mir das mitzuteilen. Ich war froh, das zu hören. Wir waren unter uns, was inzwischen nur noch sehr selten vorkam. Da verbringt man seine ganze Kindheit Seite an Seite mit dem Bruder, und binnen weniger Jahre, manchmal weniger Tage, ein Umzug oder eine Heirat genügt, ist das unwiderruflich vorbei. Immer ist man von Leuten umgeben, nie findet man Zeit.

Martial sah, wie ich mich bewegte, um eine weniger schmerzhafte Lage zu finden. Er trat ans Bett. »Warte, ich decke dich richtig zu, dann hast du's bequemer.«

Mit seinen kräftigen Händen steckte er die Decke an allen Seiten fest, so dass ich rundum eingehüllt und geborgen war. Wie viele Jahre war es schon her, dass man mich so zugedeckt hatte?

»Du bist viel zu zappelig, Hase«, sagte er. »Zum Schlafen braucht man eine stabile Lage.«

Und dann zog er mir die Decke bis zum Kinn hoch. Eine ganz einfache, natürliche, liebevolle Geste, die mich völlig aus der Fassung brachte.

»Ruh dich aus. Heute Abend wird es dir schon besser gehen.«

Als mein Bruder das Zimmer verließ, zog er ganz sachte die Tür zu, wie man es bei kleinen Kindern macht, die man gerade in den Schlaf gewiegt hat.

7

Ach, dachte ich im Halbschlaf, das sind diese seltsamen Momente, wenn man in den Schoß der Familie zurückkehrt. Man erlebt jeden Austausch quasi zweimal, wie eine Art Doppelbelichtung, als Erwachsener und als Kind zugleich, wie diese versteckten Bilder, die sich in ein und derselben Zeichnung verbergen … Zu seiner Familie zurückzukehren ist so, als würde man in ein Musikstück eingehen. Ein Musikstück lehrt uns nichts Neues, aber ~~es ist wie …~~

Ich wusste nicht weiter. Ich brauchte einen besseren Vergleich. Wo war nur mein Bildervorrat hin? Ich habe doch stets einen Sack voller Metaphern dabei. Ich langte unter das Bett, um den alten Jutesack hervorzuholen. Steckte die Hand hinein. *[Die Metaphern waren entzückt, gebraucht zu werden, und klammerten sich an meine Finger.]*

> … wie Läuse, die sich am Kopf eines Pennälers wärmen; ähnlich einem Hortensienstrauch, der mehr Wasser verbraucht als sein weinseliger Be-

sitzer; wie der harte, »Diamant« genannte Knochen am Schnabel von Rotkehlchen, die damit ihr Ei durchstechen, und der sich anschließend zurückbildet; gleich einem Soldaten, der sich vor dem Nationalfeiertag ein Bein bricht; so wie ein Camembert, der sich gehenlässt; wie eine Zigarettenkippe, die sich partout nicht biologisch abbauen lässt; wie diese armenischen Eltern, die ihre Kinder nicht nur zum Studieren anhalten, sondern auch zu einer praktischen Lehre, damit sie jederzeit in der Lage sind, ihren Lebensunterhalt zu verdienen; wie ein Sonnenuntergang in Rom; wie ein Steinchen, das erst im Mosaik zur Geltung kommt; wie diese Leute, die jede Frage mit »Warum nicht?« beantworten …

Nein, nein, nein, ich brauchte etwas anderes. *[Ich nahm die Taschenlampe, um mehr zu erkennen.]* Was für ein Durcheinander! Wer sollte sich da noch zurechtfinden?

… wie diese Blumen, die alljährlich nur an einem einzigen Tag blühen; gleich jenen Tauben, die neben Liebespaaren so unbekümmert picken wie neben alten Faschos; so wie selbst ein Schaf manchmal Eigeninitiative beweist; gleich einer Klopapierrolle, die sich an ihre Gefährtinnen schmiegt; wie der abnehmende Mond erst am Morgen zum Vorschein kommt; so wie ein Blatt Papier genügt, um sich in den Finger zu schneiden; so ist auch die Milchstraße von den Metropolen aus nicht mehr zu sehen …

Zipfelklatsch und Heilandsack! Das alles brachte mich keinen Millimeter weiter, wenn es um meine Familie ging. *[Ich steckte den ganzen Kopf in den Sack, um den Inhalt bequemer sichten zu können.]*

… so wie der Mathematiker Andrew Wiles mit seinem Beweis der Taniyama-Shimura-Vermutung auch den großen Fermat'schen Satz bewies; wie die Angst des Zickleins vor dem Melken; gleich Platanenblüten, die ihren Pollen vom Winde verwehen lassen; so wie man unschöne Pölsterchen mit Photoshop wegmogeln kann; wie Gleise, die man zu Radwegen umbaut; wie der Schuh drückt, bevor man bequem darin gehen kann; so wie Grünspechthöhlen dem Steinkauz als Unterschlupf dienen; wie diese Auslandsfranzosen, deren egalitärer Lack schnell abplatzt, sobald Dienstboten günstig zu haben sind …

Pfick, Pfurz und Pscheiße!, rief ich, nie kriegte man, was man brauchte.

[Ich war inzwischen ganz unten angelangt, bei den altehrwürdigen Klassikern.]

… wie die Gedanken einer vormaligen Existenz nach der Seelenwanderung; gleich einem Fuchs, den die Henne übertölpelt hat; wie ein Herz klagt aus den Saiten; wie jene Geheimschränkchen voller ineinander geschachtelter Schubfächer; wie Weihrauch einen Rosenwald durchglüht; so wie Milkshake geschmeidig durch den Strohhalm gleitet; gleich Herrschern zweier benachbarter Reiche; wie das Salz von Kindheitstränen; wie zwei Eheleute, die in Ruhe ihre häusliche Flamme nähren; wie eine gefangene Taube, die fortfliegen möchte; wie eine Erscheinung; gleich einer Apfelsine; ähnlich einem Deckel …

Heilige Maria der Mobilfunkantennen, ich muss hier raus! *[Weiter oben stieß ich auf die jüngsten Neuzugänge.*

Ich schüttelte die Hand, und sie verteilten sich rund um das Bett.]

… Buttrig wie ein Kouign amann; schön wie ein Lkw; derb wie ein Opportunist; feige wie eine Drohne; fade wie Filterkaffee; gehetzt wie ein Fahrradbote; freundlich wie ein Pariser Kellner; traurig wie ein Tannenfriedhof, wenn Weihnachten vorbei ist; tückisch wie eine Sitzbank ohne Lehne …

Mist Mist Mist

Enttäuscht machte ich den Sack wieder zu. Ich konnte mich einfach nicht ausdrücken. Anstatt meine Bücher zu schreiben, ließ ich mich in Sullac von meiner Familie mästen und war außerstande, einen halbwegs brauchbaren Vergleich zu ziehen. Immer fehlten mir Wörter. So gibt es beispielsweise keine akustische oder olfaktorische Entsprechung zu »offensichtlich«. Da kommt man ins Haus und merkt sofort, hier werden Kartoffeln gebraten – wie soll man das angemessen wiedergeben? Es gibt kein Verb für den Fall, dass man ein Kleidungsstück verkehrt herum anzieht. Regen können wir mit »Niesel-« genauer beschreiben, aber wie ist es mit Schnee? Gastronomen bräuchten ein Adjektiv, um Tische zu benennen, die man höchstens für zwei decken kann – das Strahlen der Liebespärchen wäre ihnen sicher. Es fehlt ein Begriff, der erfasst, wie man im Freundeskreis über Filme diskutiert, die man nicht gesehen hat. Man sollte sich allmählich einen Ersatz einfallen lassen für den Euphemismus »im Internet bestellt«. Und ich benötige ein Verb für »verspielen« im Zusammenhang mit dem Geigelernen. Unserer Sprache fehlen noch etliche andere Wörter, Hinweise auf lexikalische Lücken nehme ich jederzeit unter der Adresse woerterdieunsfehlen@sophie.dict* entgegen, die sachdienlichsten werden in meinem nächsten Buch veröffentlicht. Vorsicht, es geht mir nicht um Wortschöpfungen, sondern um das Aufspüren der Leerstellen.

Darüber, wie es so schön heißt, schlief ich dann ein.

* LeserInnen, die mir einen Liebesbrief schicken wollen, können ebenfalls diese Adresse nutzen. Wer mich beleidigen möchte, schreibe bitte an: beschwerdeabteilung@erde.univ

8

Am nächsten Tag reisten alle ab, weil am übernächsten Tag die Schule, die Werkstatt, das Büro, die Fabrik, die Kanzlei oder die Praxis nach ihnen rief, kurzum alles, was mehr oder weniger Produktivität verheißt. Meine Brüder verstauten massenweise Zeug in riesigen Taschen, ich verzehrte in aller Ruhe ein Butterbrot. Meine Mutter blickte mich an.

»Was ist mit dir, Hase? Hast du in Lyon irgendwelche Verpflichtungen?«

»Äh … Ich warte auf eine Sendung …«

Sie lächelte und sagte: »Bleib noch ein paar Tage bei deiner alten Mutter. Du warst krank, du solltest dich lieber schonen. Und wenn du ohnehin nicht arbeitest …«

»Gern, aber ich möchte dich nicht stören.«

»Stören? Wie kommst du denn darauf? Das Haus ist doch groß genug. Bleib noch ein bisschen. Wenn du schon mal zu Besuch bist … Und, ehrlich gesagt, würdest du mir damit auch einen Gefallen tun.«

»Wieso einen Gefallen?«

»Jetzt steht das Marmelademachen an, ich muss Kirschen kaufen, mehrere Kisten, und sie gleich einkochen. Eine Riesenarbeit. Allein kann ich mich dazu nicht aufraffen.«

»Mit Marmelade kenne ich mich nicht so gut aus …«

»Ein paar Kisten wirst du wohl tragen können, und Kirschen entkernen auch. Sonst unterhältst du eben deine Mutter. Einverstanden? Du bleibst hier?«

Ich sagte ja, na klar. Eine solche Gelegenheit muss man beim Mutterschopf packen.

Bald stand nur noch ein Auto auf dem Parkplatz. Im Haus breitete sich willkommene Stille aus. Ich half meiner Mutter, die Zimmer aufzuräumen. Die Vorstellung, jeden Tag essen zu können, war herrlich wohltuend. Überhaupt war alles hier wohltuend, genau das zeichnete dieses Haus aus, die Behaglichkeit stets frisch bezogener Betten, die tröstliche Anmutung von Küchenschränken voller Keksvorräte, und dazu unerschöpfliche Mutterliebe. Ich hatte nicht das Recht, in Selbstmitleid zu baden. Ich hatte eine Zuflucht, in der ich mich in jeder Hinsicht erholen konnte; wahres Elend besteht darin, keinen Ort zu haben, keine Mutter, nichts, um sein Haupt zu betten.

Mittags aßen wir die Reste der vergangenen Festmahle auf. Ich füllte die Kaffeemaschine. Als ich auf den *on*-Knopf drückte, schickte ein Atomkraftwerk genug Strom, um das Wasser zum Kochen zu bringen. Ich betrachtete meine Mutter. Was führte sie hier für ein Leben, unter der Woche? Martial besuchte sie regelmäßig, sie waren Nachbarn. Virgile kam zu ihr, um in aller Ruhe Gitarre zu üben. Der Garten war voller Rosensträucher, die nach Pflege verlangten. Bestimmt hütete sie ihre Enkel, kämpfte gegen den Staub, las, machte den Fernseher an. Aber woran dachte sie abends, ganz allein in ihrem großen Bett, sobald die Nachttischlampe aus war? Noch nie hatte ich bei meiner Mutter auch nur einen Hauch von Lebensangst bemerkt. Wenige Monate nach Papas Tod hatte sie zu ihrer gewohnten Gelassenheit zurückgefunden. Einigermaßen erstaunlich, wenn man es recht bedachte. Mein Blick fiel auf ein gerahmtes Foto meines Vaters, mit Tom auf dem Schoß. Ich nahm das Bild aus dem Regal.

Ich: Hier wirkt Papa glücklich …

Meine Mutter: Damals ging es ihm aber gar nicht gut.

Ich: Damals schon?

Meine Mutter: Dein Vater hielt den Druck ja kaum aus. Die Arbeit hat ihn umgebracht.

Ich: Ich habe mich immer gefragt, warum er sich keine andere sucht, wenn sie ihn so belastet.

Meine Mutter: Schwer zu sagen. Ihm fehlte wohl der Mut. Dein Vater mochte keine Konflikte, Veränderungen mochte er noch weniger.

Das Wasser tröpfelte in den Filter. Da wir sonst praktisch nie über Papas Tod sprachen, kamen mir tausend Fragen.

Ich also: Immerhin musste er sieben hungrige Mäuler stopfen, vielleicht hat ihn das belastet.

Und meine Mutter: Warum sagst du so was?

Und ich: Hätte er weniger Kinder gehabt, hätte er vielleicht kündigen können.

Darauf meine Mutter: So ein Unsinn. Ihr wart für ihn das pure Glück. Ob drei, vier oder sieben Kinder macht irgendwann keinen großen Unterschied mehr …

Dann ich: Finanziell aber schon …

Dann meine Mutter: Aber wir hatten doch Unterstützung.

Dann ich: Unterstützung?

Dann meine Mutter: Selbstverständlich, was glaubst du denn? Dass wir es mit einem einzigen Gehalt geschafft hätten? Wir haben Kindergeld bezogen. Bei sieben Kindern kommt einiges zusammen. Und deine Großmutter hat uns die Ferien am Meer spendiert.

Dann ich: Hätte nie gedacht, dass ihr Kindergeld beantragt.

Dann meine Mutter: Warum nicht? Dazu hatten wir doch jedes Recht … Ohne wären wir nie über die Runden gekommen. Und im Sommer haben wir Mamie gebeten, die Ferienhütte zu bezahlen. Was hat sie sich gesträubt, die liebe Schwiegermutter, am Ende hat sie aber doch immer bezahlt.

Und ich: Wir hätten auch auf die Ferien verzichten können.

Und meine Mutter: Das sagst du jetzt, damals hast du schon Wochen im Voraus gefragt, wann wir endlich fahren.

Und ich: Echt?

Und meine Mutter: Das weißt du nicht mehr?

Und ich: Nein.

Und meine Mutter: Du hast immer gefragt: Wo ist das Meer, wo? Du wolltest schon die Schwimmreifen aufblasen, bist in deinen kleinen Badeanzug geschlüpft, hast im Badeanzug dein blaues Köfferchen hinter dir hergezogen. Du warst ja so süß, in deinem kleinen Badeanzug …

Daraufhin ich: Ach … Ja … Ich glaube, Ferien fand ich immer toll.

Woraufhin meine Mutter: Das kann man wohl sagen! Die Ferien habt ihr alle geliebt, und du noch mehr als die anderen.

Hierauf ich: Warum?

Darauf meine Mutter: Vielleicht, weil du deinen Vater am meisten vermisst hast. Und er sich während der Ferien endlich um euch kümmerte.

Hierauf ich: Wir haben Papa vermisst?

Darauf meine Mutter: Und wie! Abends kam er immer spät nach Hause. Am Wochenende war er völlig erschöpft. Wie sollte er euch da noch bespaßen? Und ich konnte auch nicht ständig überall sein.

Hierauf ich: Und du glaubst, wir hätten darunter gelitten?

Darauf meine Mutter: Ich glaube, Kinder mögen Zuwendung.

Sie räumte Teller in die Geschirrspülmaschine, und die Gegenstände schienen ihr zu gehorchen, sie hatten sich an meine Mutter gewöhnt, gehörten zu ihrem Alltag, zu ihrer Einsamkeit. Ich hing meinen Gedanken nach. Offenbar hatte ich Papa schon vor seinem Tod vermisst.

Wieder ich: Und die Jungs? Haben sie auch darunter gelitten? Ich meine, wollten sie auch, dass Papa ihnen mehr Zeit widmet?

Und meine Mutter: O ja. Vor allem Tom und Élie.

Wieder ich: Und Papa wusste das?

Und meine Mutter: Sicher. Deswegen hat er sich schuldig gefühlt. Das hat er mir oft gesagt.

Wieder ich: Das hätte ich nie gedacht. Obwohl man ihm angesehen hat, wie sehr ihn die Arbeit schlauchte. Sonntagabends hatte er immer diese Trauermiene.

Ein Schatten fiel auf ihr Gesicht.

Schließlich meine Mutter: Dein Vater hatte Krebs, weißt du. An Arbeit stirbt man nicht. Wenigstens nicht immer …

Schließlich ich: … oder nicht ganz.

Vermutlich war ich ihr zu nahe getreten, indem ich ihre Witwenschaft ansprach, denn sie wechselte das Thema.

Auf einmal meine Mutter: Mit Arbeit hast du jedenfalls nichts am Hut.

Ich dann: Wie kommst du darauf? Ich suche doch Arbeit.

So dass meine Mutter: Du solltest dich mehr anstrengen. Irgendwas sagt mir, dass du es eher schleifenlässt. Sonst wärst du nicht so lange arbeitslos.

So dass ich: Noch mehr anstrengen? *[Und ich dachte traurig, dass sie ja nicht wissen konnte, wie anstrengend es war, sich wochenlang kaum oder nur mangelhaft zu ernähren.]* Ja, stimmt, mittlerweile suche ich nicht mehr jeden Tag.

So dass meine Mutter: Dann darfst du dich auch nicht beschweren.

So dass ich: Tue ich doch gar nicht, Mama.

Inzwischen hatte sie die Küche aufgeräumt. Ich servierte ihr den Kaffee, ohne den Gesprächsfaden weiterzuspinnen, ihre letzte Bemerkung hatte mich verärgert. Ein Stück Zucker löste sich in der Stille auf.

Sanft Mama: Vielleicht hast du sogar recht. Dein Vater hätte Arbeitslosengeld beantragen können. Das wäre auch nicht schlimmer gewesen, als krank zu werden und uns alle im Stich zu lassen …

Versöhnlich ich: Aber wir hatten doch eine schöne Kindheit …

Ohne jeden Zweifel Mama: Das will ich hoffen. Wir haben sehr gut gelebt. Wenn ich sehe, wie Kazan heute lebt, mache ich mir mehr Sorgen.

Ohneüberzeugung ich: Ach ja?

Schimpfmäßig Mutter: Mit dem doppelten Einkommen müssten sie sich eigentlich mehr leisten können.

Eifersüchtig ich: Du übertreibst. Es geht ihnen wirklich nicht schlecht.

Dieleierkenntmanmäßig Mutter: Ihre Nebenkosten sind so hoch. Und die Kinder wollen immer diese teuren Telefone. Und die Eltern geben jedes Mal nach …

Desinteressemäßig ich: Kazan gibt bestimmt nicht jedes Mal nach.

Insistiermäßig Mutter: Doch doch.

Ermüdetmäßig ich: Nein nein.

Der Kaffee war alle.

9

Ich war auf mein Zimmer gegangen, um ein Nickerchen zu machen, als mein Telefondisplay Hectors Namen anzeigte. Vor lauter Hoffnung tat mein Herz einen Satz.

»Hallo, wie geht's?«

»Ganz gut. Ich bin noch in Sullac … wennschon, dann richtig.«

»Da hast du recht.«

Ich fragte ihn, ob er meinen Briefkasten geleert hatte.

»Heute Morgen. Keine Bescheinigung in Sicht. Wann sollte der Wisch denn bei dir eingehen?«

»Diese Woche. Ich warte seit Ende April, und jetzt haben wir schon den 16. Mai …«

»Ich soll also jeden Tag nachsehen?«

»Ja, bitte. Dann kann ich noch ein bisschen hierbleiben und mir ein paar Pfunde anfressen …«

»Und warum sollte ich das tun?«

»Na ja … weil wir befreundet sind. Ich würde dasselbe für dich machen, Alter.«

»Ach, wir sind also befreundet?«, platzte es aus Hector heraus. **»Dann wüsste ich gern, warum Belinda immer noch mit Charles-Édouard zusammen ist.«**

Da fragte ich ihn, ob er sich aus Widerspruchsgeist fett ausdrückte.

»Ja, ein technischer Kniff, um Respekt einzufordern. In diesem Buch wird mir übel mitgespielt. Du beschreibst mich als Versager, Asthmatiker, als ge-

schwollen parlierender Snob, mehr tust du nicht für mich.«

Ich protestierte. Im Buch werde er doch auch als verlässlicher Kamerad, brillanter Musiker, erfolgreicher Frauenheld beschrieben …

»Mag sein, aber Belinda hängt immer noch an Charles-Édouard … Und solange meine Wünsche unerfüllt bleiben, melde ich mich in Fettbuchstaben zu Wort, wann immer es mir beliebt.«

Das war keine gute Idee, nein, wirklich nicht, Fettbuchstaben sind einfach nicht schön. Dass ich zu seiner Figur einen gewissen Abstand hielt – und ihn in letzter Zeit gar nicht auftreten ließ –, hing damit zusammen, dass die meisten Leute, die mit Schriftstellern befreundet sind, lieber nicht in ihren Romanen auftauchen, das sei ihnen unangenehm …

»ACH JA? Glaubst du vielleicht, es ist angenehm, sich fünfzig Seiten lang die Beine in den Bauch zu stehen und nach dem Postboten Ausschau zu halten, anstatt die Frau zu ficken, die man liebt?«

»Ist ja gut. Mein Buch ist aber kein Fickodrom, wo jeder nach Belieben mitmischen kann.«

»Mach, dass Belinda sich in meine Arme fallen lässt.«

»Kommt nicht in Frage. Du hast mir gar nichts zu sagen.«

»Na schön, du willst es nicht anders. Ich werde mich an Lorchus wenden und ihn bitten, einen Schwanz in dein Buch zu malen. LORCHUS, DU BIST AM ZUG!«

»Nein, Hector, nicht ausgerechnet der!«

ICH SORGE FÜR SEX SEX SEX
ICH SORGE FÜR SEX SEX SEX
ICH SORGE FÜR SEX SEX SEX
ICH SORGE FÜR SEX SEX SEX
ICH SORGE FÜR SEX SEX SEX
IN DEINEM VERDAMMTEN BUCH
Füg dich. Gib ihm Belinda!

Schreib für deinen Freund eine hübsche Sexszene

Eine ergussreiche Begegnung eine geile Vögelei im Lift

Was *Prick*elndes was Schwüles

Sonst male ich überall Schwänze und Löcher in dein blödes Buch

Ja, denn ich bin der Teufel nicht irgendein Vollidiot

Ich bin Lorchus dein persönlicher Dämon

HA! HA! HA! HA! HA! HA!

Ha! Ha!

Ha! Ha! Ha!

Ha! Ha! Ha! Ha!

ICH BIN DER TEUFEL
SCHWÄNZE ZEICHNE ICH
WANN UND WO ICH
LUSTIG BIN
Ich komm vorbei und sorge
FÜR SEX FÜR SEX FÜR SEX
FÜR SEX FÜR SEX FÜR SEX
FÜR SEX FÜR SEX FÜR SEX
FÜR SEX FÜR SEX FÜR SEX
FÜR PORNO IN ALLEN LAGEN
WO UND WANN AUCH IMMER
BEI JEDER GELEGENHEIT,
SEI SIE NOCH SO UNPASSEND

10

(unter Formzwang geschrieben)

Am nächsten Tag raffte mein Freund Hector sich auf, meinen Briefkasten zu leeren. Als er anschließend in seine Wohnung zurückkehrte, traf er im Aufzug seine Nachbarin. »Hallo«, sagte sie. »Hallo«, erwiderte er und spürte, wie sein Schwanz bereits hart wurde, denn Belinda war die pure Verkörperung seiner Sexphantasien. Die ~~treue~~ schöne Belinda, die ihre unwiderstehliche Wirkung kannte, bat meinen ~~sexbesessenen~~ beflissenen Freund Hector, ihr bei der Reparatur ihres Lattenrosts behilflich zu sein. Eine Latte habe sich gelöst, und allein wäre sie nie und nimmer in der Lage, sie wieder anzubringen, erklärte Belinda mit flehentlichem Blick. »Kein Problem«, sagte mein ritterlicher Freund, während sein Schwanz weiter anschwoll, »die stecke ich dir gern wieder rein.« Kaum hatten sie ihr Schlafzimmer betreten, begab sich Belinda auf alle viere, um ihm die lose Latte zu zeigen. Geile Schlampe, dachte der schöngeistige Hector und ließ meine Post fallen, was muss die mit ihrem Typen alles angestellt haben, um das Bett so zuzurichten! Eine Vorstellung, die ihn noch mehr erregte, obwohl er eigentlich ein sehr romantisches Gemüt hatte. Schon wieder reckte sie ihm ihren Arsch entgegen. Hector konnte sich nicht länger zurückhalten und steckte die Hand zwischen ihre Schenkel. Sie war ja schon ganz feucht! Binnen Sekunden hatte der gutgebaute junge Mann die Hose runtergelassen, und der Zungenkuss, den seine Nachbarin ihm verpasste, war der reinste Plombenzieher. Nachdem diese beiden sich monatelang umkreist hatten, fielen sie nun gierig übereinander her. Wie die Tiere! Mein feinsinniger Freund holte seine mächtige Rute raus, Belinda warf sich auf die Matratze, nur allzu willig und bereit. Und da stellte Hector fest, dass Charles-Édouard schon seit längerem aus ihrer Kasematte desertiert sein musste, denn sie stand unmittelbar vor der Explosion. Ah, das fühlte sich gut an! Hector drang immer weiter vor. Die beiden ließen keine Stellung aus, er spritzte jedes Mal ab, und sie kam jedes Mal. Danach troffen die Latten nur so vor Sperma, Holzklebstoff erster Güte. Und nachdem der zärtliche, sensible Hector seinen Sack komplett ausgeleert hatte, gab ihm seine Nachbarin ein Stück Aprikosencake mit auf den Weg. Von seiner Wohnung aus rief er mich an, um mir die gute Nachricht mitzuteilen: Meine Honorarabrechnung war eingetroffen. Leider hatte sie einen fetten Spritzer abbekommen … Auf der Fotokopie würde man das aber nicht sehen, versicherte er mir. »Schick lieber gleich das Original an die Arbeitsagentur«, sagte ich, »die haben mich eh schon gefickt«, worauf wir beide in schallendes Gelächter ausbrachen.

11

Einen Nutzen hatte diese Geschichte: Meine Honorarabrechnung war endlich auf dem Weg in die Arbeitsagentur. So würde ich nicht nur die Leistung für April beziehen, sondern kurz danach auch die für Mai. Dank dieser beiden Zahlungen (die zusammen 1000 Euro ergaben, ein Vermögen) würde ich mich eine Zeitlang normal ernähren können. Ich schöpfte wieder Mut. Außerdem spendierte mir meine Mutter das Zugticket nach Lyon, eine schöne Überraschung, »weil ich diese Mitfahrautos nicht mag, man weiß nie, wer am Steuer sitzt«. Während sie munter summend Rosensträucher umsetzte, nahm ich mir ein Blatt Papier, um in aller Ruhe meine monatlichen Unkosten und meine monatlichen Einnahmen zu berechnen. Einfach um zu begreifen, wie ich mich in diesen Schlamassel reingeritten hatte und wie ich in Zukunft nie wieder würde hungern müssen. Nach einigen Fehlanläufen kam ich zu folgendem Ergebnis:

X X X X

↑ ↓

MEINE UNKOSTEN		MEINE EINNAHMEN	
Miete	400	Grundsicherung	499
Strom	50	Andere Quellen: Rezensionen, Verkäufe Gibert oder Internet	140
Telefon & Internet	30		
Versicherung	15		
Monatliche Wohnsteuer	10		
Bustickets	16		
Gesamtausgaben	**521**	**Gesamteinkommen**	**639**

Das hieß, mir blieben monatlich nur 118 Euro für die »Lebenshaltung«, wie die Sozialarbeiterinnen sagen, also nicht einmal 4 Euro am Tag, um mich zu ernähren, ohne alle anderen Bedürfnisse und unvorhergesehene Kosten zu berücksichtigen … Kein Wunder, dass einem am Ende das tägliche Brot fehlt.

Ich musste unbedingt arbeiten. Ich musste jeden Ausfall der GS vermeiden. Ich musste einen Auftraggeber finden, der die Honorarabrechnung umgehend herausrückte. Ich musste schwarzarbeiten. Und ich musste mit meinen Büchern einen Haufen Geld verdienen. Genau: massenhaft Kohle. Meine Werke sollten sich verkaufen wie warme Brötchen, dazu noch die Filmrechte, die Theaterrechte, die Musical- und Opernrechte, die Videospielrechte, ich würde Multimillionärin werden, eine Schriftstellerin, die chinesische Touristen an ihrem Bistrotisch bestaunen, wenn sie busweise am Café de

Flore vorbeiziehen; man würde mich in nachdenklicher Pose ablichten, ich würde mit befreundeten Ministern im Ritz tafeln und ihnen erklären, wie sie die notwendigen Reformen anpacken können, wäre, mit einem Champagnerglas in der Hand, von entzückten Journalisten umringt; ich würde Hotelzimmer mit Whirlpool verlangen, hätte ein Sommerhaus in der Provence, einen Taxifahrer auf Abruf, eine eigene Masseurin, ein Zweitsommerhaus auf Mykonos und würde meine Wochenenden in Italien verbringen …

»👁 👁 hm hm!«, skeptizierte meine Lektorin und legte das Manuskript aus der Hand. »Ich will ja kein Spielverderber sein …«

»… Aber?«

»Ich habe dich immer bei jedem Projekt unterstützt, wie du weißt … Aber jetzt sind wir in der Krise, die Buchhandlungen in den Stadtzentren sterben aus, gegen die Bildschirmangebote kommen wir nicht an, wir können heute längst nicht so viele Bücher absetzen wie noch vor zwanzig Jahren, erst recht nicht, wenn sie vor wirren Hirngespinsten strotzen wie dein Manuskript. Und dann kommen noch die Lagerkosten hinzu. Kurzum, die Zahl der Leser schwindet dahin, Verlage dürfen sich keine Fehlgriffe mehr leisten, darum solltest du nicht allzu hohe Erwartungen hegen, was … Ich würde mich natürlich freuen, wenn du von deinen Veröffentlichungen leben könntest, aber angesichts all dieser … tja … du solltest wohl besser … Ich weiß, wie heikel das ist, angesichts der Lage auf dem Arbeitsmarkt … aber du solltest …«

»Na los, spuck's ruhig aus.«

»Na gut: Du solltest auf deine Mutter hören.«

»Meine Mutter arbeitet im Garten.«

»Kürzlich hat sie dir geraten, dich mehr anzustrengen, bei der Suche …«

»Arbeit wächst aber nicht auf den Bäumen!«

An diesem Punkt meiner literarökonomischen Diskussion rief meine Mutter nach mir. Ich sollte ihr helfen, ein Zitronenbäumchen umzupflanzen. Mama ließ sich immer neue Kleinigkeiten einfallen, damit ich mich nützlich machen konnte. Vielleicht dachte sie, sobald die Gläser mit Marmelade gefüllt wären, gäbe es für mich keinen richtigen Anlass mehr, zu bleiben. Sie ahnte nicht im Geringsten, wie wenig es mich nach Lyon zog.

Ich hackte schwungvoll die Erde durch. Als wir sie wieder festklopften, fragte meine Mutter in vertraulichem Ton: »Wer war dieser große Schwarze, mit dem du dich auf der Tauffeier unterhalten hast?«

»Der große Schwarze? Ach, du meinst den Arzt, Dr. Honorix Cosa. Ein Freund von Élie, sehr sympathisch.«

»Wieso habe ich ihn denn nie kennengelernt?«

»Er wohnt außerhalb.«

»Und ich dachte schon, er wäre dein Freund … Ist da wirklich nicht mehr zwischen euch?«

»Mama …«

»Jedenfalls fände ich es sehr schön, wenn du mir eines Tages jemanden vorstellen würdest.«

»Lieb von dir, Mama, aber das steht momentan nicht an.«

»Ich hoffe, das liegt nicht an deiner literarischen Betätigung. Männer mögen keine intellektuellen Frauen, irgendwie haben sie Angst vor ihnen. Sehr schade, aber das war schon immer so.«

»Nicht immer.«

»Mäuse fängt man mit Speck. Lass deine Bücher zwischendurch mal liegen.«

»Aber ich habe doch keine andere Arbeit, Mama, verstehst du das nicht?«

»Diese bekommt dir jedenfalls nicht. Schau dir mal deine Ärmchen an, du bist ja ganz mager. Das liegt an dieser Besenkammer, in der du haust, da kann man kaum atmen. Du solltest umziehen, dir eine Wohnung mit Terrasse suchen, wo du die Sonne genießen kannst, das würde dir guttun, du bist so blass …«

»Terrasse? Warum nicht gleich ein eigenes Schwimmbad?« Ich musste lachen. Meine Mutter hatte wirklich keine Ahnung mehr vom Wohnungsmarkt.

»Apropos Schwimmbad, jetzt müssen wir das Bäumchen wässern. Und bring bitte das Werkzeug weg. Danke, Hase, so braucht deine alte Mutter nicht so viel zu schleppen.«

Abends sah ich mir die Regionalnachrichten an, inzwischen berichtete man nicht mehr über die Weinstöcke, die haufenweise herausgerisssen wurden, sondern über Fabrikschließungen. Abgesehen davon hatte ich, mit einem Glas Maury in der Hand, während Mutter in der Küche vor sich hin trällerte, den Eindruck, dass sich rein gar nichts verändert hatte.

12

Am Donnerstag bat mich meine Mutter, sie nach Montpellier zu begleiten. Sie wollte unbedingt ein Geburtsgeschenk für eine entfernte Großnichte kaufen, die ein entzückendes Baby bekommen hatte, und das selbstverständlich nach einer Traumhochzeit. Mein Interesse hielt sich in Grenzen. In Sullac hatte sich meine Bedürftigkeit zurückgezogen, besiegt durch die Liebe meiner Mutter, doch in Montpellier könnte sie sich abermals mit gefletschten Zähnen auf mich stürzen. Um mich gegen sämtliche städtischen Verlockungen zu wappnen, blieb mir nichts anderes übrig, als mich in einem Café einzuigeln.

»Was darf ich der Dame bringen?«

»'ne Limo, bitte.«

Die Cafébetreiberin gefiel mir nicht. Fettige Haut, tiefliegende Augen, verächtlicher Blick. Bei solchen Leuten frage ich mich unwillkürlich: »Ob sie den Front National wählen?« Das ist natürlich üble Diskriminierung, doch kaum hatte ich mir die Frage gestellt, flößte mir diese Frau eine gewisse Furcht ein, die sich zu einem Unbehagen an all meinen Landsleuten auswuchs, als verbärge sich hinter diesem friedlichen Vormittag, an dem alle ihren Beschäftigungen nachgingen, ein künftiger Verrat, eine furchtbare Enttäuschung. Nach einer Stunde kam meine Mutter zu mir ins Café. Ich hatte mein Unbehagen fast vergessen, als sie plötzlich auf einen der Cafégäste deutete und sagte: »Der war doch früher mit Tom befreundet, dieser junge Mann dort drüben?«

»Wo?«

»Da links, neben dem Araber mit seinen beiden Ehefrauen …«

Entgeistert starrte ich meine Mutter an. Dort saß ein Mann, vermutlich aus dem Maghreb, mit zwei Frauen, die Kopftücher trugen und von fern mehr oder weniger gleichaltrig schienen.

»Warum sprichst du von ›seinen beiden Ehefrauen‹?«

»Das habe ich so dahingesagt«, erwiderte meine Mutter erstaunt. »Was ist nun mit diesem jungen Mann, kennst du ihn?«

»Nein. Tom hatte an der Uni viele Freunde. Darunter sicher auch Araber.«

»Sicher«, sagte meine Mutter. »Warum sagst du das jetzt?«

Oh, einfach so. »Der Araber mit seinen beiden Ehefrauen«, hatte meine Mutter gemeint und sich bestimmt nichts Böses dabei gedacht, doch mich befiel ärgerlicherweise wieder dieses Unbehagen. Die zunächst vielleicht sehr menschliche Reaktion, sich an dem zu stören, was anders ist, kehrte sich seit einigen Jahren in verstärkter Form gegen eine Religion, der man jede Integrationsfähigkeit absprach; die Islamophobie war schlimmer als jede invasive Pflanze, sie wucherte in sämtlichen Hirnen, wie Viren, die durch Mutation immer neue Organismen angreifen; die Prämisse für ihre Mutation war, dass jeder Araber Moslem sei und jeder Moslem Araber, also Immigrant und potentieller Terrorist, eine Verwandlung, die jederzeit in beide Richtungen möglich schien und stets gegen den Betroffenen sprach, der sich kaum gegen so viele Anfeindungen wehren konnte; die Islamophobie nährte sich vom Fremdenhass, jenem Hass, der seit Jahrhunderten auftrumpft, indem er all das als nicht-zu-uns-gehörig verdammt, was mal jüdisch, mal itakerisch, mal arabisch, mal muslimisch ist; diesen Hass schürte insbesondere der nie verziehene Verlust unserer schönen alten Kolonien, am schmerzlichsten war es, ihn im Herzen linker Wähler anzutreffen, dank des verdrängten und geleugneten Erbes einer Kolonialpolitik im Geiste Jules Ferrys, infolge derer man ungestraft glauben darf, es gäbe zwei Klassen von Bürgern, die kleinen Wilden, die man umerziehen muss, und die Lichtgestalten der französischen Aufklärung, wobei die einen dazu auserkoren sind, die anderen zu befreien, was einem überwiegend männlich besetzten Parlament erlaubte, das islamische Kopftuch an Schulen zu verbieten, ein Gesetz, das vorgibt, unsere erhabene Mehrheitsgesellschaft zu verteidigen und die anderen, wenn auch gegen ihren Willen, auf die lichten Höhen des Atheismus zu hieven, Endziel eines jedes geglückten Zivilisationsprozesses, in Verbindung mit Küchenmaschine und Touchpad; fern der Mikrowellen, in finstereren Höhlen, rüstete sich der Hass bei ethnisch homogenen Horden mit Testosteronüberschuss, verstärkte sich zu Beginn der Kreuzzüge im Namen der weißen, heterosexuellen und christlichen Heimat, während Christen in alten, verfallenen Kapellen heimlich (leider allzu heimlich) um Versöhnung flehten, der Worte Jesu eingedenk oder ihrer vertriebenen Glaubensschwestern; die Denkweise scheiterte manchmal dort, wo man einen für sie fruchtbaren Boden vermutet hätte, und blühte dafür an ganz anderer Stelle auf; dass sie sich hier verbreitet, wo null Transzendenz toleriert wird, verwundert nicht, denn die Nachfahren der Pfaffenjäger halten es für eine Heldentat, wenn sie eine Religion von Unterdrückten bekämpfen; dass sie auf frauenfeindlichem Terrain gedeiht, wo Männer die Macht genießen, Schülerinnen qua Amt zu entkleiden, verwundert ebenso wenig, umso erstaunlicher, empörender, dass sie einem falsch verstandenen Feminismus Vorschub leistet, der sich auf einen einzigen emanzipatorischen Weg beschränkt, angesichts dieser Mädchen, die doch in der Lage wären, das Stigma in sein Gegenteil zu verkehren und aus dem Hidschab ein Symbol der Emanzipation zu machen, ein Symbol von Religiosität und Schamgefühl, die für obsolet erklärt wurden, aus einem Femino-Nationalismus heraus, der nur ganz bestimmte Mittel der Befreiung gelten lässt, nackte Brüste, Klerusfeindlichkeit, Mutterschaft bei vollem Erhalt der Sexiness, ohne zu sehen, wie viel Sexismus den Muslimas in ihren eigenen Reihen begegnete, unter all diesen Männerbünden, und dass sie sich scheuten, darum viel Aufhebens zu machen, genau wie ihre Väter, die sich vor den Arbeitgebern duckten, wie ihre Brüder, denen ihr Anliegen egal war, bis man die Mädchen nach Verabschiedung des Burkaverbots auf der Straße verprügelte, bis Mütter mit Kopftuch nicht mehr am Schulausgang warteten oder vor Bankschaltern anstanden; diesen weißen Feministinnen entging auch die anregende, kluge und weitreichende Neudeutung des Korans, mit der die gläubigen Frauen ihre Wahlfreiheit begründeten, denn wer sich in diesen Zeiten in Frankreich für das Tragen eines Kopftuchs entschied, brauchte mehr als ein Quäntchen Suffragettenblut; und als diese Denkweise nun bei meiner so großherzigen Mutter zum Vorschein kam, die sie vermutlich von einem ihrer Ahnen geerbt hatte, schien es mir, als wäre sie durch Urzeugung entstanden, durch Zionismus, weil Moslems den heiligen, reinen und makellosen israelischen Staat gefährdeten, durch Antisemitismus à la Maurras, weil Araber schließlich zur Bande internationaler Kanaken zählten, durch Operaismus und dessen uraltem Misstrauen gegenüber Gastarbeitern, durch Volksverachtung, durch Elitismus, durch Republikanismus – Islamophobie hat viele Gesichter, schändlich sind sie alle.

Was tat meine Mutter anderes, als die Sprüche zu wiederholen, die von oben herab verkündeten:

Alles Fundamentalisten DIE ARABER
Sie verhüllen ihre Frauen DIE ARABER
Sie legen Bomben DIE ARABER
Sie frönen der Vielweiberei DIE ARABER
Sie fallen bei uns ein DIE ARABER
Erschleichen sich Sozialleistungen DIE ARABER
Nehmen uns die Arbeitsplätze weg DIE ARABER
Alles Faulenzer DIE ARABER
Verticken Drogen DIE ARABER
Stecken Autos in Brand DIE ARABER
Lärm und Gestank DIE ARABER
Besser war's ohne DIE ARABER
Sie wollen es ja nicht anders DIE ARABER
Die sollen hier WEG WEG WEG DIE ARABER

»Wie kannst du nur so etwas sagen? Woher nimmst du die Gewissheit, es wären ›seine beiden Ehefrauen‹?«, wollte ich nachhaken, aber die Wörter blieben mir in der Kehle stecken wie ein kindlicher Kummer. Wenn wir darüber diskutierten, würde ich mich garantiert in Rage reden, und vor lauter unterdrückter Empörung bekam ich Herzklopfen. Ein Blick aus dem Fenster zeigte mir einen Rom, der vor dem McDonald's bettelte. Was für ein trauriger Anblick! Als gäbe es nicht schon genug Elend auf der Welt, musste man es auch noch mit menschenunwürdigen Behauptungen mehren.

Als hätte sie meine Gedanken gelesen, sagte meine Mutter just in diesem Moment: »Bevor du selbst arbeitslos wurdest, machte ich mir von Arbeitslosen ein ganz bestimmtes Bild … Das ist jetzt weniger der Fall.«

»Wie meinst du das?«

»Ich habe weniger Vorurteile gegenüber Leuten, die keine Arbeit haben und deswegen …«

Es war ihr wohl peinlich, den Satz zu Ende zu führen. Ich tat es an ihrer Stelle: »… von Arbeitslosengeld leben, so wie ich?«

»Richtig. Ich kannte ja keine und glaubte, sie würden es sich in der sozialen Hängematte bequem machen. Das sehe ich jetzt anders.«

»Aber du hast mir doch vor ein paar Tagen gesagt, ich solle mich mehr anstrengen.«

»Hab ich das?«

»Das hat mich verletzt.«

»Tut mir leid. Das war wohl noch ein Rest meiner Ansichten von früher …«

Nach einer Pause sagte sie, sehr lieb: »So denke ich jetzt wirklich nicht mehr.«

»Was denkst du nicht mehr? Dass jeder Araber polygam ist oder dass Arbeitslose auf Kosten anderer leben?«

Meine Mutter schwieg gekränkt. Aber ich war schon

zu sehr in Fahrt. Ich forderte sie weiter heraus: »Und was diesen Rom betrifft, der da auf der Straße bettelt – von ihm hast du sicher auch ein ganz bestimmtes Bild, oder?«

»Ach«, sagte sie nach einer Weile, »das kann man doch nicht vergleichen.«

»Was ihn betrifft, den Bettler, der in Lumpen geht, der nach Armut stinkt, der keine Wohnung kriegt, der nicht lesen kann ... da brauchst du deine Gewissheiten nicht zu hinterfragen.«

»Es gibt auch viele Franzosen, die obdachlos sind ...«

»Ja, aber er ist fremd hier, er kennt niemanden, er spricht unsere Sprache nicht, er schläft auch im Winter auf der Straße.«

»Es gibt so viele Franzosen, die keine Arbeit haben. Ich kann sie ja nicht alle kennen«, sagte meine Mutter und versuchte, sich aus der Verantwortung zu stehlen.

»Ja, aber er ist der Ärmste unter den Ärmsten. Alle Welt hasst ihn, das Einzige, was er hat, sind seine Kinder, wenn er irgendwo seinen Lebenslauf einreicht, landet der gleich im Papierkorb. Glaubst du, ihn könnten deine Gewissheiten noch verletzen?«

»Aber worauf willst du denn hinaus?«

»Ich bin ja froh, dass du jetzt anders über Arbeitslose denkst, Mama«, sagte ich verzweifelt. »Aber dieser Mann dort gehört nicht zur Familie, er ist weder dein Sohn noch deine Tochter ... Und ich möchte wissen: Was denkst du über ihn?«

»Was habe ich denn damit zu tun?«, sagte sie genervt. »Wir können doch nicht ...«

»Was können wir nicht?«, fiel ich ihr ins Wort. »Was genau können wir letztlich nicht?«

»Lass mich mit deinem Rom in Ruhe«, zischte sie.

»Das ist es, genau! Wir geben ihn auf! Er ist schon am Boden, kein Mensch kümmert sich um ihn, er hat keinen einzigen Freund, mit dem er Kaffee trinken könnte, für ihn gibt es weder Haus noch Urlaub, und dann gibt man ihn auch noch auf!«

»Reg dich doch nicht so auf, mein Hase. Du lässt dich immer so mitreißen …«

Seitdem ist viel Zeit vergangen. Für meine Mutter und mich gibt es schon lange keine Gelegenheit mehr, solche Gespräche zu führen. Solche Stunden werde ich nie wieder erleben. Und ich bin inzwischen auch nicht mehr in der Lage, mich so zu empören, denn mit wachsender Lebenserfahrung reagiert das Herz auf Leid zunehmend träger, ich weiß, dass Armut dem Mitgefühl zuträglicher ist als Wohlstand. Damals fragte ich mich, ob die anderen Arbeitslosen auch das Gefühl hatten, nur eine Stimme zu sein im Chor der Gekränkten und Verwundeten? Und wenn die Mütter keine Liebe mehr erübrigen, womit sollen wir die Welt dann lieben?

♥

»Allmählich wird mir dieses Buch zu ernsthaft, es war doch als Roman voller heiterer Unterbrechungen angelegt«, penisierte Hector, der es keine drei Kapitel ohne Wortmeldung aushielt.

»Ach Schatz«, schnurrte Belinda, »beschwer dich nicht über dieses Buch, das uns so schön zusammengebracht hat … Küss mich, Liebster.«

♥

Die beiden Liebenden turtelten in ihrem Schlafzimmer.

Lorchus wählte diesen innigen Moment, um an die Tür zu klopfen.

»Was denn, Monsieur Lorchus? Was wollen Sie?«, zittflüsterte Hector.

»Kann ich dich mal kurz sprechen, du Wurm?«

»Sicher, ich zieh mich nur schnell an, bin gleich bei Ihnen.«

»Hast du nicht was Wichtiges vergessen, du Amöbe? Hast du mir denn gar nichts zu sagen?«

»Doch, doch, Monsieur Lorchus, ich wollte mich bei Ihnen bedanken. Kein Sterblicher könnte sich glücklicher wähnen als ich. Mit Ihrer Hilfe habe ich die holde Belinda erobert. Tausend Dank.«

»Dank gibt's bei mir nicht«, sagte der Dämon und spuckte aufs Papier – hier  *[Bäh]*. »Du hast bekommen, was du wolltest, oder?«

»Ja. Ich bin wunschlos glücklich. Ihre Haut ist so zart …«

»Ich pfeif auf Details, du Laus. Nachdem ich meinen Teil des Vertrags erfüllt habe, bist du jetzt dran«, sagte Lorchus und packte Hector am Arm.

»Ja, aber …«

»Na, was glaubst du denn?«, brüllte Lorchus und krallte die Nägel in Hectors Arm. »Dass ich für lau arbeite? Bin doch kein Praktikant, du Bettwanze, ich bin DER TEUFEL. Darum arbeitest du ab sofort für mich.«

»Aber gern. Womit kann ich Ihnen denn dienen, Monsieur Lorchus?«

»Ganz einfach«, sagte Lorchus und räusperte sich. »Bei mir gibt es nur einen Tarif. Du wirst mir den Schwanz lutschen.«

»WAS?!!!«

(Hectors Gesicht: ◉ ! ◉)

0

»Hast schon richtig gehört. Was glaubst du denn? Ein Schwanz wie meiner braucht regelmäßige Pflege. Er hängt in den übelsten Ecken herum, bekommt Kratzer, trocknet aus, und das tut weh!«

»… !! …« ⊙⊙

»Macht mir auch keinen Spaß, dich darum zu bitten … Nicht, dass du Schwachschädel dir noch was einbildest. Aber die Krise hat sogar mich erwischt, mein Geschäftsmodell zieht nicht mehr, kein Mensch lässt sich mit ganzer Seele auf einen Pakt mit dem Teufel ein. Also muss ich mir irgendwie Ersatz suchen …«

»KommtgarnichtinFrageneinnein, Sie abscheulicher Kerl! Niemals werde ich so etwas tun!«

»O doch, Bürschchen, und zwar *right now*. Sei froh, dass deine Liebste das nicht sieht. Mach schon, sonst verbandele ich deine Nachbarin mit einem anderen Mann. Ein Fingerschnippen genügt, und sie liegt wieder bei ihrem Ex.«

»Erbarmen! Verlangen Sie alles, nur das nicht! Ich mache alles, was Sie wollen!«

»Hör auf zu jammern, damit erregst du mich nur. Na los, zieh dein Zungenwürstel aus deinem Gurkenknackermaul und befeuchte mir den Pimmel. Und zwar dalli.«

Hector fuhr den Ellbogen aus und riss sich los. Wie ein Besessener stürzte er die Treppen hinunter, aber Lorchus holte ihn mühelos ein. Und ließ den diabolischen Schwanz auf das ekelverzerrte Gesicht meines Freundes Hector niedersausen.

»… ggh …«

»Ah, das tut gut. Vorsicht, mein Lämmchen, am Ende sitzt der Stachel.«

»… HaderundHades … Was für eine Schmach!«

»Du meinst wohl: Was für eine Ehre, du Amöbe! Mach schön weiter, sonst furz ich dir ins Gesicht. Und wenn ein Teufel furzt, dann stinkt es wie die Hölle! HA! HA! HA!«

HA! HA!
HA! HA! HA!

HA!

HA! HA!

HA! HA! HA!

HA!

13

Ich war niedergeschmettert. Nicht zu fassen. Da versuche ich, ernsthafte Probleme anzusprechen, die die Zukunft unseres Landes betreffen, und ernte ein solches Verhalten. Wollust, Selbstverliebtheit, Rachsucht – die heilige Domäne der Kultur bleibt außen vor. Da muss einem ja der Kapitelanfang misslingen … Also, auf ein Neues.

14

Am Tage des Herrn brachen wir nach S*** auf, um Kisten praller Kirschen zu erstehen. Den Wagen stellten wir im Herzen des malerischen Fleckens ab. Wir gelangten zu einem kleinen Marktplatz, wo ansässige Bauersleute ihre Erzeugnisse feilboten. Die Stände bogen sich schier unter den Früchten der Felder und Bäume. Die Greise der Gegend frischten dort wie an jedem Sonntag ihre Vorräte auf. Und all dies war so friedvoll heiter, so reich an Tradition, die gar appetitlichen Gemüseauslagen und die alten Weiber mit ihren Körbelein, dass meine unvollendete Vergangenheit sich pudelwohl fühlte. Allein, dass sie von Anfang an dabei sein darf … Sie warf sich in die Brust, waren wir doch im Marktgetümmel. Dort begegneten wir meiner einstmaligen Schulmeisterin, die hocherfreut war, mich wiederzusehen. Meine Mutter konversierte mit einer alten Bekanntschaft. Diese Dame hatte sich die Lippen mit Silikon auffüllen lassen, was meine Mutter entrüstet monierte, kaum dass die Dame ihr den Rücken gekehrt. Wir trugen unsere Besorgungen zum Wagen.

»Lade du sie in den Kofferraum, du bist ja noch jung.«

Anschließend promenierten wir zu einem Lokal, ließen uns nieder, ruhten und rasteten und stillten unseren Durst mit einem Glas Rosé. Um uns herum spielten Rentner Toto oder lasen den *Midi libre*. Der Wirt zeichnete sich durch Leibesfülle aus. Er winkte einem Wanderbäcker, der seine Tour beendete. Tatsächlich passte die unvollendete Vergangenheit ausgesprochen gut zur Szenerie. Die Atmosphäre hatte etwas Altmodisches an sich, schön und nostalgisch, typisch französisch, gegen jegliche Veränderung gefeit, dabei sterbenslangweilig. Hier wurden bestimmt Bücher gelesen, die so anfingen: »Als Francette Germanicus an jenem 5. Oktober in aller Herrgottsfrühe zum Briefkasten schritt, wehte der Wind so streng, dass sie sich einen Plaid überwarf.« Wobei das Wort »Plaid« einen Tick *too much* war, dachte ich, an meinem Wein nippend. Als ich nach den Toiletten fragte, wies der Wirt mir den Weg und sagte: »Für Jugendliche? Im ersten Stock!«

Mein nächster runder Geburtstag würde der 40. sein, als Jugendliche sollte man mich besser nicht bezeichnen. Das stimmte mich traurig. Jugendliche sollten rebellieren, davon war ich weit entfernt. Ich spürte bereits die Last der kommenden Jahre. Sicher, in ihren Augen war ich jung. Weil Frankreich alt ist. Ich wohne in einem alten Viertel einer uralten Stadt, die Ferien verbringe ich bei meiner alten Mutter in einem rundum sanierten alten Dorf, wo man alte Schlösser von historischem Wert besichtigen kann. Ich begegne alten Damen mit typischen Altersbeschwerden und alten Häusern, die man renovieren müsste. Ich lese alte Zeitungen, die von alten Journalisten in hochtrabendem Ton erstellt und von alten Kioskbetreibern an alte Leser verkauft werden. In alten Linienbussen beanspruchen

Rentner ohne Umschweife die alten Sitze, sie führen mit Veteranen Gespräche über alte Bekannte oder alte Geschäfte, die in den Fußgängerzonen schließen mussten. Unsere alten Meere spülen altes Strandgut an unsere alten Ufer. In jedem Herbst stürzen hundertjährige Bäume um, und das welke Laub fällt mit ewig währendem Seufzen. In den Konzertsälen spielen frühvergreiste junge Geiger antiquierte Weisen aus der Feder toter Komponisten und erhalten Beifall von alten Leuten, die noch den Sonntagsbraten verdauen. Ein seniler Schriftsteller sondert in alten literarischen Salons alte sexistische Sprüche ab. Alte Literaturexperten verfassen alte Lexika für alte Leserinnen. All diese Alten haben ihre alten Ersparnisse auf altehrwürdigen Banken. Wenn sie sterben, sind sie dermaßen alt, megaalt, superalt, jenseitsvonalt, transzendentalalt, religiösalt, unverbesserlichalt, öbszönalt, genetischalt, dass auch ihre Kinder dann schon alt sind, relativalt, rechtalt, françoishollandealt, feigalt, duldsamalt und annehmbaralt. Diese Art von Altsein übertragen sie wiederum auf ihre eigenen Kinder, die, kaum geboren, bereits zu altern beginnen, das heißt, sie leben in einer Altenwelt, unterwerfen sich dem Alter der Welt, achten die Alte Welt, gewöhnen sich an die Gepflogenheiten der Alten, wollen die Alten ja nicht stören, sie abends nicht mit Lärm belästigen, sie nicht wider den Stachel löcken, haben Angst vor Alterslächerlichkeit, werden Altersrealisten, hinterfragen die Welt nicht, sondern machen sie sich zu ihrem Erbe. Und die nächste Generation, die Kinder und Enkel der Mittelalten und Megaalten, wird lernen, beim Autofahren zu altern, beim Besitzanhäufen, beim Kochen, bei der Fortpflanzung; diese Kinder und Enkel werden sich in dem Glauben wiegen, neue Dinge zu kaufen, und dabei doch nur altern, zusammen mit ihrem altfränkischen Teppichboden, ihren alten Videokameras und Videorekordern, ihren alten Scannern und ihrer veralteten neuen Technologie. Sobald sie diese alte Welt endlich gezähmt haben, werden sie in aller Ruhe alt sein, Eltern sein, krank sein, überschuldet, verbittert, angeekelt; sie werden nichts tun, beziehungsweise nur ihr angeborenes Alter an die keimende Jugend weitergeben können. Zu ihrem Besten, werden sie sagen, um ihr die Risiken, die Unbequemlichkeit, das Chaos zu ersparen, sie möchten die Jugend mit ihren wohlwollenden Altenratschlägen umhegen. Aber was werden sie denn anderes tun, als diese Jugend aus patriotischen Beweggründen steril zu machen, klein zu halten, sie zu schwächen, zu lähmen, zu beschweren, zu vergiften, zu ermüden, zu sedieren, zu bremsen, auszusaugen, zu verzärteln, zu zerstreuen, in Zuckerwatte zu packen, zu kanalisieren, zu entmutigen, zum Stillstand zu bringen, sie zu beherrschen, zu beruhigen, zu beglucken, zu verschulden und zu korrumpieren? Das Alter ist korrupt, die Jugend korrumpierbar. Das Alter hat Verrat begangen, die Jugend ist leicht zu verraten – wo sind die Jungen? Wo sind die Blauäugigen und die Idealisten? Die Fröhlichen und die Überraschenden? Die Zerrissenen und die Nicht-Enttäuschten? Die Draufgänger und die Illusionen? Wo sind die Unvorhersehbarkeiten, die Katastrophen und die schlaflosen Nächte? Wo sind die wahren Kameraden, die lodernden Flammen und die hehren Vorstellungen? Wo stecken die Exzentriker, die Wütenden, die Einzelgänger? Wo sind die Agitatorinnen, die Mutigen, die Hitzköpfigen und die Ausnahmeerscheinungen? Wo sind sie alle? Wo ist die Jugend meiner Heimat? Ist sie unter der iPhonisierung begraben, unter dem Konsumismus, dem Alkoholgenuss-mit-Augenmaß, unter Maßnahmen zur Landesverteidigung und Terrorbekämpfung? Lebt sie noch, unter Tumoren und Paraffinblöcken? Schlägt sie noch um sich, begraben unter Selbstverwirklichung, unter Ich-Ich-Ich, unter Lohnarbeit, Arbeitslosigkeit und Prekariat? Und wann kommt sie zurück? Wann werden diejenigen zurückkommen, die nichts zu befürchten, nichts zu verlieren haben, keine Interessen wahren, keine Freunde beschützen und keine Gefälligkeiten erwidern müssen? Diejenigen, die nicht warten wollen, die alles stehen und liegen lassen, sich alles Mögliche vorstellen und alles wieder herrichten können, diejenigen, die nicht länger zögern, die durch und durch jung sind, die sich entscheiden, sich engagieren, aufbrechen werden, diejenigen, die nein sagen werden, nein!, diejenigen, die ja sagen werden, ja!

DRITTER TEIL

in welchem der TGV zum Schauplatz einer unerhörten Begegnung wird, Hector erneut in einer äußerst pikanten Szene mitwirken darf und dafür Lehrgeld zahlen muss
und das Leben unserer Heldin eine unerwartete, aber langersehnte Wendung erfährt.

1

Ich hatte im TGV Nr. 6659 nach Paris-Gare de Lyon Platz genommen, der auch an den Bahnhöfen von Nîmes, Valence TGV und Lyon-Part-Dieu halten sollte. Die Abfahrt stand unmittelbar bevor, Achtung, die Türen schließen, Achtung, Zug fährt ab. Ich warf einen Blick auf die Bahnsteiguhr: 12:57. Ich hatte Hunger. Mir fiel das Sandwich mit Pélardon-Käse und getrockneten Tomaten ein, das meine Mutter mir mitgegeben hatte, aber ich kann im Zug nur essen, wenn mehrere Voraussetzungen gleichzeitig erfüllt sind.

Erstens muss ich am Fenster sitzen. Wenn ich Pech und einen Platz am Gang erwischt habe, setze ich mich trotzdem ans Fenster und tue so, als würde ich schlafen. Sobald der rechtmäßige Besitzer des Fensterplatzes auftaucht, stehen die Chancen ganz gut, dass er 1.) ohnehin nicht genau weiß, welcher der beiden Plätze für ihn bestimmt ist – die sogenannte *Tölpel*klausel; 2.) sich nicht traut, mich zu wecken – die *Höflichkeits*klausel; 3.) den Trick durchschaut, sich aber großmütig zeigt – die *Gentleman*klausel, die im Gegensatz zu den beiden anderen dazu führt, dass man den Fensterplatz gar nicht mehr hergeben muss, und sei die Fahrt noch so lang (es versteht sich von selbst, dass diese Klausel meistens Frauen eingeräumt wird, und zwar von Männern).

Wenn ich allerdings über einen Fensterplatz verfüge, den mir irgendein gerissenes Menschlein stibitzt hat, sorge ich dafür, dass es ihn auf der Stelle freigibt, klar.

Die zweite Voraussetzung für einen gelungenen Schienenimbiss ist, sich den Sitznachbarn vom Hals zu halten. Ich kann es nicht leiden, wenn man mir beim Essen zusieht. Um mögliche Nachbarn von Anfang an loszuwerden, muss ich ihre Absicht, sich in *meiner* Zweierreihe niederzulassen, für unrechtmäßig erachten. Als erste Maßnahme belege ich beide Plätze mit meinem Gepäck. Das schreckt die Störenfriede ab, zumal, wenn ich aus meinem Plastikbeutel einen üppigen Reiseproviant hervorgeholt habe, der jede Menge Müll und Kaugeräusche verheißt. Eine andere, natürlich höchst unfaire Maßnahme wäre zu niesen, zu husten, Kranksein vorzutäuschen, die Schuhe auszuziehen … Jeder Anwärter auf den Sitz neben mir dürfte sich zweimal überlegen, ob er sich so etwas antun mag. Als letzter Ausweg bleiben die Plätze direkt vor der Tür zum Maschinenraum der Lokomotive, die selten vergeben werden, wie mir aufgefallen ist. Dann schnappe ich mir meine Siebensachen und flüchte dorthin. Falls ich das Pech habe, doch einen Nachbarn zu bekommen, darf diese Person keinen Geruch haben, nicht atmen, sich nicht bewegen, nicht essen, kurzum praktisch nicht existieren. Wenn ich in dieser Situation unbedingt essen muss, sollte mein Nachbar (oder meine Nachbarin) über einen Knopf im Ohr Musik hören. Aber Vorsicht: danach auf keinen Fall. Nach meinem Imbiss brauche ich eine Siesta. Und während meiner Siesta empfinde ich jeden iPod, jedes iSpiel und überhaupt jedes iGeräusch als Störfaktor.

Wenn diese ersten beiden Voraussetzungen nicht erfüllt sind, gehe ich ins Bordbistro, wo ich sowohl im Stehen als auch im Sitzen stets problemlos essen kann (bin ich nicht wahnsinnig flexibel?).

Die dritte unabdingbare Voraussetzung für mein Picknick im Zug, vielleicht die wichtigste, ist, dass der Zug fährt. Vor der Abfahrt zieht sich mein Magen zusammen, aus Angst, dass sie aus technischen Gründen nicht erfolgen kann oder wir den Zug wechseln müssen. Er entspannt sich erst, sobald sich der Zug nach der üblichen Ansage durch den Zugführer in Bewegung setzt. Meine Kiefer mahlen im selben Rhythmus, mit dem die Schwellen verschlungen werden.

Vierte Voraussetzung (die mit der dritten einhergeht): Ich muss in Fahrtrichtung sitzen. In Gegenrichtung kann ich nicht essen, das bringt mir den Magen durcheinander.

Ich weiß auch nicht, was mit mir los ist.

[Lesern, die mehr darüber erfahren wollen, empfehle ich folgende Werke: *Zwangsstörungen und das künstlerische Schaffen,* Die-Schublade-bleibt-zu-Verlag, Dompierre-sur-Besbre, 1865, und *Manie oder Sehnsucht nach Luxus? Die kleinen Behaglichkeiten des Alltags,* Butternut Verlag, Montreal/Baku, 2035.]

An diesem Montag saß ich allein in meiner Reihe, Halleluja, am Fenster, in der richtigen Richtung, und der Zug rollte. Ich wartete zehn Minuten, bis er die städtische Sphäre endgültig verlassen hatte (weil ich zu allem Überfluss auch viel lieber mit Naturblick esse – und jedes Mal aufhöre zu kauen, wenn der Zug durch einen Tunnel fährt). Nach dem Picknick ging ich zur Toilette. Als ich die – schlecht verriegelte – Tür aufriss, sah ich den nackten Oberkörper eines jungen Soldaten … der sich vermutlich gerade einen runterholte, so zornig und erschrocken, wie er mich ansah, bevor er sich eiligst einschloss. Der Zwischenfall hatte höchstens eine Sekunde gedauert. Ach, dachte ich, wie schade für den Roman, dass sich nicht mehr abgespielt hat!

AAAAAH, DIESE SOLDATEN

DAS FEHLT
IN UNSE-
RER LITE-
RATUR DIE
JUNGEN SPUNDE
DIE FRISCHLINGE DIE
REKRUTEN · DAS STILLGE-
STANDEN! ACH, ALL DAS IST UNS
ABHANDENGEKOMMEN DIE SPER-
MIENSATTE MÄNNLICHKEIT DER
SCHLAFSÄLE DIE STRAFMASSNAHMEN
· DIE SCHLIMMEN WICHSEREIEN DIE
MASSENSCHLÄGEREIEN · DIE NASSEN
SANDSÄCKE UND DIE ERNIEDRIGUNGEN
· SCHADE EIGENTLICH · DAS GAB TOLLE
FIGUREN HER · MIT ECKEN UND KANTEN ·
DABEI RUND · WIE SIE DER SOFASPIESSER
LIEBT · UND DIE BUCHPREISJURY · ACH,
LA GUERRE · MESDAMES, MESSIEURS,
DAS GANZ GROSSE TABLEAU,
ROMANSTOFF PUR, WAS FÜRS
HERZ, BLUT, SCHWEISS UND
SCHMERZ …

Für mein Nickerchen bin ich stets mit Ohrstöpseln und Schlafmaske ausgerüstet. Solcherart von der Welt abgeschnitten, lege ich den Kopf an mein kostbares Fenster. Als Kissen dient mir ein zusammengerolltes Kleidungsstück. Im Sommer ist das kniffliger, weil im Schlaf die Körpertemperatur sinkt und man sich zudecken muss. Im Winter nehme ich dafür meinen Mantel. Im Sommer ragt aber immer ein Stück Haut hervor, was sich nachteilig auswirken kann, weil die Züge stark klimatisiert sind. Dann könnte mir ein unerwünschter Sitznachbar dabei zusehen, wie ich mich vielfach verrenke, bis ich die bestmögliche Position gefunden habe. Wenn ich es so richtig darauf anlege, wird er seinen Sitz aufgeben, ehe ich wieder aufwache.

2

Betrachte ich die Landschaft von einem Zugfenster aus, bekomme ich immer Sehnsucht. Dort sehe ich Vögel, Viehherden, Bäche, Bäume und Dörfer, eine Außenwelt, die so lieblich anmutet wie die Kindheit, vertraute Landschaft. Die Scheibe, die mich davon trennt, wirkt so dünn und leicht, aber je schneller der Zug wird, desto mehr scheint sie sich zu verhärten. Bei 300 km/h rückt die Landschaft in weite, unerreichbare Ferne.

In jenem Jahr hatten wir einen herrlichen Frühling. Mir blutete das Herz, weil ich nicht über diese bedenklich bunten Wiesen laufen konnte, auf der die Kühe, sanft vergiftet, weideten. Sobald ich wieder im Stadtzentrum von Lyon festsaß, hätte ich keinen Zugang mehr zu dieser ländlichen Idylle, oder nur nach furchtbar umständlichen Busfahrten oder langen Wanderungen durch Gebiete ohne jegliche Verkehrsanbindung.

Wehmütig wandte ich den Blick ab und schlug ein Buch von Pierre Bergounioux auf. Nach etwa zehn Seiten wurde ich jedoch von einer ungeheuren Schläfrigkeit erfasst. Und da erschien mir der leibhaftige Pierre Bergounioux: ein großer, extrem magerer Mann, der eine Kutte trug und dessen Stecknadelkopf unter einer dunklen Kapuze verschwand. Die Erscheinung jagte mir eine Heidenangst ein.

»Monsieur Bergounioux«, stummstammelte ich, »was machen Sie in diesem TGV?«

Der epochale Zeiterkunder antwortete nicht sofort, sondern zog den Gürtel noch fester um sein Büßergewand. Der Schmerz, den er sich selbst zufügte, schien ihm eine Art moralischer Erleichterung zu verschaffen und seine Antwort einen Monolog fortzusetzen, der vor langer Zeit begonnen hatte: »… in der Tat sollte man, sofern es in unseren Kräften steht, wenigstens versuchen, das, was hienieden gedacht, mit dem Tun in Einklang zu bringen, warum also bin ich in diesem tageslichtigen TGV, wenn ich doch die nachtnächtlichen Corail-Züge bevorzuge, wie sie einst durch die Täler schossen, und die uralte Sprache der Dampf-Micheline, mit ihren schicksalsschweren Fahrplänen, ihren dunklen Abteilen, von der Zeit heimgesucht, als ein Schmächtling von siebzehn Jahren einst am Bahnsteig auf sie wartete, und wenn wir, wir Nachfahren einer Linie von Analphabeten, in vergangener Zeit, in meiner Kindheit, das Kalksteinplateau erreichten, nach unzähligen Umwegen über die verärmlichten Randgebiete eines Zentralmassivs, das in grauer Vorzeit verharrte …«

»Ziehen Sie den Gurt doch nicht so fest, mich schmerzt ja schon der Anblick … Kehren Sie nach Gif zurück?«, fragte ich den Verfasser des monumentalen Tagebuchwerks.

»Ja«, antwortete der Seelenbruder von Pierre Michon und zog drei Straußeneier aus seiner Kutte, die er im Zoo von Montpellier aufgelesen hatte, um sie auf seiner Zentralheizung ausbrüten zu lassen. »Die Zeit der Fron, ach, sie bricht wieder an. Jeder von uns ist gehalten, hier auf Erden zu büßen, das Pfund Fleisch zu opfern, das die dunklen Mächte von alphabetisierten Sterblichen fordern …«

»Möchten Sie etwas trinken?«, bot ich an, um das Eis zu brechen.

Der Schattenbeschwörer sah mich an, als wollte ich ihn zu Ausschweifungen verführen. »Trinken? Essen gar? Niemals!«, empörte er sich im Tonfall der Corrèze und reckte seine Schweißermaske. »Trinken macht dumm. Essen tun Tiere. Attribute eines nichtswürdigen Lebens. Ich bin um vier Uhr morgens aufgestanden, um diese Eier aufzulesen, und niemals werde ich zulassen, dass solch erbärmliche Tätigkeiten des Bewusstseins so hart erkämpfte Klarheit trüben, die seit vergangener Zeit, seit der Kindheit …«

Während seiner Tirade war ich ganz klein geworden, nun reichte ich ihm gerade bis zum Knöchel. Ich ließ mich aber nicht entmutigen und hangelte mich an seiner Kutte hoch. Immerhin ist das Bergounioux, dachte ich voller Bewunderung, mit so jemandem könnte ich über Literatur reden.

»Du machst dir Sorgen um deine Zukunft«, oranunkelte er völlig zu Recht, während er in einer Schuhschachtel voller ausgetrockneter Käfer wühlte. »Du solltest aber wissen, dass unser Schicksal längst feststeht, bevor wir das Licht sehen, von verborgenen Mächten bestimmt, die zwischen Permokarbon und Quartär aufgetaucht sind, in der Kindheit ist bereits alles entschieden, je nach Nährstoffgehalt des Ackerbodens …«

Ich hatte seinen Schoß erklommen. Ich lauschte ihm und lutschte entzückt an meinem Daumen.

»Was aber noch verheerender ist: die Nichtveröffentlichung des vierten Bands von *Das Kapital* im Jahr 1960. Dieser Mangel hat das Bewusstsein der Staatswesen geprägt, die wir nun mal sind, denn in vergangener Zeit, in meiner Kindheit ...«

Inzwischen hatte der TGV an einem Bach angehalten. Sämtliche Fahrgäste spannten Fliegenruten und sangen dabei Kirchenlieder. Bergounioux, nun so riesig und dünn wie eine Statue von Giacometti, ging von einem zum Nächsten und ermahnte die sündigen Fischer: »Büßen, büßen müssen wir! Schreiben ... ist Unterdrückung, Literatur ... ist ... Ausbeutung des Menschen ... durch den Menschen ...«

»Glauben Sie wirklich?«, warf ich ein, mit einer Hand an seinem Gürtel hängend.

Der große Zeitergründer hörte mich nicht. So behände, wie man das bei seinem Alter nie vermutet hätte, stürzte sich der greise Schriftsteller auf die Gleise und riss voller Ingrimm Füllstücke, Schraubenbolzen und Ankerschrauben heraus. Eine richtige Plünderei. Ein Zug der Stadtbahnlinie traf ein, um ihn wegzuschaffen. Ich rief ihm zu: »Monsieur Bergounioux! Passen Sie auf! Passen Sie auf! Erzählen Sie uns von der Gegenwart! Von der Gegenwart!« Doch je lauter ich schrie, desto kleiner wurde ich. Als ich nicht größer war als ein Käfer, fiel ich dem Schriftsteller auf: »Oh! Ein *Carabus auratus!*« Er nahm mich zwischen die Finger. Ich hatte panische Angst, dass er mich, an eine Nadel gespießt, seiner Insektensammlung hinzufügen könnte, und schrie tatsächlich wie am Spieß. Da hörte mich der Sänger von Ursprung und Entwurzelung endlich. Er wiederholte:

»Von der Gegenwart?« Dann klappte er das Visier seiner Maske hoch, dachte einen Augenblick nach und brach in Gelächter aus.

Es war unglaublich. Sein Mund lachte, seine Zunge, Zähne und Mandeln bogen und kringelten sich, die Stimmritze taute auf, alles lachte, alles an und in ihm lachte. Ich hatte mich unter einer Schiene versteckt, um dieses atemberaubende Schauspiel zu betrachten. Das Lachen glitt über die Speiseröhre in die kichernden Lungen, der Magen gluckste, die Nieren prusteten, das Zwerchfell hielt sich die Seiten, der Darm röhrte, der Grimmdarm wurde heiter, die Knie bebten, das Herz kugelte sich, die Milz rang nach Luft, der Mastdarm lachte sich schier kaputt. Dieser Lachanfall war so laut, dass er mich aus dem Schlaf riss. Die Bremsen kreischten. 14 Uhr 55! Wir hatten Lyon-Part-Dieu erreicht! Ich sprang auf den Bahnsteig. Um ein Haar wäre ich nach Paris weitergefahren …

3

Dieser Traum stimmte mich nachdenklich. Ich erzählte Hector davon, als wir uns wiedersahen, ich meine den wirklichen Hector. Wir waren in seiner Wohnung. Er räumte die Klarinette neben seine Gitarre, die beiden Saxophone, die Ukulele, die Maultrommeln, Clavinolas und anderen Gefährten seines prekären Lebens.

»Also, ich träume momentan nur von scharfen Weibern. Und zwar in Posen … Wenn du wüsstest …«

»Bist du immer noch mit Belinda zusammen?«

»Schon, aber … habe ich dir das noch nicht erzählt?«

Sein Blick funkelte auf eine Art und Weise, die man nur als *lüstern* bezeichnen konnte.

»Ich habe dir nicht von diesem Abend erzählt, den ich kürzlich erleben durfte? Das Irrste, was mir seit Jahren widerfahren ist.«

»Nein, aber erzähl's mir jetzt.«

»Gut, ich mach's kurz, in zwanzig Minuten bin ich verabredet.«

»Ich bin ganz Ohr. Und bitte lass kein Detail aus!«

Hector nutzte die Gunst meiner Ungeduld und sagte: »Aber nur, wenn du meinen Bericht ein bisschen hervorhebst.«

»Zum Beispiel mit der Schriftart Baskerville?«

»Äh, lieber nicht, zu niveauvoll für so 'ne Sexnummer …«

»Wie wär's mit der Helvetica? Leicht eingerückt?«

»Ja, sehr gut.«

Ich setzte mich auf sein Klappsofa. Hector räusperte sich, legte sich eine Überschrift zurecht und fing an.

Eine unverhoffte Begegnung

Es war Freitag, mein Cousin Rémi hatte mich per Mail zu einer »Party« eingeladen. Und ich dachte mir, da kann ich umsonst essen … also gehe ich hin. Rémi liebt Mottopartys – Thema diesmal: die Farbe Orange. Die Leute trudeln nach und nach ein, krebsrot geschminkt, man kam sich vor wie auf einem Parteitag der Liberalen, es war zum Davonlaufen. Insgesamt eine Runde von etwa vierzig Leuten. Unter den Erwachsenen quengelt ein vierjähriger Junge, der gehört bestimmt zu einer alleinstehenden Mutter, die keinen Babysitter aufgetrieben hat, denke ich. Und ich weiß sofort, dass ich keinen Spaß haben werde. Kein Sex in Aussicht, nirgends. Die Mädels wirken alle depressiv oder knapp davor, sind garantiert bei Meetic angemeldet, der Rest ist schwanger oder versucht verzweifelt, schwanger zu werden, besessen von der Idee, einen Vater für das Wunschkind aufzutreiben. Die Typen sind im fortgeschrittenen Spießerstadium mit fortgeschrittenem Bauchansatz und reden praktisch nur über ökologische Wärmedämmung. Besaufen wird sich hier keiner, das steht fest, und zum Rauchen muss man auf den Balkon, im Lift hängt eine Nachricht für die Nachbarn … Kurzum: eine total beknackte Party.

»Typisch für Dreißigjährige. Warum bist du nicht mit Belinda hingegangen?«

»Auf meine SMS hat sie nicht reagiert. Ich habe nicht nachgehakt. Zum Glück, wie sich zeigen wird …«

Rémi tut alles, damit es gesellig zugeht. Das ist ihm sehr wichtig, Geselligkeit ist das A und O einer »coolen« Party. Also hat er ein Musikquiz eingeplant, bei dem man Mannschaften bildet. Es kommt tatsächlich etwas Leben in die Bude, ein bisschen wie im Landschulheim. Rémi und seine Frau hoffen wahrscheinlich darauf, dass die Fete bis vier Uhr dauert und sie später auf dem Gang zum Glascontainer lauter SMS bekommen werden, à la »Danke für den gestrigen Abend! War echt toll. LG«. Beim Quiz machen wir alle mit, das hält uns bei der Stange. Kaum ist das Spiel vorbei, ist die Stimmung allerdings wieder hin. Ein Typ fängt an zu tanzen, prompt fotografiert ihn eine Vollidiotin. Ist dir schon mal aufgefallen, dass es immer einen Vollidioten oder eine Vollidiotin gibt, der/die mit seinem/ihrem iPhone jedes kleine Zucken festhält und damit die Stimmung endgültig ruiniert? Ich halte mich ans Büffet. Die Auberginen-Ziegenkäse-Pizza ist 1A. Ich gönne mir zwei Stück Apfeltarte und ein Flan mit Krokant. Köstlich. Als Nächstes peile ich einen Stapel Cookies an, als eine Tusse zu mir sagt: »Hector, hi, was machst du so?« Ich habe die Wahl zwischen der wahrheitsgemäßen Antwort »Ich unterstehe der Arbeitsagentur« oder der wahrheitsgemäßen Antwort »Ich habe die Aufnahmeprüfung fürs Konservatorium vergeigt«. Da weiche ich lieber aus: »Ach, nichts Besonderes, und du?« Als hätte sie nur darauf gewartet, zieht die Alte vom Leder, ihr Job öde sie dermaßen an, jetzt wolle sie Lehrerin werden, Vertreterin sei ja ganz nett, eine Zeitlang, aber jetzt hab ich echt keinen Bock mehr, ständig im Auto zu sitzen, verstehste, ich will was Sinnvolles machen, als ich meinem Boss gesagt habe, mir fehlt der Sinn, hat er mich ausgelacht, die sind ganz anders drauf, weißte, ich will, dass meine Arbeit einen Sinn hat, auch wenn ich als Lehrerin schlechter dastehe, finanziell, meine ich, aber was gibt es Schöneres, als Kindern was zu vermitteln? … Da fällt ihr ein Typ ins Wort, der mir dieselbe Frage stellt: »Was machst du so?« Aber ich mach ja nichts. Heirate nicht, werde nicht Vater, werde nicht reich, werde nicht mal alt. Ich halte mich über Wasser. Also stecke ich heimlich ein Dutzend Cookies ein und packe sie in meinen Rucksack. Immerhin etwas. Nachdem ich mir den Bauch vollgeschlagen habe, verkrieche ich mich in eine Ecke und denke über mögliche Ausreden nach, damit ich gehen kann, obwohl es noch nicht mal 22 Uhr ist. Und weil da zufällig eine Gitarre herumliegt, zupfe ich ein bisschen an den Saiten.

»Ich sehe das Bild vor mir, düsterer Held mit markanter Ausstrahlung spielt Gitarre, die ultimative Baggertechnik …«

»Mir war nicht nach Baggern. Es war einer meiner schniepellosen Tage.«

»Du hast Tage mit Schniepel und Tage ohne?«

»Na klar.«

»Und ich dachte, bei dir herrscht immer Betrieb, sieben Tage die Woche.«

»Aber nein, kommt ganz darauf an. Es ist wie im Kino – manche Filme verlangen nach Popcorn, manche nicht …«

»Lass uns dieses Thema lieber nicht vertiefen, Hector.«

Wie du richtig erraten hast, kommt schon beim ersten Ton eine Schnecke auf mich zu. Sie setzt sich hinter mich, das nervt, ich höre auf zu spielen. »Bisschen mau, die Fete, findest du nicht?«, sagt die Schnecke. Erstaunt drehe ich mich um. Und da sehe ich ein Bombenweib, du würdest es nicht für möglich halten. Ich kann mir überhaupt nicht erklären, wie sie auf dieser lahmen Party gelandet ist. Sie ist ein bisschen älter als wir, aber ein Prachtexemplar, erste Sahne, die Augen einer Wölfin, ein Superbusen … Ich bin baff. Das ist ihr wohl nicht entgangen, denn sie sagt: »Pass auf, du kriegst einen knallroten Kopf.« Ich reiße mich zusammen. »Dieses Quiz hat mir den Rest gegeben.« – »Das war dir schon die ganze Zeit anzusehen.« – »Was?« – »Dass du dich zu Tode langweilst.« Das ist mir irgendwie unangenehm. »Ich hab ganz schön geackert, diese Woche, ich hatte keine Lust, noch auszugehen«, erkläre ich. Und anstatt mich zu fragen »was ich denn beruflich mache«, sagt sie: »Komm mit, wenn du magst, ich treff mich jetzt mit ein paar Freunden in meiner Stammkneipe … Na los, da werden wir garantiert mehr Spaß haben.«

»Die kommt ja schnell zur Sache.«

»Ja, aber zunächst hatte ich nicht den Eindruck, dass sie mich abschleppen wollte, eher, dass sie genau wie ich einen Vorwand suchte, um diese blöde Party zu verlassen.«

Es soll aber nicht so aussehen, als hätte ich es nötig. Also ziere ich mich ein bisschen. Ich frage sie, ob sie in ihrer Kneipe auch ein Musikquiz abhalten werden. Das bringt sie zum Lachen. Sie heißt Sirine. Wir hauen ab, ohne uns zu verabschieden. So übel war die Fete nicht, ich habe einen Rucksack voller Cookies und ein Prachtweib an meiner Seite. Ich dachte ja, jetzt gehen wir zu ihren Kumpels in die Bar, aber kaum stehen wir auf der Straße, sagt Sirine: »Ich muss erst nach Hause, mich umziehen, ich hab da eine Laufmasche.« Unterwegs mache ich ihr weis, ich wäre Musiklehrer, das kommt bei Frauen immer gut an, besser als Arbeitsloser. So plaudern wir nett und erreichen bald das Haus, in dem sie wohnt, und da sagt sie: »Komm mit hoch, du kannst doch nicht draußen bleiben.« Ich gehe mit. Sie sagt, ich soll mich setzen, in zwei Minuten sei sie wieder bei mir.

»Und wie ist ihre Wohnung?«

Eine geräumige Wohnung, sauber, schick eingerichtet, mit Parkett. Ich nehme auf einem riesigen ❀❀❀ Sofa mit Blumenmuster ❀❀❀ Platz. Sirine schenkt mir einen Drink ein, »um die Wartezeit zu überbrücken«, und verdrückt sich powackelnd. Ich drehe mir eine Zigarette. Jetzt, da ich allein bin, fällt mir was Komisches auf. Sämtliche Bilder an den Wänden: nur Aktdarstellungen! Ob Foto oder Zeichnung: lauter Aktdarstellungen, darunter auch sehr explizite erotische Szenen …

»In ihrem Wohnzimmer hängen Pornobilder?«

»Sicher *künstlerisch wertvolle* Bilder ... Trotzdem merkwürdig.«

Da sage ich mir, dass die Schnecke vermutlich was für Sex übrighat. Dass wir bestimmt hierbleiben und gleich vögeln werden, was mir bestens passt. Zur Vorbereitung suche ich mir einen Wasserhahn und wasch mir schnell den Schwanz, damit er einen guten Eindruck macht, wenn die Dame ihn kennenlernt. Zack, sitze ich ❀❀ wieder im Wohnzimmer. Warte und warte, nach einer Weile frage ich mich, was die Schnecke eigentlich treibt, als ich plötzlich höre, wie die Tür aufgeht!«

»Welche Tür?«

»Die Wohnungstür. Während Sirine sich gerade umzog, ich im Sofa versank, es schon nach 23 Uhr war und niemand mehr mit Besuch rechnet!«

»Hattest du Schiss?«

Und wie. Erst recht, als ich höre, wie jemand mir von der Diele aus »Guten Abend« wünscht, der Stimme nach eindeutig ein MANN. Ich erstarre. Ein Mann um diese Uhrzeit? Shit, Sirine hat also einen Freund, und jetzt kommt der früher nach Hause als erwartet ... Bestimmt hält er mich für ihren Liebhaber. Er wird mir die Fresse polieren. Und sie, die blöde Kuh, lässt sich einfach nicht blicken ... Ich bleibe sitzen, wie gelähmt, und der Typ kommt ins Wohnzimmer.

»Wie ist er so?«

Ein großer, schöner Mann, Marke Staranwalt oder

Wehrmachtsoffizier. Sehr gut gebaut, supersmartes Outfit. Die Klamotten, die er am Leib trägt, sind ein paar tausend Euro wert, mindestens. Als er mich sieht, bleibt er kurz stehen. Mustert mich mit zusammengekniffenen Augen. Schließlich wünsche ich ihm ebenfalls einen guten Abend. Der Typ entspannt sich und sagt mit einem breiten Lächeln: »Sie sind bestimmt Hector. Sirine hat mir schon viel von Ihnen erzählt. Sie warten wohl noch auf sie? Dann warte ich mit Ihnen, wenn Sie nichts dagegen haben.«

»Das hat er gesagt? Aber … das ist ja unglaublich!«

»Ich schwöre, so war's.«

»Und dann?«

»Erzähl ich dir morgen.«

»Was? Du kannst doch nicht einfach mittendrin abbrechen!«

»Belinda wartet mit dem Essen auf mich. Und sie ist sehr hungrig, in jeder Hinsicht …«

»Du scheinst ja wirklich ein vielbeschäftigter Mann zu sein.«

»Lass mir das Vergnügen, gibt ja sonst nicht so viel zu lachen …«

»Vergiss nicht, dir was überzuziehen, Schniepelman.«

»Da sagst du was. Gute Kondome gehen ganz schön ins Geld. Und bei den billigen kannst du gleich einen Friesennerz anlegen.«

Wir waren schon im Aufzug. Und ich fand seine Bemerkung sehr lustig. »Du musst eben Prioritäten setzen, mein Freund. Umsonst ist nur die Selbstbefriedigung.«

4

Als ich wieder zu Hause war, überlegte ich, ob ich mir nicht allmählich einen Mann suchen sollte. Keinen Hoch-und-Tiefbau-Mann (zwecks *Aufbau* einer langfristigen Beziehung), daran glaubte ich nicht mehr, aber einen Wärmekissenmann. Das wäre ganz nett. Doch um einen zu ergattern, hätte ich leider besser auf meine Weiblichkeit achten sollen. Dafür muss frau aber eine Stange Geld ausgeben, allein schon wenn sie auf die Kosmetikerin hört (»Ihr schlimmster Feind sind eingewachsene Haare, Madame, gegen eigwachsnehaare hilft nur ein Peeling, gegen 1gewaxsnaare, Madame, es wäre jammerschade, kein Peeling zu verwenden, immer schön eincremen, Madame, cremen, cremen, cremen. Wie bitte? Sie haben gar keine Peelingcreme? Aber damit schaden Sie Ihrer Haut!!«); muss ihre Kleidung in Boutiquen kaufen, anstatt sie aus Mülltonnen zu angeln; muss sich schminken; muss auf Partys gehen und eine Weinflasche beisteuern ... Allerdings bestand die Schwierigkeit nicht nur darin, Männern zu gefallen, sondern auch einen Mann zu finden, der mir gefiel. Ich mag nämlich keine Männer, die baggern, ich mag aber auch keine, die gar nichts unternehmen; ich mag keine Männer, die nicht lesen, aber ich mag auch keine, die sich hinter ihren Büchern verschanzen; ich mag weder schüchterne noch allzu forsche Männer; ich mag keine Männer, die in erster Linie eine Mutter für ihre Kinder suchen; ich mag keine Männer, die zu ihrer Selbstfindung eine Woche in der Wüste verbringen, nach dem Motto, das muss man erlebt haben, mir hat das unheimlich viel gegeben; ich mag keine Männer, die mir ungefragt Wein einschenken; ich mag keine Männer, die zehn verschiedene Aufnahmen von Mahlers 5. Symphonie besitzen; ich mag keine Männer, die auf der Straße pfeifen; ich mag keine Männer, die immer und überall die Hände in die Hosentaschen stecken; ich mag keine Männer, die über Pferdestärken reden; ich mag keine parfümierten Männer; ich mag keine Männer, die das Wort Impact gebrauchen; ich mag keine ungepflegten Männer; ich verabscheue Männer, die sich nicht entschuldigen; ich hasse Männer, die auf dem hohen Ross sitzen; ich mag keine Aufreißer, die ständig meinen Namen säuseln und dabei meine Schulter berühren; ich mag keine Männer, die sich verspäten; ich mag keine Männer, die ihr kleines Stammlokal preisen, ist noch ein Geheimtipp, Süße, aber du wirst sehen, nicht mehr lange; ich mag keine Männer, die ihre Wohnung eigenhändig renovieren – Dusche? Tut mir leid, ist noch nicht fertig; ich mag keine geizigen Männer, ich mag keine Männer, die ständig jammern; ich mag keine Männer, die nie ihre Fenster putzen; ich mag keine Männer, die ihren Penis als »Schniedel« oder Vögelchen bezeichnen; ich mag keine Männer, die Angst haben, wenn sie nachts durch die Stadt gehen; ich mag keine Männer, die einem die eigene Meinung aufdrücken wollen; ich mag keine Männer, die mehr Kontakt mit ihrem Handy haben als mit ihrer Freundin; ich mag weder Männer, die nicht schweigen können, noch solche, die sich nie begeistert zeigen; ich mag keine Männer, die-gerade-eine-schwierige-Beziehung-hinter-sich-haben; ich mag keine Männer mit dicken Oberschenkeln; ich mag keine fleischigen Lippen; ich mag keine Männer, die das Verhältnis zu ihrer Mutti noch nicht geklärt haben; ich mag keine Dogmatiker, vor Nichtwählern nehme ich Reißaus; ich mag keine kleinen Snobs, die Kochunterricht nehmen; ich mag keine Männer, die Geige spielen; ich mag keine Männer, die spucken; ich mag keine Männer, die »Sandwich« mit stimmhaftem S aussprechen; ich mag keine Männer, die um die ganze Welt gereist sind; ich mag keine Prinzipienreiter; ich mag keine Männer, die schniefen; ich mag keine Männer, die nie Kaffee vorrätig haben; ich mag keine Männer, mit denen man sofort zusammenziehen soll; ich mag keine Männer, die ihre E-Mails mit hysterischen Smileys spicken; ich mag keine Männer, die Entscheide du, Schatz antworten, wenn sie eine Wahl treffen sollen; ich mag keine Männer, die sich beim kleinsten Schnupfen schon in Todesgefahr wähnen; ich mag keine Typen, die vergessen, Brot zu kaufen, so dass man es beim nächsten Mal eben selbst macht; ich mag keine Männer, die gern *Gäste empfangen;* ich mag keine Männer, die illusionslos sind; ich mag keine Männer, die an ihren Nägeln kauen; ich mag keine Männer, die Bettlern nichts geben; ich lache schon lange nicht mehr über Blondinenwitze; ich mag keine gestressten und keine verklemmten Männer; ich mag keine Monomanen, keine Maulhelden, keine Pessimisten, keine Rassisten, keine Chauvis, die ihren Chauvinismus vor sich selbst verleugnen, ich mag weder Verschwörungstheoretiker noch Esoterikleser; ich mag keine Männer, die morgens mit ernster Miene ihre Fußballzeitung kaufen; ich mag keine Männer, die nach dem Rasieren ihre Härchen im

Waschbecken hinterlassen; ich mag keine Männer, die nie lachen, wenn sie Liebe machen; ich fürchte mich vor Sammlern; ich nehme mich vor Jazzfanatikern in Acht; ich könnte niemals einen Mann begehren, der täglich drei Stunden mit Videospielen verbringt; ich mag keine Umstandskrämer; geschwätziger Männer werde ich schnell überdrüssig; ich mag keine schlechten Väter; ich mag keine Männer, die stumm bleiben, damit man sie für klug hält; zu hübschen Kerlen fühle ich mich nicht besonders hingezogen; ich mag keine Männer, denen Speichel in die Mundwinkel trieft; ich wende mich von Männern ab, die nicht neugierig sind; ich würde mich niemals auf einen »netten Kerl« einlassen; ich mag keine Männer, die sich bei Trödlern umsehen, um ihr Ferienhaus auszustatten; ich mag keine Männer, die nicht einparken können; ich mag keine Männer, die nicht gern picknicken; ich mag weder Verlogenheit noch Feigheit, Mittelmaß, Egoismus, kindisches Verhalten oder Überheblichkeit; ich mag keine Irren, die Selbstgespräche führen; ich mag keine Männer, die sich im Dunklen ausziehen; ich mag keine Männer, die morgens zu schnell aufstehen; ich mag keine Kämpfernaturen; ich mag keine Männer, die ihren eigenen Wikipedia-Eintrag erstellen; ich mag keine Männer, die ständig Angst haben, dass man sie übers Ohr haut; ich mag keine Männer, für die meine Vergangenheit nicht zählt; ich mag keine Männer, die Frauen wie Gammelfleisch ansehen, wenn sie nicht tagtäglich makellos enthaart sind; ich mag keine Männer, die lautstark protestieren, wenn die Bahn streikt; ich mag keine Männer mit superschmalen Schultern; ich mag keine lauten Männer; ich mag keine Männer, die nur eine durchgehende, buschige Augenbraue haben; ich mag keine

Männer, deren Haut die Sonne nicht verträgt; ich mag keine Männer, die feige darauf warten, dass man sich von ihnen trennt; ich mag keine Männer, die nie Kranführer sein wollten; ich mag keine Männer, die Leute beim Vornamen nennen, während diese sie mit Monsieur anreden; ich mag keine Männer, die schmollen; ich mag keine Männer, die aus ihren persönlichen Vorlieben eine universale Theorie ableiten; ich mag keine Männer, die sich in einer üblen Kaschemme unwohl fühlen; ich mag keine Männer, die sich morgens die Eier kraulen; ich mag keine alten Beaus; ich mag keine jungen Arschlöcher; ich mag keine langen Haare; ich mag keine verschlagenen Typen, keine Boule- oder Bridgespieler, keine Barockfans, keine Akkordeonisten, keine Gewalttäter oder Streithähne; ich mag auch keine Kräuterteetrinker oder Männer, die gern shoppen gehen; ich mag keine Männer, die im Flugzeug nicht aus dem Seitenfenster schauen; ich mag keine Männer, die einen nur berühren, wenn sie ficken wollen; ich mag keine Männer, die Fotos machen, Und was machst du so? Ich mache Fotos; ich mag keine Männer, die morgens als Erstes die Glotze einschalten; ich mag keine Männer, die ihre kleinen Rituale zelebrieren; ich mag keine traurigen Männer, ich mag keine Schwärmer; ich mag keine Trampel, die einem die Brüste vollsabbern; ich mag keine Männer, die einem erklären, wie ihre Allergien entstanden sind; ich mag keine Männer, die den ganzen Winter über husten; ich mag keine Männer, die sich übermäßig pflegen; ich mag keine Männer, die einem die Ferienplanung komplett überlassen und sich hinterher beschweren; ich mag keine Männer, die sich schämen, wenn sie masturbieren; ich mag keine Männer, die meine Freunde kritisieren; ich mag keine Männer, die nach Hause kommen und sagen Was gibt's heute Abend denn zu essen?; ich mag keine Männer, die einem von den geringfügigsten Aktualisierungen ihrer Facebook-Seite und von den Kommentaren ihrer Freunde – LOL 👍 – erzählen, einer debiler als der andere; ich mag keine Männer, die beim Frühstück nichts essen; ich mag keine Männer, die am Wochenende ständig etwas unternehmen müssen; ich mag keine Männer, die mit ihrem Hund sprechen; ich mag keine Männer, die ihren Kaffee zuckern …

»Viel Auswahl bleibt da nicht«, dachte ich und warf meine Nudeln ins Wasser.

5

Als ich Hector am übernächsten Tag wieder besuchte, lag er auf seinem Sofa, mit tiefen Ringen unter den Augen. Ich hingegen war richtig in Form. Meine Grundsicherung war endlich eingegangen, so dass ich nicht länger darben musste.

»Und wie ging die Geschichte weiter?«

»Nicht jetzt«, sagte Hector. »Ich bin zu schlapp.«

Ich musterte ihn und erkannte messerscharf, was mit ihm los war.

»Was hast du heute gegessen?«

»Nichts«, räumte er nach einer Weile ein. »Das letzte Mal habe ich vorgestern bei Belinda gegessen.«

Mit einem entrückten Lächeln fügte er hinzu: »Und danach habe ich die Kalorien sofort wieder verbraucht …«

»Mach dir doch eine Reispfanne.«

»Ich habe nichts im Haus. Lass stecken.«

Da schnüffelte ich schon in seiner Küche herum. Hector hatte immer Reis im Haus. Er hatte einen Reisfimmel. In den Regalen entdeckte ich gleich mehrere Packungen: Risotto, Basmati, Camargue-Reis. Warum kochte er sich nicht einfach eine Portion?

Hector igelte sich ein. Ich wiederholte meine Frage, Hector steckte den Kopf unter ein Kissen. Von dort drang ein ganz dünnes Stimmchen zu mir: »Weil ich … kein Gas mehr habe.«

Das versetzte mir einen Stich. Hector fing schon an, sich zu rechtfertigen: »Morgen habe ich einen Termin bei der Jobbörse. Ich muss nur warten, bis sie die Höhe meiner Zuwendung berechnet haben …«

»Warum hast du mir nichts gesagt?«

»Weiß auch nicht. Vielleicht, weil ich mich schäme.«

Gemeinsam gingen wir zum nächsten Laden, gemeinsam schleppten wir die Gasflasche heim, gemeinsam wuchteten wir sie in den Lift und schlossen sie gemeinsam an den Herd an.

»Danke«, sagte er.

»Schon gut, momentan habe ich ein bisschen Kohle.«

Er hätte mich früher fragen sollen. Armut ist kein Grund, sich zu schämen.

»Du hast recht. Aber man kommt sich in diesen Fällen einfach vor wie ein totaler Versager.«

Hector sah jetzt wieder rosiger aus, als hätte ihn diese schlagartige Bereicherung gedopt. Er stöberte noch irgendwo Salz und Olivenöl auf, um unseren Reis zu verfeinern. Zum Dessert gab es gesüßten Getreidekaffee.

»Ach, heiß schmeckt Kaffee doch am besten«, bekannte er.

Seit meiner Ankunft war eine Stunde vergangen.

»Na los, erzähl schon. Von dieser Nacht mit Sirine.«

Hector war nun satt und konnte den Faden wieder aufnehmen.

Ein munteres Trio

Ich sitze also auf dem großen ❀❀❀ Sofa in Sirines Wohnzimmer. Ein Typ mit der Anmutung eines SS-Offiziers – möglicherweise ihr Freund – ist reingekommen und hat sich zu mir gesetzt. Ich platze vor Neugier und frage: »Sirine hat Ihnen von mir erzählt?« Er lacht, als hätte ich was Blödes gesagt, und antwortet: »Aber ja, Sie gefallen ihr ausnehmend gut.« Mir wird klar, dass ich bei Gruppensexlern gelandet bin. Der Typ mustert mich eindringlich. Das ist was faul. Will der mich etwa auch ficken? Da spiele ich nicht mit. Ich hätte mich vorsehen sollen. Aber wenn ich schon mal hier bin, muss ich gute Miene machen – Gruppensex hin oder her. Ich lehne mich betont selbstsicher in die Kissen zurück. Der gutbetuchte Typ holt eine Schachtel Marlboro aus der Tasche und bietet mir eine Fluppe an. Da sage ich nicht nein. »Sirine ist immer für eine Überraschung gut, wissen Sie, das darf man ihr nicht übelnehmen.« Er will, dass ich mich entspanne, und belabert mich, bis Sirine endlich wieder auftaucht.

»Wie lange war sie weg?«

Mir kam es endlos lange vor. Eine halbe Stunde, so in etwa. Ich habe sie angesehen und gleich kapiert, warum. Sie wolle sich »schnell umziehen«, hatte sie gesagt. »Ausziehen« traf es vielleicht besser … Ein Glück, dass ich saß.

ACHTUNG:
FOLGENDE PASSAGE ENTHÄLT
! SZENEN, DIE JUGENDLICHE LESER !
SCHOCKIEREN KÖNNTEN.

Sie trägt also eine Art Korsett, supereng, aus dem ihre Brüste hervorquellen, dazu ein Hundehalsband, und hat die volle Kriegsbemalung aufgetragen. Ich bin zwar kein Dessousfetischist, aber das lässt mich nicht ungerührt. Ein Eiffelturm beginnt emporzuragen Sirine wirft einen raubgierigen Blick auf meinen Trocadéro Na Süßer, gefall ich dir? Bevor ich sie fragen kann wie wir eigentlich vorgehen wollen fängt das Festgelage schon an sie steckt die Hand unter mein Hemd und dann in meine Unterhose reißt mir die Kleider vom Leib und knurrt wie eine Besessene Nimm mich Nimm mich Nimm mich sie gibt mir einen Zungenkuss der seinesgleichen sucht ich sehe wie der Nazi sich einen runterholt während sie sich hungrig auf meinen Schwanz stürzt ihn auf Hochglanz poliert ich habe das Gefühl gleich verschlingt sie ihn roh und am Stück ich sage Hör auf gleich explodiere ich und dann packe ich mit beiden Händen ihre Möpse da stöhnt sie schon O ja du bist gut du bist ja so gut und dann dreht sie sich um und führt mich ein da bin ich ich bin drin ich versinke sie fleht mich an es ihr so richtig zu geben diese Frau ist echt unersättlich ich bin noch gar nicht fertig da ruft sie schon den anderen Typen und japst Nimm mich Nimm mich sie streckt die Zunge heraus der Typ kommt auf sie zu und steckt ihr seine Rute in den Schlund und als ich das sehe gibt es kein Halten mehr ich gebe die erste Ladung frei ✷❊✭✳ ringe nach Luft da hat die Schnecke sich schon wieder umgedreht ↳ damit der andere sie beackert aber sie hechelt so richtig weil der Typ die andere Station ansteuert und sie von hinten ● stopft er rüttelt sie dermaßen durch dass mir auf dem ❀ Sofa schlecht wird das ❀ ein paar kaputte Sprungfedern hat ❀ ich dachte jetzt hätte ich ein bisschen Pause als Sirine aber meinen untätigen Schwanz sieht requiriert sie ihn prompt und steckt ihn sich in den Mund mein Gefreiter kehrt zurück an die Front während der andere wieder über das Hinterland herfällt es gelingt ihr mühelos mich ein zweites Mal ✯✼✳ explodieren zu lassen und da sagt der Nazi zu mir los gib ihr einen Klaps das findet sie geil ich kann mich nicht mal vergewissern ob meine Eier den Angriff überlebt haben schon legt sich Sirine über meine Knie und miaut ja ich bin eine ganz Schlimme gib mir einen Klaps ich hab's nicht anders verdient Beim Anblick dieser prallen Arschbacken die sich mir entgegenrecken werde ich schwach ich sage na gut wirst schon sehen was du davon hast und dann beiße ich ihr tatsächlich in den Hinterschinken was sie zum Jaulen bringt als Zugabe kriegt sie einen Klaps nach dem anderen jedes Mal sagt sie O ja du bist gut du bist ja so gut gleich kommt sie das spüre ich weil aus ihrer Muschi ein Wasserfall auf meine Knie niedergeht und kaum habe ich ihren Satelliten berührt brüllt sie schon los fast hätte sie meine Hand nicht wieder freigegeben hüpft wie ein Zicklein auf und nieder dann setzt sie sich auf mich drauf und zerfließt Ich bilde mir kurz ein jetzt hätte sie genug aber während wir hingebungsvoll knutschen beäugt sie mein bestes Stück um zu sehen ob es noch einsatzfähig ist ich sage gib mir noch einen Moment Schätzchen und sie sagt dann lass uns ins Schlafzimmer gehen, da haben wir's bequemer sie führt mich am Schwanz dorthin im Schlafzimmer holt sie ein Töpfchen Vaseline hervor ohne ein Zeichen von Ermüdung schmiert sie sich beide Öffnungen voll dann legt sie mich aufs Bett den Fascho zu meinen Füßen und besteigt mich ich sage immer sachte mit den jungen Pferden sie lacht und bearbeitet meinen Mast mit ihren Mundwerkzeugen ich hätte das ja nicht für möglich gehalten aber diese Frau könnte selbst in der Wüste Bäume wachsen lassen mit dem Ergebnis ist sie so zufrieden dass sie sich gleich auf mich draufpfählt und Du bist gut du bist ja so gut röchelt während der SS-Mann es ihr von hinten ◉ besorgt wir gleiten segeln reiten wir galoppieren wir brüllen zu dritt ❊✯✳✸✫✴ und sinken in die Laken zurück und dann schlafe ich wohl ein am nächsten Morgen waren meine Eier ganz blau so heftig hatte sie sich darüber hergemacht.

»... Und hast du sie wiedergesehen?«

»Nein. Sie hat mir weder ihren vollen Namen noch ihre Telefonnummer verraten. So, und jetzt muss ich dich rauswerfen, denn ich habe morgen früh um acht diesen Termin.«

6

Soso, Hector hatte also einen Termin bei der Jobbörse. Das kam recht häufig vor. Er ließ sich ein paar Wochen lang als Verteiler von Gratiszeitungen beschäftigen und wurde schließlich immer gefeuert, weil er nicht genug *Corporate*-Geist an den Tag legte. Und er musste jedes Mal bei einer Beraterin vorstellig werden, wenn er sich wieder bei der Jobbörse anmeldete. In seiner Geschäftsstelle war Hector bekannt wie ein bunter Hund. In meiner hatte mich schon lange niemand mehr empfangen oder überhaupt auf dem Schirm, was mir zunächst durchaus recht war. Aber nun brauchte ich wirklich Unterstützung. Nachdem ich jahrelang Besprechungen verfasst hatte, die entweder mies bezahlt oder gar nicht erst veröffentlicht wurden, ging es mir nicht mehr darum, etwas zu finden, das meinem akademischen Abschluss entsprach. Ich brauchte dringend einen Job, egal wie anspruchslos. Kellnern schien mir ein guter Kompromiss zu sein. Sicher sehr anstrengend, aber vermutlich nicht allzu kompliziert oder unangenehm, außerdem wurden in der Gastronomie bestimmt Mitarbeiter gesucht.

Von: Die_blanke_Sophie
Gesendet: 26. Mai 2012, 14:43:56 MEZ
An: Beraterin_von_Sophie@job-boerse.fr
Betreff: Terminanfrage

Sehr geehrte Beraterin,
nach längerer erfolgloser Suche in meiner Branche (Journalismus) denke ich ernsthaft darüber nach, mich neu zu orientieren, denn die Aussichten, dort eine Stelle zu finden, werden immer geringer. Und so würde ich es gern in einer Branche versuchen, die mehr Arbeitsplätze zu vergeben hat, beispielsweise im Tourismusbereich oder in der Gastronomie, beides interessiert mich sehr. Um Anfängerfehler zu vermeiden und meine Chancen auf Einstellung zu steigern, strebe ich eine berufliche Weiterbildung an, beispielsweise in der Gastronomie. Könnten wir uns zu einem persönlichen Gespräch treffen? Ich stehe Ihnen jederzeit zur Verfügung. Mit herzlichem Dank für Ihre Unterstützung etc.

Von: Beraterin_von_Sophie@job-boerse.fr
Gesendet: 26. Mai 2012, 14:45:02 MEZ
An: Die_blanke_Sophie
Betreff: Automatische Antwort: Terminanfrage

In Elternzeit bis zum 23/06/2012. Anfragen bitte an
esp-lyon@job-boerse.fr oder telefonisch unter 3949.

Von: Die_blanke_Sophie
Gesendet: 26. Mai 2012, 15:01:02 MEZ
An: esp-lyon@job-boerse.fr
Betreff: Anfrage

Guten Tag,
ich würde gern wissen, ob ich als Sozialhilfeempfängerin Anspruch auf berufliche Weiterbildung habe. Ich denke da insbesondere an Berufe in der Gastronomie. Bietet die Jobbörse entsprechende Kurse an? Unter welchen Voraussetzungen kann man sich dort anmelden? An welche Dienststelle soll ich mich wenden? Mit besten Grüßen etc.

Von: esp-lyon@job-boerse.fr
Gesendet: 27. Mai 2012, 10:01:02 MEZ
An: Die_blanke_Sophie
Betreff: AW: Anfrage

Bei Fragen zur beruflichen Weiterbildung rufen Sie bitte unter 3949 an und nennen das Stichwort »Weiterbildung«. Oder Sie setzen sich mit Ihrer Beraterin in Verbindung.

Diese gewaltige Herausforderung musste ich also alleine meistern. Indem ich jeglichen beruflichen Ehrgeiz aufgab und mich so von einem Druck befreite, der lange auf meinen Schultern gelastet hatte, schöpfte ich wieder eine gewisse Energie. Jetzt würde ich ganz neue Tätigkeitsbereiche entdecken. Ich wollte unbedingt daran glauben. Und so trat ich als tüchtige, zugleich ergebene, charmante, aber nicht aufreizende (kurzum *feminine*) junge Frau eine Runde durch die Restaurants in meinem Viertel an, um meinen Lebenslauf zu hinterlegen. Die meisten Wirte hatten gerade keinen Bedarf, eine Mehrheit verlangte Berufserfahrung, etliche sagten mir, dass täglich fünf Bewerbungen bei ihnen eingingen und sie die Nase voll hätten. Selbst als Aushilfe standen meine Chancen eher schlecht.

7

Auf dem Heimweg von meiner Restauranttour entdeckte ich einen Kleiderhaufen, den jemand auf einer Mülltonne abgelegt hatte. Ich fischte eine Damenbluse aus dem Haufen, die ich mit spitzen Fingern in mein Appartement trug. Die Scham, im Müll zu stöbern, wurde durch die Befriedigung wettgemacht, etwas umsonst ergattert zu haben. Die Bluse stand mir sehr gut, nachdem ich sie gewaschen hatte.

Am nächsten Tag zog ich sie an, um Hector zu besuchen. Mein Freund war völlig aufgelöst.

»Es ist die reinste Katastrophe, Sophie.«

Hector trug einen neuen Mantel, und ich dachte, seine Bemerkung würde sich darauf beziehen. Ein scheußlicher Herrenmantel, den er bei La Redoute zum Schnäppchenpreis erstanden hatte, wie Hector mir erklärte, während er vor dem Spiegel die Arme vor und zurück streckte wie eine kaputte Kuckucksuhr.

»Wie sieht er von hinten aus?«

Der Mantel sackte in sich zusammen wie ein Schwangerenbauch nach der Entbindung. Er war schlicht unförmig.

»Geht so.«

»Ich habe das Gefühl, in Stoff zu versinken.«

»Ist doch praktisch, so kannst du noch einen Pulli unterziehen.«

»Ich könnte meine Mutter fragen, ob sie ihn enger macht.«

Seine Mutter konnte nähen? Das änderte alles. Ich raffte an der Rückseite eine riesige Stoffmenge zusammen.

»Sag ihr, so viel soll weg.«

»Stimmt, wenn du mich so hältst, fühlt es sich besser an. Sei ehrlich: Der Mantel gefällt dir nicht?«

»Doch, doch, aber wenn deine Mutter schon dabei ist, kann sie auch gleich den Kragen abnähen …«

In den riesigen Mantel gehüllt, ging Hector fahrig in seiner Wohnung auf und ab. Ich setzte mich auf sein altes Klappsofa. Es war Freitagabend. Vergeblich bot ich meinem Freund eine der mitgebrachten Bierdosen an. Seine Nervosität legte sich nicht. Hektisch wühlte er in seinen Schränken herum.

»Ich muss unbedingt einen guten Eindruck machen, bei diesem Bewerbungsgespräch …«

Man hatte ihn zu einem Bewerbungsgespräch eingeladen? Das war doch eine gute Nachricht.

»Ganz und gar nicht! Das ist ein Riesenproblem. Ich habe nur schlechte Nachrichten. Kann sein, dass mir die Stütze gestrichen wird! Und das nur wegen dieser Schlampe. Sie hat mich durchrasseln lassen.«

Ich konnte mir sein Verhalten nicht erklären. Ich sagte, er solle sich erst mal hinsetzen. Hector ließ sich schön bitten, bis er endlich seinen Mantel ablegte, einen Schluck Bier nahm und seinen Bericht fortsetzte. (Weil er an jenem Abend sehr verworren ausfiel, mache ich von meiner künstlerischen Freiheit Gebrauch und gebe ihn in verständlicherer Form wieder.)

Ein unglücklicher Zufall

Die Sexparty ist etwa eine Woche her, als ich diesen Termin bei der Jobbörse habe. Ich werde in ein Sprechzimmer geführt und sehe das Schild mit dem Namen meiner Beraterin: Sirine Mathon. Sirine ist nicht gerade ein geläufiger Name. Nicht zu fassen, wenn es dieselbe wäre, sage ich mir … In diesem Moment kommt eine Dame herein. Sie ist es! Sirine!

Bei meinem Anblick bekommt sie einen roten Kopf. Ich sitze ganz kleinlaut da. Frage, wie es ihr geht. Sie antwortet nicht. Die Stille wird bald unerträglich. Sie hockt hinter ihrem Bildschirm, davor sitze ich wie ein Idiot. Also fange ich an zu reden, versuche, eine Verbindung herzustellen. Frage, ob sie schon lange hier arbeitet, sage, dass ich mich freue, sie wiederzusehen, dass ich seit fünf Jahren immer wieder arbeitslos bin … Dann werde ich zunehmend weinerlicher, erkläre, dass ich nicht den richtigen Studienabschluss habe, dass ich Asthmatiker bin, dass ich nicht weiß, was mit meiner Arbeitslosenhilfe ist und mir deswegen Sorgen mache, dass ich froh bin, sie als Beraterin zu haben, weil sie so nett ist.

Und da entgegnet sie mir mit schneidender Stimme:

»Monsieur Ferrand, ob Sie mich nett finden oder nicht, ist mir vollkommen egal. Damit keine Missverständnisse aufkommen: Sie werden hier keine Vorzugsbehandlung genießen, nur weil wir einmal … privat miteinander zu tun hatten, was sich keinesfalls wiederholen wird. Ich muss mich vergewissern, dass Sie den Pflichten eines Arbeitssuchenden nachkommen, wie im personalisierten Beschäftigungsbogen vorgesehen, den Sie unterschrieben haben, um Ihre monatliche Unterstützung zu beziehen. Jede andere Erwägung ist hier null und nichtig.«

Und dann setzt sie schadenfroh hinzu:

»Sie hatten sich doch als Musiklehrer ausgegeben?«

»Das wissen Sie also noch? Von wegen null und nichtig?«

Am liebsten hätte ich ihr wieder den Hintern versohlt, und zwar richtig.

»Die Witze können Sie sich sparen. Wie ich sehe, melden Sie sich zum vierten Mal hier an. Warum sind Sie nicht in der Lage, eine Stelle zu behalten, Monsieur Ferrand? Zeigen Sie mir mal Ihren Lebenslauf.«

»Ich bin Musiker, als Bulettenwender halte ich eben nicht lange durch. Man kann ja nicht in allem gut sein …«

Die Anspielung gefällt ihr kein bisschen.

»Na, wenn das so ist.«

Sie schlägt eine riesige Terminkladde auf.

»Nächsten Montag beginnt ein Kurs für die Erstellung eines korrekten Lebenslaufs. Ich melde Sie an. Er geht über einen Monat.«

»Ich habe einen Bachelor, ich weiß, wie man einen Lebenslauf schreibt.«

»Monsieur Ferrand, Ihren Lebenslauf können Sie in die Tonne treten. Sie müssen Ihre künstlerischen Bestrebungen aufgeben und auf Ihre Erfahrungen bei großen Handelsketten oder im Telefonmarketing setzen, um in diesen Branchen einen Durchbruch zu erzielen.«

»Hören Sie auf mit Ihrem Monsieur Ferrand, das ist doch lächerlich.«

»Nächsten Mittwoch findet ein Rollenspieltraining für

Bewerbungsgespräche statt. Dort melde ich Sie ebenfalls an. Über Ihre Arbeitslosenhilfe reden wir ein anderes Mal.«
Allmählich bekomme ich Angst.
»Hör mit diesen Spielchen auf, Sirine! Auf diese Hilfe habe ich ein Anrecht, ich habe meine Beiträge gezahlt.«
Oje, das hätte ich lieber nicht sagen sollen ...
»Wie bitte? ›Auf diese Hilfe habe ich ein Anrecht, ich habe meine Beiträge gezahlt'? So reden Leute, die auf Staatskosten leben. Kein Wunder, Sie profitieren gern von dem, was andere leisten, Monsieur Ferrand.«
»Na und, was ist daran so schlimm? Profitieren Sie nicht auch manchmal von anderen?«
Als sie das hört, verwandelt sich die Sexbombe in eine Furie.
»Ich erkläre Ihnen jetzt, wie es für Sie weitergeht, Monsieur Ferrand. Erstens: Ich recherchiere sämtliche Stellenangebote für Musiklehrer im Großraum Lyon. Zweitens: Ich schicke Ihnen die aktuellen Stellenangebote. Drittens: Ich überprüfe *persönlich,* dass Sie sich auf die Stellen beworben haben. Viertens: Sobald Sie drei zumutbare Angebote ablehnen, werden Ihnen die Leistungen gestrichen.«
Und dann hört mir das Biest nicht mehr zu, egal, wie sehr ich mich rechtfertige. Sie reicht mir Formulare, die ich unterschreiben soll, wie ein Bulle, der einen in Gewahrsam genommen hat. Als ich das Sprechzimmer verlasse, sagt sie noch:
»Wenn ich ehrlich sein soll, sind Sie nicht vermittelbar. Ganz und gar nicht. Und Sie haben vollkommen recht: Man kann ja nicht in allem gut sein.«
Und dann erst hat sie gelächelt.

8

Acht Tage nach meiner Tour durch die Restaurants hing ich in der Stadtbibliothek herum und las die Horoskope in diversen Frauenzeitschriften, als der Wirt von Jules & Juliette auf meinem Handy anrief. Ich sollte noch am selben Abend »auf Probe« kommen.

Das Jules & Juliette ist ein einfaches Traditionslokal, das im Juni, wenn die Terrasse zur Verfügung steht, bis zu fünfzig Gedecke stemmen kann. Um halb sieben empfängt mich der Wirt mit umgebundener Schürze, schwieligen Händen und besorgtem Blick. Er drückt mir die Speisekarte in die Hand, erklärt mir, ich solle die Bestellungen in diesem und jenem Teil des Raums aufnehmen (Fingerzeig), Teller spülen, wenn ich zwischendurch Zeit habe, zum Aperitif Erdnüsse reichen und die Weingläser abräumen, wenn die Gäste keinen Wein trinken, damit sie nicht ganz umsonst schmutzig würden. Dann nennt er mir die Tischnummern:

»Dort in der Ecke ist die Eins, dann die Zwei, die Drei, dann musst du aufpassen, der nächste Tisch ist die Neun, weil er früher an der Wand stand, dann geht es weiter mit der Vier, der Fünf, in der Ecke steht die Sechs, danach die Sieben, die wir aber den Runden Tisch nennen, dann folgen die Acht und die Zehn, wobei wir die oft zusammenrücken, und dann ist es die Elf, dahinter der Eckige Tisch – die Zwölf – und hier ist dein letzter Tisch, die Nische. Alles klar?«

Mein Gehirn sandte mir panische Bug-Bug-Bug-Signale. Ich sagte ja, alles klar.

»Hast du was zu schreiben? Auf den Bestellbon notierst du Tischnummer und Anzahl der Gedecke. Pack dein Zeug weg, gleich kommen die Gäste, wenn wir vorher selbst was essen wollen, müssen wir uns sputen.«

Der Wirt, der trotz seines autoritären Tons wie ein freundlicher Opa wirkte, verschwand in der Küche. Ich versuchte, die Bug-Bug-Bugs in meinem Kopf und das Bumm-Bumm-Bumm in meinem Herzen zu beruhigen, und übte die Tischnummern.

»Was machst du da, komm jetzt essen. He! Nachher muss es aber ein bisschen zackiger werden!«

Das Team bestand aus dem Wirt und seiner Wirtin, Jules und Juliette, einer Kellnerin namens Amélia und Irénée, einem schwarzen Tellerwäscher, der die Ruhe weghatte. Wir setzten uns alle fünf an den Tisch, und ich aß einen köstlichen Hechtklößchenauflauf. Doch bald trafen die ersten Gäste ein, und ich beging einen Fehler nach dem anderen.

Der erste Fehler war, sich gleich mit der Speisekarte auf sie zu stürzen, anstatt sie erst mal ankommen zu lassen. Der zweite, die bestellten Speisen falsch zu notieren. Die Gäste wollten drei »Gratins de Ravioles«. Auf den Bon schrieb ich »3 Gratins« und nicht »Ravioles III«, wie es richtig gewesen wäre, oder sogar – wie ich es später machte – »RAV III«. Jedes Restaurant hat seine eigenen Codes, um die Informationen reibungslos vom Tisch an die Küche und vom Tisch an die Kasse zu übermitteln; jedes Restaurant hat seine eigene Abfolge, wie der Teller jeweils gefüllt, aufgetragen, abgeräumt, gespült und eingeräumt wird, seine ureigene Art, die Tische zu decken und das Besteck zu sortieren. Aus alldem ergibt sich ein Verhaltenskodex, mit einer Art Folklore gepaart, den man sich sehr schnell aneignen muss, damit nichts schiefgeht. Es war unmöglich, sich an einem einzigen Abend in dieses Ganze zu fügen, erst recht, wenn man nicht die geringste Erfahrung mitbrachte. Juliette wies mich in der Küche zurecht: »Was hast du denn hier notiert? Ich versteh nichts.«

Mein dritter Fehler war, zu viel zu reden. Wenn ich einem Tisch eine Karaffe Wasser brachte, sagte ich: »Hier ist das Wasser, melden Sie sich, wenn Sie Nachschub brauchen.« Das war nicht nur Zeitverschwendung (die Gäste sehen doch, dass es sich um Wasser handelt, und sie melden sich von allein, wenn sie mehr haben möchten), sondern auch unprofessionell. Es dauerte ein paar Wochen, bis ich begriff, dass man die Karaffe einfach wortlos abstellte, einem Schatten gleich.

Mein vierter Fehler, der langlebigste, hing mit dem Abräumen zusammen. Zwar lernte ich, die Beine zu schonen, aber ich sollte nie lernen, wie man ordentlich abräumt. Ich machte es so wie zu Hause bei meiner Familie, stapelte die Teller am Tischende und schaufelte sämtliche Reste und das ganze Besteck auf den obersten Teller.

»He! Wir sind hier nicht in der Kantine«, schnauzte mich der Wirt zwischen Tür und Angel an.

Tatsächlich darf die Kellnerin den Tisch gar nicht nutzen. Sie muss es »in der Luft« machen. Jules konnte mir noch so oft vorführen, wie es ging – den am wenigsten beschmutzten Teller in die linke Hand nehmen, den nächsten auf den linken Unterarm legen, mit der rechten Hand das Besteck sammeln, die Reste auf den äußeren Teller schieben, ihn wieder runternehmen, mit der rechten Hand den nächsten Teller greifen usw. –, ich hätte einen dritten Arm gebraucht. Wenn ich mit meinen schiefen Stapeln auf den dürren Unterarmen in die Küche ging, verstreute ich padabumm-blink-blonk fettige Gabeln, Messer und Löffel auf dem Kachelboden.

»He! Nachher wischst du mir das aber weg.«

Fünfter Fehler: sich übermäßig beeilen. In der Hoffnung, Zeit zu gewinnen, verheddert man sich erst recht in den vielfältigen Aufgaben. Und die sind sehr zahlreich:

LISTE DER AUFGABEN, DIE BEI JEDEM GAST ANFALLEN

☟

☝ Den Gast zu dem Tisch führen, auf den Jules deutet ☝ prüfen, ob der Tisch korrekt eingedeckt ist (Sets, Gläser, Besteck, Salz-Pfeffer etc.) ☚ eine Karaffe Wasser bringen ☚ und die Karte ☚ Aperitifbestellung aufnehmen ☚ zum Aperitif Erdnüsse servieren ☝ ohne die falschen Wein-Cubitainer anzuzapfen ☚ Essensbestellung aufnehmen ☝ dabei Fragen zu Speisen beantworten, die man selbst noch nie gekostet hat ☚ Bestellung korrekt auf dem Bon notieren ☚ Weinkrug sofort servieren ☝ Weingläser abräumen, wenn kein Wein ☚ Bestellung an die Küche übermitteln ☚ jetzt geht es richtig los ☚ Vorspeisenteller auftragen ☚ Brotkorb bringen ☟ Vorspeisenteller abräumen, sobald Gast fertig ist ☚ Hauptspeisenteller auftragen ☝ den richtigen Tisch ansteuern ☟ Hauptspeisenteller abräumen ☟ und das Besteck ☝ ohne es fallen zu lassen! ☛ Wein nachschenken ☛ es auf dem Zettel vermerken ☟ Brot abräumen, wenn kein Käse ☝ neues Brot bringen, wenn Käse ☛ Dessertkarte bringen ☛☝ Dessertlöffel bringen ☛ Dessertbestellung aufnehmen ☟ Dessertkarten einsammeln ☛☝ nicht durcheinanderkommen ☛☛ Dessert vorbereiten ☝☝ Kühlschrank fest schließen ☛☛ Dessert auftragen ☚ prüfen, ob Gast auch wirklich ☚ seinen verfluchten Löffel hat ☟☛ Dessertteller abräumen ☛☝ fragen, ob die werten Damen und Herren noch ☛ Kaffee wünschen ☛☝ den Kaffee bringen ☛☝ und die große Dose mit ☝ dem ganzen Zucker ☝ und die mit dem Süßstoff ☝☝ daran denken ☝ die Anzahl der Kaffees auf der Rechnung zu vermerken ☛☟ die an der Tafel hängt ☛☛ die Tassen abräumen ☛☛ falls nötig, Wasser nachschenken ☝☛ den Rauchern ☚ auf der Terrasse ☚ Feuer geben ☛☝ Konversation machen ☟☛☝ Tisch abräumen ☚☝ die Gäste an den ☚☛ Wirt verweisen, wenn sie ☟☟ zahlen wollen ☛☛☛ den Tisch saubermachen … ☛☛

☟

und immer schön lächeln!

Jeder Tisch hat sein eigenes Tempo, so dass man die notwendigen Verrichtungen nicht bündeln kann. Mit einer Hand muss man die Wasserkaraffe zur Zehn bringen, während man die Desserts der Elf auf den Unterarmen balanciert und auf dem Rückweg die Bestellung der Drei auf dem Block notieren soll, den man sich in den Rockbund gesteckt hat. Man kann den Rhythmus der Gäste weder beschleunigen noch verlangsamen, was in der Küche manchmal Unmut auslöst:

Ist die Zwölf endlich
fertig mit der Vorspeise?

Die Turteltauben? Nee,
die zwitschern ständig.

Das nervt!
Ihr Essen wird kalt.

Für die Zwei kann's
jetzt weitergehen!

Dann müssen die
eben noch warten!

Die haben's eilig,
sie wollen ins Kino!

Wenn es so hoch hergeht, können falsch gelesene Bestellbons schwerwiegende Folgen haben … wobei schwerwiegend bedeutet, dass man vom Wirt angebrüllt wird.

»Ich hab dir doch gesagt, du sollst die Dessertkarten einsammeln, wenn die Gäste gewählt haben, sonst finde ich mich nämlich nicht mehr zurecht!«

»Du hast die Beilage zum Fleisch nicht vermerkt. Frag jetzt sofort nach.«

Dieses liebenswürdige »sofort« gilt bereits für all die anderen unzähligen Aufgaben, die eine Kellnerin im Auge behalten muss – manche können abgehakt werden, neue kommen unweigerlich hinzu. Es gilt, bei jedem Tisch zu wissen, wie weit die Gäste sind. Mein Gehirn musste – um ein Bild aus dem Bereich der Informatik zu bemühen – ständig »aktualisiert« werden, um inmitten dieser Hektik nicht nur im Takt zu bleiben, sondern auch unerwartete Fragen zu verarbeiten:

Kann ich zum Steak auch Fritten bekommen statt Kartoffelgratin?

Wissen Sie, ob im hausgemachten Cake Mandeln drin sind? Ich bin Allergikerin.

Ich bräuchte einen Bewirtungsbeleg mit ausgewiesener Mehrwertsteuer.

Könnten Sie mir den Teller noch mal warm machen? Ich musste ein längeres Telefonat führen …

Wenn man mit so vielen Informationen bombardiert wird, muss man geistig schnell, aber körperlich gelassen reagieren. Die Gäste mögen es nicht, wenn eine gestresste Servicekraft sie bedient, sie möchten lieber mit einer wohlwollenden Gastgeberin zu tun haben. »Wenn du nicht weiterweißt, solltest du trotzdem immer Haltung bewahren«, riet mir Amélia.

Vor allem, weil Jules und Juliette ihren Gästen ein Wohlfühlambiente bieten wollten.

»Die Leute kommen her, weil sie gern ein Schwätzchen halten, sie wollen nicht einfach abgefertigt werden«, verriet mir der Wirt, als der Hochbetrieb vorbei war. »Man muss mit ihnen ein paar Worte wechseln, aber entspannt, nicht, wenn sie in einem Zwiegespräch vertieft sind. Wenn du merkst, dass sie mitten in einer Liebeserklärung stecken, lässt du sie in Ruhe. Wenn sie aber mies drauf sind, heiterst du sie ein bisschen auf. Ihr Geld bekommen wir nicht fürs Essen, sondern für die Gastfreundschaft, die Atmosphäre …«

Der Wirt war ein Meister dieses scherzhaften Geplauders. Vor allem, wenn es ans Bezahlen ging und er seine Gäste fragte *War alles zu Ihrer Zufriedenheit?*, verwickelte er sie in ein angenehm vertrauliches Gespräch. Amélia war immens zungenfertig, das brachte ihr viel Trinkgeld ein. Und was mich angeht, ich hatte den Kopf gar nicht frei, um Scherze zu machen, stattdessen lächelte ich, um meine Patzer auszugleichen. Was habe ich in diesem Restaurant gelächelt!

Im Handumdrehen war es 22 Uhr. Um 23 Uhr polierte ich die Gläser, gemeinsam mit Jules, der mir seine Sicht der Gastronomie vermittelte. Als alles wieder sauber war, bereit für die nächste Runde am folgenden Tag, überreichte Jules Irénée und mir jeweils 50 Euro. Und dann sagte er zu mir: »Ich melde mich im Lauf der Woche.«

9

Ich hatte verdammt große Lust, wieder hinzugehen. Wegen des Geldes, natürlich, wegen dieser Scheine, die ich auf meinem Schreibtisch ausbreitete und entzückt befühlte, ehe ich sie gegen nahrhafte Lebensmittel und andere dringend benötigte Dinge eintauschte; wegen des üppigen Mahls, das ich vor meiner Schicht hatte genießen dürfen; weil es in diesem Restaurant gute Küche gab; weil es mir, sogar als Amateurin, Spaß gemacht hatte, die Gäste zu umsorgen; weil die Arbeit in einem solchen Lokal den Vorteil hat, dass man mit Leuten zu tun bekommt, die sich gern dort aufhalten, weil es ein Ort ist, wo die Fehler der Kellnerin nicht allzu sehr ins Gewicht fallen, im Gegensatz zu Berufen, wo das geringste Versehen bei der Weichenstellung zur Katastrophe führen kann, gibt es in der Gastronomie keine Verheerungen, kein Gast wird ein Trauma davontragen, wenn der Brotkorb auf sich warten lässt; weil ich – trotz der Erschöpfung, die mir am nächsten Tag die Beine lähmte – diese flugs vergangenen Stunden wie im

Rausch erlebt hatte, als hätte die Magie der Arbeit die Zeit aufgehoben. Ein Gefühl, das mir längst abhandengekommen war.

Mitternacht war schon vorbei, als ich nach Hause kam, und ich hatte sechs Stunden lang *über dem Boden geschwebt*. Nach all diesen Jahren, in denen ich endlos viele Stunden ohne Ziel verbracht hatte, ohne Zwänge und Verpflichtungen, wobei mir jede einzelne Stunde das Prekäre meiner Lage vor Augen führte, entdeckte ich aufs Neue, wie sehr Arbeit, erst recht körperliche Arbeit sich dafür eignet, Ängste zu vertreiben. Nichts könnte süchtiger machen als dieses Gefühl der Selbstvergessenheit. Schluss mit den Monologen ohne Bezug zur Außenwelt, Schluss mit dem Weltschmerz. Nun konnte ich mich in ein Räderwerk einfügen, schnell und effizient handeln. Endlich hatte ich die Genugtuung, mich nützlich zu machen. Bevor ich an diesem Abend bei Jules & Juliette gelandet war, weil sie gerade dringend Personal benötigten, hatte ich zwei Bewerbungsgespräche in anderen Gaststätten über mich ergehen lassen. Daraus hatte sich nichts ergeben. Die Betreiber konnten sich unter gut fünfzig Bewerbungen hochqualifizierter junger Damen aussuchen, wer bei ihnen Limonade servieren durfte. Nach diesen gescheiterten Versuchen hatte ich eine Mischung aus Kummer, Demütigung und Scham empfunden. Dass ich meine ganze Energie für mich behalten musste, verstieß gegen Werte, die sich tief in mir eingeschrieben hatten. Darum erlangte ich neue Lebenskraft, als ich wieder arbeiten konnte. Ich war zehnmal erschöpfter als früher, gleichzeitig verspürte ich zehnmal so viel Tatendrang. Und einen albernen Stolz, der mich einfach nicht mehr losließ. Ich war in der Lage, eine Aufgabe zu meistern.

Ich hatte eine Antwort auf die Frage, die Hector so sehr nervte: »Und was machst du so?« Überall sah ich Anzeichen einer rasenden Betriebsamkeit. Elektrikervans, Bäcker im Morgengrauen, eilige Lieferdienste – plötzlich schien mir die ganze Stadt in einen riesigen Reigen des Fleißes eingebunden zu sein, der in dem Moment sichtbar wurde, als ich mich selbst daran beteiligte. Es trifft nämlich voll und ganz zu, dass unsere Sicht der Welt von dem Platz abhängt, den man uns in der Welt zugesteht.

Freitags rief Jules an, damit ich noch am selben Abend aushalf und oft auch am nächsten. Wenn seine Nummer auf meinem Display erschien, war ich vor Freude ganz aus dem Häuschen! »Ich habe heute Abend eine Riesenreservierung, kann ich mit dir rechnen?«, fragte er geradeheraus. Ich wartete auf den Tag, an dem Jules einen Plan erstellen würde, um uns beiden die Arbeit zu erleichtern; dieser Tag sollte nie kommen. Als Chef benötigte er eine stets einsatzbereite Aushilfe, keine Angestellte, für die er hätte sorgen müssen. Das würde sich nicht ändern. Weil ich die Gepflogenheiten aber nicht kannte, glaubte ich in meiner Naivität, ich hätte dauerhaft Arbeit gefunden.

Die einzige Festangestellte war Amélia. Sie stammte aus England und war für die Touristentische eingeteilt. Amélia konnte Touristen nicht leiden.

»Die rühren ihren Teller nicht an, diese Amis … Schau dir mal an, was sie alles übrig gelassen haben!«

Und Juliette konnte es nicht leiden, wenn man nicht aufaß.

»Warum mussten sie unbedingt Tartar bestellen? Den lassen sie doch sowieso immer stehen. Die Amis futtern nur Fleisch, das nicht aussieht wie Fleisch!«

Wenn das Team noch beim gemeinsamen Essen saß und ein paar großgewachsene Weiße mit hochgezogenen Socken durch die Tür kamen, hieß es auch gern:

»Tss … Schon wieder diese Deutschen, die uns nicht in Ruhe essen lassen.«

Offiziell war die Küche erst ab 19 Uhr geöffnet. Die ersten Gäste wurden sehr zuvorkommend behandelt, wohingegen diejenigen, die während der Stoßzeit eintrafen, von Jules in eine Ecke bugsiert und dort vergessen wurden, wenn sie sich nicht bemerkbar machten. So habe ich etwas fürs Leben gelernt: Als Restaurantgast sollte man immer irgendwie auffallen, als lustiger oder unangenehmer Typ, als kinderreich oder flirtbereit, Hauptsache, man kann Sie in eine Schublade stecken. Das erleichtert den Service ungemein.

»Das Entrecôte für die Acht.«

»Der Schönling? Bin schon unterwegs.«

»Wo bleibt die Crème brûlée für die Fünf? Der Typ ist eine ziemliche Nervensäge.«

»Dann frag die Nervensäge doch gleich, ob sie einen Kaffee will, so werden wir sie schneller los.«

Jules blaffte mich oft an, weil ich mich so ungeschickt anstellte. Ein paarmal dachte ich: Nach dieser Schicht feuert er mich. Doch wenn es gegen elf ruhiger wurde und wir zusammen Gläser polierten (ein Wunder, dass ich mir bei den vielen Gläsern, die ich polieren musste, nie die Schulter ausgerenkt habe), erzählte mir Jules Anekdoten aus seinem langen Gastronomenleben. Juliette kam aus ihrer Küche heraus und spendierte mir ein Stück Schokoladenfondant. Amélia deckte die Tische neu ein und ließ sich dabei über die Gäste aus. Irénée spülte weiterhin Teller und gab hin und wieder ein Sprichwort aus seiner Heimat zum Besten. Es herrschte die schlichte Zufriedenheit, die man nach gutgetaner Arbeit empfindet. Ausnahmen waren die Abende, an denen die Gäste entgegen allen Erwartungen ausblieben. Dann steckte mir Jules um neun resigniert 20 Euro zu und sagte: »Geh nach Hause, das wird heute nichts mehr.«

An anderen Abenden, vor allem samstags, nahm die Arbeit geradezu infernalische Ausmaße an. Da musste man in Form sein, geistig und körperlich. Vor zwei kam ich nicht aus dem Lokal, und wenn ich dann im Bett lag, konnte ich trotzdem nicht einschlafen, weil ich völlig aufgekratzt war von den vielen Eindrücken, die auf mich eingeprasselt waren. Am Sonntagmorgen setzte ich mich oft auf die Terrasse des Cafés nebenan und gönnte mir mit meinem Trinkgeld den Luxus von Kaffee und Croissant. Eines Tages sprach mich der Cafébetreiber an. »Sie arbeiten doch bei Jules & Juliette?« Er habe mich am Vorabend beim Bedienen auf der Terrasse gesehen. Ich antwortete, ja, ich sei da als Aushilfe tätig. Der Typ wirkte beeindruckt. Er wollte wissen, ob »der Laden läuft«. Wir unterhielten uns eine Weile. Zwischen uns entspann sich eine gewisse Vertrautheit, die dazu führte, dass wir uns gegenseitig mit neuen Augen sahen. Gestern noch hielt er mich für eine dubiose Künstlerin, während ich ihn als kleinen Krämer mit Sympathien für den Front National abgestempelt hatte. Und nun tauschten wir uns über die Gastroszene im Viertel aus, über Restaurants mit richtig guter Küche und solche, wo man über den Tisch gezogen wurde. »Gestern war die Hölle los.« – »Wir hatten hundert Essensbestellungen, am Ende waren wir völlig geschlaucht.« Diesem Cafébetreiber konnte ich so was erzählen. Wir hatten plötzlich etwas gemeinsam. Ich wandelte mich von der arbeitslosen Schmarotzerin zur Kollegin, zur Genossin im großen Chor der Arbeitenden Bevölkerung.

Allmählich arbeitete ich mich ein. Meine Hände kamen mir händischer vor. Meine Füße füßiger. Meine Erschöpfung zeigte mir, dass mein Körper sich wieder in das tätige Leben eingegliedert hatte, die einzige anerkannte Form von Leben, und die, die am schwersten zugänglich ist. Die Welt war nicht länger ein formlos-ungreifbares Gebilde, sie bestand aus leibhaftigen Kunden, denen man abends das Essen servierte.

10

Jules und Juliette gaben mir ein paar Wochen lang regelmäßig Arbeit, dann riefen sie ohne erkennbaren Grund seltener an. Inzwischen war es allerdings Hochsommer, die Saison war in vollem Gange, mehrere Gastwirte kramten meinen Lebenslauf wieder hervor, und ich wurde so ziemlich überall auf Probe beschäftigt.

In der Gastronomie gibt es alle möglichen Sorten von Wirten: den, der unaufhörlich ackert, den, der gegen 22 Uhr eintrudelt und sich ein Gläschen nach dem anderen genehmigt, während du dir die Hacken abrennst; den, der dir nicht erlaubt, nach der Schicht ein Bier zu trinken, den, der dir verbietet, bei der Arbeit Hosen zu tragen; da gibt es die Wirtin, die jeden Gast mit Vornamen kennt, und die, die ihre Gäste beschimpft, es gibt den Wirt, der alle zehn Minuten eine rauchen geht und nur zum Kassieren wieder reinkommt, den, der jeden Abend dreißig Baguettebrote wegwirft, und den, der noch den kleinsten Rest verwertet; es gibt den Wirt, der deinen Verdienst aufrundet, den, der einen Teil des für die Kellnerinnen bestimmten Trinkgelds einbehält, den, der sich Geld aus der Restaurantkasse nimmt, um seiner Freundin Hummer auszugeben; es gibt den Wirt, den man leicht übers Ohr hauen kann, den, der in seiner Steuererklärung jede deiner Arbeitsstunden angibt, die Wirtin, die dir zu viel vorschreibt, den Wirt, der dir gar nichts erklärt; es gibt die Wirtin, die Angst hat, ihren Kredit nicht abzahlen zu können, und die, die ihr Personal allwöchentlich auswechselt … Und wie sie alle wirbelten, schufteten, malochten! Bei den Angestellten konnte ich das ja nachvollziehen, bei den Wirten aber nicht. Dabei sind die am meisten von den Berufskrankheiten betroffen. Sie sagten etwa: »Eine Pause ist nicht drin«, oder: »Von wegen Fünfunddreißig-Stunden-Woche.« Wenn ich dann die Gäste sah, die für ihr Menü 25 Euro entrichteten und das mit vierzig multiplizierte, den Wein nicht eingerechnet, konnte ich nicht so recht begreifen, warum denn *gar* keine Pause drin war. Keine Ferien, keine Krankschreibung, die Angst vor einem Bankrott, der Abscheu gegen Arbeitslosigkeit. Natürlich, der Kredit, die Fixkosten, aber ich werde den Gedanken nicht los, dass Arbeit auch so etwas ist wie eine Droge, sie blendet das Bewusstsein aus, bewirkt, dass man dank äußerer Anstrengung aus sich selbst heraustritt. Einer von ihnen gestand es mir freiheraus: »Ich hab jeden Tag geöffnet, weil ich mich zu Hause nur langweilen würde.«

Aber warum wollte mich keiner dieser Wirte behalten? Ich beging keine groben Fehler, man warf mir nie etwas vor, aber man rief mich auch nicht wieder an. Nach Gastspielen in einer zwielichtigen Pizzeria, einem Imbiss, der vegetarische Steaks anbot, und bei zwei Empfängen mit *Catering*service, wo ich lokalen Honoratioren volle Champagnerkelche reichte, meldete sich ein Weinbistro bei mir. In Lyon hatten in den letzten Jahren viele Weinbistros eröffnet, weil alle Franzosen sich für Weinexperten ausgaben, um nicht als Alkoholiker zu gelten. Ich ging nicht davon aus, dass ich lange dort bleiben würde, da ich von der Materie nicht die geringste Ahnung hatte. Für den Wirt – Sohn bekannter Winzer, der sich bei seinem Vornamen Patrick nennen ließ – spielte das aber keine Rolle. Die önologischen Kenntnisse, die er mir vermittelte, beschränkten sich darauf:

»Die Karte mit den Rotweinen reicht von den ganz leichten zu den tanninhaltigsten, die Karte der Weißen von den trockensten zu den ganz lieblichen. Gib an, ob trocken/lieblich, leicht/schwer, das genügt schon. Die meisten Gäste haben einen Lieblingswein, sie kennen sich überhaupt nicht aus und nehmen immer wieder denselben. Wenn du nicht weiterweißt, zeigst du einfach in die Mitte, das ist der Syrah, den mag jeder. Wenn's ein Weißer sein soll, verkaufst du ihnen den Vieilles Vignes, der bringt mir am meisten ein. Wenn ein Gast dir blöd kommt, gibst du mir einfach Bescheid, dann übernehme ich.«

Diese Ausbildung wurde durch etliche Weine ergänzt, die ich vor Ort verkosten durfte. Wenigstens in dieser Hinsicht war Patrick nicht knauserig. Ansonsten befolgte ich Amélias Rat: immer Haltung bewahren. Und so beriet ich schon an meinem ersten Tag, ohne mit der Wimper zu zucken, zehn japanische Touristen, die an diesem *typical* Schauplatz der französischen Kultur haltmachten.

Unser Team wurde, wie so oft, durch einen Schwarzen ergänzt, dem neben der ganzen Spülerei noch die undankbare Aufgabe zufiel, die zahllosen Gläser zu polieren. Er hieß Hubert und zeigte mir, wie man das Geschirr in die Spülmaschinen räumte. So konnte er zwischendurch rausgehen und eine rauchen.

Das Bistro hieß *Ein Keller voller Narren,* ich nannte es insgeheim *Ein Keller voller Pappnasen, Ein Keller voller Pfeffersäcke* oder *Ein Keller voller Knalltüten.* Ich mochte dieses Lokal schon deswegen nicht, weil man dort kein gutes Essen bekam. Patrick traf zur selben Zeit ein wie ich, um 19 Uhr 20, und öffnete zehn Minuten später. Er hatte nur Gerichte im Angebot, die mit dem Metro-Siegel versehen waren. Den ganzen Abend über steckte ich Aluschalen in die Mikrowelle, kippte deren Inhalt auf Teller, die ich mit frischer Petersilie oder Balsamicoschnörkel aus der Tube dekorierte, ehe ich sie mit einem Lächeln servierte. Und dann sagten mir die Gäste auch noch: »Kompliment an den Küchenchef …«

Vor allem jedoch wegen des Publikums arbeitete ich nicht gern in diesem Lokal. Es gehörte zu den bestbesuchten der Stadt. Dort gaben sich BWL-Studenten, Steuerberater, Immobilienmakler, Trullas nach der Fettabsaugung, reiche Silikontussis oder Anwälte für Privatrecht die Klinke in die Hand. In meinen Augen sahen sie alle gleich aus. Waren alle Nervensägen, die mir nie Trinkgeld gaben. Zählten alle zur Gattung derer, für die nur Menschen galten,

die man bedient
die sich chauffieren lassen
die in Großklotzdorf geboren sind
    und nicht in Ohnemoos
die mit einer heißen Kartoffel
    im Mund reden
die noch nie mit dem Bus gefahren sind
die Boni einstreichen
die sich maniküren lassen
die von Spesen leben

die nie ihre Teller leeressen
die sich stets Käse, Dessert, Kaffee und Likörchen
gönnen
die ferienhausen
die schamfreisen
die nieschlangestehen
die Innenstädte gentrifizieren
die börsenkursen
die tennisplatzen
die 
die 
und die 

Ich bekam 10 Euro die Stunde, aber wenn Patrick an einem einzigen Abend 3000 Euro kassierte, fand ich es ganz schön unverschämt, dass er mir nicht mehr zahlte oder Hubert keine Festanstellung anbot. Wir beide machten ja ungelogen die ganze Arbeit. Sobald Patrick die Gäste an ihren Tisch geführt hatte, verkroch er sich nämlich mit seinen Kumpanen in eine Ecke. Seine Berufsauffassung war eine ganz andere als die von Jules.

»Dieses Bistro betreibe ich seit zehn Jahren. Ich habe Unmengen von Gästen erlebt. Wenn man fünf Tage die Woche dreißig bis hundert Personen empfängt, bekommt man mit der Zeit einen ziemlich guten Eindruck von der menschlichen Spezies. Alles Idioten. Vor allem die Männer. Guck dir an, wie blöd die sind, finden nicht mal das Klo. Die alten Idioten, die auf Snob machen, kann ich nicht leiden. Die jungen Beaujolais-Nouveau-Trottel gehen mir auf den Zeiger. Besoffene Fleischpakete. Also halte ich mich an die vier Kumpels, die ich habe, und rede sonst mit niemandem. Wem das nicht passt, der kann sich gern ein anderes Bistro suchen.«

Die jungen und die alten Trottel brachten Patrick jedoch eine Menge ein. Für eine Flasche Crozes-Hermitage zahlte er im Einkauf 6 Euro. Das erste Glas verkaufte er für 5,50 Euro. Für den Vacqueyras, Gigondas, Chablis und Givry verlangte er bereits 7,50 Euro und für den Côte-de-Beaune 8. Die blöden Gäste ließen sich das gefallen. Bestellten sogar ein zweites, dann ein drittes Glas. Bezahlten meinen dreifachen Stundenlohn für ein Fertiggericht aus der Tiefkühltruhe. Zückten, ohne zu murren, ihre Kreditkarte. Das machte mich wahnsinnig.

11

Hubert und ich hatten uns angewöhnt, vor der Schicht zusammen ein Gläschen zu trinken. Eines Abends tauchte Hubert nicht auf. Besorgt fragte ich bei Patrick nach.

»Hab ihn gefeuert«, sagte er. »Ich brauch ihn nicht mehr. Man darf solche Leute sowieso nicht zu lange beschäftigen, das gibt immer Probleme.«

Innerlich schrie ich, dass »solche Leute« vielerlei Vorzüge hatten. Dem typischen Tellerwäscher, der keine Papiere hatte, musste man keine Abfindung zahlen, musste nicht befürchten, dass er einen verklagte, beispielsweise wegen eines Arbeitsunfalls, oder eine Lohnerhöhung verlangte … Doch aus meinem Mund drang kein Ton.

»Es ist nämlich so, mein Bruder Charles ist aus Paris zurückgekehrt. Seine Frau hat sich von ihm getrennt. Ich kann ihn doch nicht im Regen stehenlassen, er ist mein Bruder. Von heute an kümmert er sich mit mir zusammen um die Gäste.«

»Und was mache ich?«

»Ich behalte dich als Tellerwäscherin. Deswegen habe ich Hubert gefeuert. Aber keine Sorge: Sobald mein Bruder Arbeit gefunden hat, arbeitest du wieder als Servicekraft.«

Dieses Krisenmanagement, wie es so schön heißt, machte mich sprachlos.

Und so wurde ich Tellerwäscherin, die ihre Spülküche im hintersten Winkel nicht verlassen durfte. Genauso gut hätte man mich in den Hinterhof sperren können, wo ich meinen einsamen Hintergedanken, die einen bitteren Hintersinn bargen, selbst überlassen war. Eigentlich ist es meine Schuld, sagte ich mir, wenn ich nach einem Sommer, den ich voll und ganz der Arbeitssuche gewidmet habe, hier strandete. Guter Wille allein reichte nicht. Ich stellte mich oft ungeschickt an, war weder so redegewandt noch so versiert wie die jungen Frauen, die eine Hotelfachschule besucht hatten. In körperlicher Hinsicht würde ich das nicht lange durchhalten, in sozialer Hinsicht war es eine Sackgasse. Meine Umschulung war gescheitert, weil sie für mich nur eine Notlösung darstellte. Und die Wirte merkten, dass ich kein Profi war. Sie hegten – und das völlig zu Recht – eine Abneigung gegen solche Stümper wie mich. Ich hätte mir lieber einen Beruf suchen sollen, der im Einklang mit meinem Studium stand, anstatt mich in diese Klemme zwischen aufreibendem Minijob und hungertuchnagender Arbeitslosigkeit zu manövrieren.

Charles, den Bruder von Patrick, lernte ich bald kennen. Er benahm sich in etwa so unaufdringlich wie ein sturzbetrunkener Senator, wenn er durch die Schwingtür trat, die den Schankraum von meinem Verschlag trennte. Jedes Mal ließ er Bemerkungen fallen wie: »Und das ist für meine Schönheitskönigin«; »Du solltest deine hübschen Hände schonen, wäre schade drum«; »Da will dich jemand heiraten. Und weißt du wer? Ich!«

Jeden Abend, *jeden Abend,* JEDEN ABEND fragte er mich, was ich nach meiner Schicht vorhätte. »Wollen wir was trinken gehen?«; »Wie wär's mit einer Extraschicht in meinem Bett?«; »Allein schlafen ist doch traurig …« Ich lachte nervös, suchte nach einer passenden Antwort. Charles hielt sich für ausgesprochen geistreich: »Wann darf ich mal in deiner Spüle baden?«; »Körbchengröße 90B, oder? Das erkenne ich auf den ersten Blick!« Und wenn ich ihn zurechtwies, sagte er: »Reg dich ab, war nur nett gemeint. Darf man denn gar nichts mehr sagen? Du bist doch hoffentlich keine Feministin, oder?«

Ich gab ihm deutlich zu verstehen, dass mir seine Sprüche auf die Nerven gingen, ich hätte Besseres zu tun und außerdem einen Freund. Charles ließ sich davon nicht entmutigen: »Er kann gern zugucken, mich stört das nicht«; »Wie oft treibt ihr's miteinander?«; »Verlangt er von dir so richtig versaute Sachen?«

Der Typ war eine einzige Plage. Vor Hass sträubten sich mir die Nackenhaare, sobald er die Schwingtür aufstieß. »Mach schon, reib ihn, reib ihn trocken. Du brauchst nur einen Teller zu berühren, da kommt es mir schon …«; »Ich versteh nicht, wie man 'ne Schwuchtel sein kann, Frauen sind doch das Schönste!«

Ich konnte noch so oft sagen, dass ich kein Interesse hatte, dass ich seine Spielchen satthatte, dass ich gern in Ruhe arbeiten wollte – Charles ließ einfach nicht locker. Ach, hätte ich beim Spülen nur seine schmierigen Bemerkungen mit abwaschen können … Leider verfolgten mich seine widerlichen Anzüglichkeiten bis nach Hause. In meinem Bett heulte ich vor Wut. Charles war ein typischer Vertreter dieser weltweiten Seuche namens DER BLÖDE MACKER.

Selbstsicher Stolz auf seinen Dödel DER BLÖDE MACKER
Baggert alles an, was nicht bei drei auf den Bäumen ist DER BLÖDE MACKER
Er gibt nie auf DER BLÖDE MACKER
Er ist respektlos DER BLÖDE MACKER
Er findet sich witzig DER BLÖDE MACKER
Er hält sich für unwiderstehlich DER BLÖDE MACKER
Er ist leicht erregbar DER BLÖDE MACKER
Also macht er sich an dich ran DER BLÖDE MACKER
Ein wandelnder Schwanz DER BLÖDE MACKER
Glotzt dich ständig blöd an DER BLÖDE MACKER
Er nimmt sich alles heraus DER BLÖDE MACKER
Er nennt dich Süße DER BLÖDE MACKER
Er kratzt an deine Tür DER BLÖDE MACKER
Am liebsten würde ich ihm die Eier abschneiden DEM BLÖDEN MACK ER
War doch nur ein Witz, aber Humor hat er nicht DER BLÖDE MACKER

12

Eines Abends staubte ich eine Flasche Corbières ab. Patrick merkte nichts. Also ließ ich noch mehr Flaschen mitgehen. Fertiggerichte. Eine Karaffe. Einen Teller. Ich konnte nicht anders, so lächerlich das auch war. Als könnte ich mich mit diesen läppischen Diebstählen für die Schmähungen rächen, die man mir antat. Meine Verachtung für Patrick nahm umso mehr zu. Ich fand ihn genauso arschig wie seine Gäste und redete praktisch nicht mehr mit ihm. Es war ihm gelungen, seine Menschenfeindlichkeit auf mich zu übertragen.

Darum war ich so überrascht, als Bertrande mich besuchte. Es war an einem Donnerstag. Mein arschiger Boss rauchte mit seinen beschissenen Freunden eine verfickte Zigarette, während ich als Einzige meine Arbeit machte und mich dabei ständig gegen Charles' Übergriffigkeit zur Wehr setzen musste. Doch als ich Bertrande kommen sah, lachte mir das Herz, allem Ungemach zum Trotz. Die liebe alte Bertrande, was hatte sie hier zu suchen?

»Ist doch klar – ich wollte dich sehen!«

Ich fragte mich, woher sie wusste, dass ich hier arbeitete. In den letzten drei Monaten hatte ich so oft das Lokal gewechselt …

»Oh, hier im Viertel spricht sich doch alles herum. Und alten Damen wie mir trägt man sowieso alles Mögliche zu.«

Ich schenkte ihr ein Glas Pinot ein.

»Der ist gut köstlich.«

Und dann erzählte sie mir, sie werde verreisen.

»Ach was! Und wohin?«

»Das weiß ich noch nicht. Ich suche ein Land, wo die morgendlichen Radiomeldungen weniger konfliktreich sind.«

»Danach kann man seine Urlaubsziele doch nicht auswählen.«

»Ich schon.« Und dann fügte sie hinzu: »Danach komme ich aber zurück. Ich habe hier noch so viel zu tun.«

Ich verfiel wieder in Mürrischkeit, als ich an die Spülarbeit dachte, die mir all diese Pommard trinkenden Wichser hinterließen, die sich gegenseitig ihre Rolex zeigten.

»Na na na! Was sind das nur für hässliche böse Gedanken!«, misstadelte Bertrande.

»Was für böse Gedanken?«

»Die dir eben in den Sinn gekommen sind.«

»Jetzt können Sie sogar meine Gedanken lesen?«

Im Grunde erstaunte mich das kaum. Bertrande hatte schon immer etwas von einer gütigen Hexe gehabt.

»Sie haben mit diesen Leuten ja nicht tagtäglich zu tun. Und ich hasse die, das gebe ich offen zu. Vor allem Charles. Ihn hasse ich aus ganzem Herzen.«

»Was diesen jungen Mann angeht: Hast du schon mal daran gedacht, dir helfende Unterstützung zu holen?«

»Helfende Unterstützung?« *[Ich hatte Bertrandes Ple-*

onasmen ganz vergessen.] »Wo denn? Etwa bei der Polizei?«

»Fang erst mal mit deinem Boss an. Schließlich ist er dafür verantwortlich, dass hier Anstand herrscht.«

»Anstand? Das ist ihm so was von schnurz.«

»Wieso bist du dir da so sicher? Das Leben ist nie so gut oder so schlecht, wie man glaubt.«

»Hm. Das habe ich doch schon mal irgendwo gelesen.«

Ich räumte eine Ladung Gläser aus der Spülmaschine und kehrte dann zu meiner Guten Fee zurück.

»Man kann sich aus jeder Notlage befreien, man muss sich nur zu wehren wissen.«

»Ich bin aber auf diese Arbeit angewiesen! Sonst hat es nirgendwo geklappt. Ich kann hier nicht kündigen, nach so vielen Fehlschlägen …«

»Dann solltest du dich bei deinem Boss beschweren. So unerschütterlich fest wie gelassen ruhig.«

»Ich werd's versuchen, aber ich mache mir keine Hoffnungen.«

»Es ist sowieso deine ultimativ letzte Chance.«

Und dann verlor ich Bertrande aus den Augen.

14

Am nächsten Tag beschwerte ich mich bei Patrick über Charles. Gelassen und unerschütterlich. So könne ich nicht arbeiten. Es handle sich eindeutig um sexuelle Belästigung. Ich wolle wieder als Kellnerin im Schankraum arbeiten.

Patrick ließ mich abblitzen.

»Wir machen den Service schon zu zweit. Du bleibst in der Küche und spülst. Und wenn dir das nicht passt, ziehst du eben Leine. Es gibt genug Mädels, die deine Arbeit mit Kusshand übernehmen.«

Ich hätte mich als Kellnerin beworben, nicht als Tellerwäscherin.

»Na und? Probier's doch mal in anderen Läden, dann wirst du sehen, wie gut du es hier hast. Spülen tun die Maschinen, du brauchst dich nicht groß anstrengen.«

Diese Maschinen müsse man aber ein- und ausräumen, wandte ich ein, die Hitze sei echt unangenehm, und manchmal spülten die Maschinen nicht richtig. Und sein Bruder …

»Mein Bruder will dich nur ein bisschen necken. Lass ihn einfach reden … So ist er halt, mein Brüderchen. Der vergewaltigt schon niemanden. Schwamm drüber, mach jetzt schnell die Desserts fertig, gleich kommen die Gäste.«

Patrick musste seinem Macker-Bruder jedoch was geflüstert haben, denn noch am selben Abend bekam ich zu hören: »Na Schätzchen, du hast also Angst vor mir? Das finde ich ja so geil«; »Das Feuer Ihrer Augen legt mein Herz in Asche …« *[schmieriges Lachen];* »Damit trete ich dir hoffentlich nicht zu nah?«; »Soll ich dich später nach Hause begleiten? Ich möchte nicht, dass dir etwas zustößt.«

Ich brachte Stunden damit zu, mir Szenarien auszumalen, in denen Charles ums Leben kam, Lyon verließ, krank wurde oder sich ein anderes Opfer suchte. Mein Hass war so intensiv, dass ich begriff, was »vorsätzlich« bedeutete. Ich hätte ihn töten können. Seine Bemerkungen wurden immer dreister: »Meine Schwanzlänge beträgt 19 Zentimeter. Nur so zur Info«; »Rasierst du dir eigentlich die Muschi?« Bislang hatte mich Charles allerdings niemals angerührt.

Eines Abends betrat er die Spülküche, ohne dass ich es gleich merkte. Wollte er mich nur kitzeln oder meine Brüste betatschen? Das sollte ich nie erfahren. Kaum hatte ich seine Hände an meinen Hüften erblickt, bekam ich Panik – ich dachte, er wolle mich umklammern. Also drehte ich mich um und verpasste ihm einen Faustschlag.

»Lass mich!«

Ich hatte ihn mit beiden Fäusten an der Kehle getroffen. Keuchend fiel er auf die Knie. Diese erste Gewalttat setzte in mir ungeheure Kräfte frei. Ich schnappte mir eine Bratpfanne **—O** und drosch damit auf ihn ein:

Du nervst!!!!!!
Du nervst!!!!!!!!!!!!!!!!!!
! Du NERVST!!!
Und ich haute ihm **BaNg**
BInG
BinG! BoNG BoNG! BinG!
auf den Kopf
das Blut spritzte nur so ⋲

Das war, wie Sie sich denken können, mein letzter Abend in der Gastronomie. Aber was für ein köstlicher Moment. Charles kreischte vor Angst. Ich hätte ihm nur allzu gern den Rest gegeben, aber da bekam ich selbst eine Ohrfeige ab. Patrick war dazwischengegangen. Die nächste Einstellung zeigt uns alle drei im Schankraum, mitten unter den Gästen. Der Aufruhr war nicht zu übertreffen. Ich schrie: »Er hat es so gewollt! Er hat es so gewollt!« Charles, das Gesicht ganz verschwollen, jaulte, ich sei eine Schlampe, eine ganz miese Schlampe. Ich nahm eine Weinflasche von einem der Tische und schleuderte sie ihm entgegen. »Komm ja keinen Schritt näher!« Ich schrie sowohl aus Angst als auch aus Hass. (Ehrlich gesagt steckt mir diese Angst immer noch in den Knochen, mir klopft jedes Mal das Herz bis zum Hals, wenn ich auf der Straße die Gestalt meines Peinigers zu erkennen glaube.) Patrick brüllte: »Hau ab! Verzieh dich!« Ich keifte: »Mein Mantel! Gib mir meinen Mantel!« Ich zitterte am ganzen Leib. Patrick stopfte mir mein Zeug in die Arme und schob mich unsanft aus der Tür. Die Gäste trauten ihren Augen nicht.

Niemand schritt ein. Mit pochendem Herzen rannte ich zur Polizeiwache. Ich hatte immer noch die Bratpfanne in der Hand, an der blutige Fetzen der Charlesken Kopfhaut klebten. Vielleicht war das der Grund, warum der wachhabende Polizist, der sich meinen Bericht anhörte, am Ende meinte, es sei vielleicht ein bisschen heikel, Anzeige zu erstatten, schließlich sei ich diejenige, die an diesem Abend eine Straftat begangen hatte.

*

Keiner von uns erstattete Anzeige, wir ließen es dabei bewenden. Ich ging nach Hause. Es war Nacht. Ich hatte Angst. Ich hatte Schmerzen. Zu behaupten, ich hätte schwarzgesehen, wäre eine Untertreibung. Das Leben war einfach zu hart. Ich hatte es satt, arm zu sein, hatte es satt, für einen Hungerlohn zu schuften, hatte die ewigen Rechnungen und die ferienlosen Sommer satt. Seit Monaten kämpfte ich mich unaufhörlich durch, gäbe es denn nie eine Verschnaufpause? Mit zwei Jahren hatte man mich in den Vorschulkindergarten gesteckt, und dann folgten zwanzig Jahre, in denen ich guten Noten nachrannte, um Anerkennung heischte, Prüfungen absolvierte; danach rannte ich einem Diplom, einem Gatten, einer Karriere nach; am Ende rannte ich meiner Sozialhilfe hinterher, dann jämmerlichen 10 Euro. Wenn man immer wieder scheitert, wenn die Ungerechtigkeit zu groß wird, ist irgendwann der Punkt erreicht, an dem einem nichts anderes mehr übrigbleibt, als aus dem Rennen auszuscheiden.

BONUS

1. Verzeichnis der Autoren, deren Werk am meisten zitiert, geplündert oder zersetzt wurde

APOLLINAIRE
BAUDELAIRE
BERGOUNIOUX
CERVANTES
CLAUDEL
DUBUFFET
ÉLUARD
FEDERMAN
FLAUBERT
LA FONTAINE
GASS W. H.
GUEHENNO
HAMSUN
HENRY
HUGO (FERDINAND FREILIGRATH)
JOYCE
LEVE
MARX
MOIX
MOLIÈRE
NIZAN
ORWELL
PAGNOL
PINGET
PROUST
RACINE
RIMBAUD
RONSARD
ROSTAND
ROUBAUD
ROWLING
SALTER
DE VAN
VITTORINI

Für die deutsche Ausgabe außerdem:

GÜNTHER, JOHANN CHRISTIAN
v. LOHENSTEIN, DANIEL CASPER
MUSIL, ROBERT
PAUL, JEAN
SCHMIDT, ARNO

2. Nicht verwendete Szenen

AUSZUG AUS EINEM URSPRÜNGLICH GEPLANTEN VIERTEN TEIL

Ich rappele mich hoch und stoße – BÄNG! – gegen einen Wegweiser:

Ach, endlich würde ich aus dieser Falle hinausfinden. Ich eile in die angegebene Richtung. Doch kaum habe ich ein paar Meter zurückgelegt, treffe ich drei Ziegenböcke, die auf einem Felsvorsprung Wache halten. Der erste Ziegenbock, behaart und mit sorgenvoller Stirn, sagt: »So gelangen Sie nie zur Wirklichkeit.«

Der zweite Ziegenbock, bärtiger und mit gestrengen Augenbrauen, sagt: »Dieser Weg ergibt keinen Sinn.«

Ich drehe mich um, weil ich auf den Wegweiser deuten will, aber er ist verschwunden. Da setzt sich der dritte Ziegenbock auf seine Hinterbeine und ruft: »Ich sodomisiere den Staatschef! Den Staatschef sodomisiere ich.«

Die beiden anderen sind entrüstet. Für meinen Geschmack ist das ein kleines bisschen zu ordinär.

Nicht, dass ich für Staatschefs große Bewunderung hege, aber was zu weit geht …

»Sehen Sie es ihm nach«, sagt der erste Ziegenbock. »Es liegt an dieser Geschichte mit Hector und Sirine, sie hat ihn in Stimmung gebracht.«

Diese Bemerkung macht mir wieder Mut. Wenn die Ziegenböcke dem dritten Teil folgen konnten, entbehrt der Roman nicht einer gewissen Logik. Ich verzeihe ihm gern und frage alle drei, was ich tun muss, um zur Wirklichkeit zurückzufinden.

»Nehmen Sie den Weg, der hinter Ihnen liegt«, sagt der erste Ziegenbock.

»Sie müssen die Gegenrichtung einschlagen«, wirft der zweite ein.

Und tatsächlich, kaum habe ich mich umgedreht, erscheint ein anderer Wegweiser:

WIRKLICHKEITSSINN

WIRKLICHKEIT

»Ich aktualisiere den Betreff! Den Betreff aktualisiere ich!«, blökte der dritte Ziegenbock.

»Ah, schon besser.«

»Ja, höflicher.«

»Aber das ergibt hier keinen Sinn.«

»Nicht auf den Sinn kommt es an, sondern auf die

Richtung«, fällt mir der erste Ziegenbock ins Wort, von dem ich mir am meisten Unterstützung verspreche.

Ich nehme Abschied von dem Trio und schlage die angegebene Richtung ein. Doch plötzlich ragt ein dritter Wegweiser vor mir auf, der mich um ein Haar erschlagen hätte:

SINN UND RICHTUNG DER WIRKLICHKEIT

WIRKLICHKEIT

»Kein Wunder«, sagt der zweite Ziegenbock und reibt sich das Bärtchen. »Sie sind gegen den Sinn und damit in die falsche Richtung gegangen.«

»Welche Richtung meinen Sie denn? Ich habe doch Ihre Anweisungen befolgt«, antworte ich und kehre zurück, von diesem Spielchen genervt.

»Sie haben nicht die sinnvolle Richtung eingeschlagen«, sagt der erste Ziegenbock. »Achten Sie auf den Pfeil.«

»Ich monopolisiere das Reff! Das Reff monopolisiere ich!«

»Er soll endlich den Mund halten, das ist ja unerträglich!«

Ich suche den Pfeil, von dem der erste Ziegenbock mir gerade erzählt hat. Mir wird ganz schwindlig, als ich sehe, dass ein neuer Wegweiser aufgetaucht ist:

WIRKLI
CHKEIT

WIRKLICHKEIT (DIE SINN ERGIBT)

3. Exposé

Bewerbungsbrief, der im April 2014 an die Leiterin der Schriftstellerresidenz *Reine Erfindung* (Departement Lot) ging.

Sehr geehrte Isabelle Desesquelles,

jedes Mal, wenn ich ein neues Buch beginne, kommt es mir so vor, als schriebe ich das Gegenteil des vorangegangenen. Mein erster Text, *La Cote 400,* ist der Monolog einer durchgeknallten Bibliothekarin, der zweite, *Journal d'un recommencement,* führt ins Herz einer katholischen Kirche, die im Verfall begriffen ist, der dritte, *La Condition pavillonnaire,* zeichnet ein ganz alltägliches Leben in einem Einfamilienhaus nach. Mein vierter Roman schließlich, den ich gern in der von Ihnen gegründeten Residenz beenden würde, trägt den Arbeitstitel *Arbeitslos* und erzählt auf heitere und abwechslungsreiche Weise von den misslichen Abenteuern einer Arbeitslosen.

Auch dieser Roman nötigt mich, neue Wege zu beschreiten, damit er sein Ziel erreicht. Ich schlage nun eine Richtung ein, die ich bisher nicht kannte, was mir durchaus gefällt. Es wird wohl ein Roman in Dialogform werden, in der Tradition von *Jacques der Fatalist und sein Herr*. Vielleicht lasse ich mich auch ein bisschen von Sternes frei mäandernden Abschweifungen leiten. Die Geschichte wird immer wieder unterbrochen, durch die Mutter der Erzählerin, die sich um das finanzielle Wohlergehen ihrer Tochter sorgt, durch deren besten Freund, durch Leser und

Leserinnen, die sich einmischen, den Text kommentieren, gar gegen das Los protestieren, das ihnen dort beschieden ist …

Der Roman hat auch klassische Elemente, er weckt Empathie und wird in drei Teilen erzählt, die jeweils aus kurzen Kapiteln bestehen. Es gibt eine Handlung: Die Arbeitssuche einer jungen Vertreterin des Prekariats. Ich habe zwar nicht den Anspruch, ein objektives Bild der Arbeitslosigkeit zu vermitteln, aber ich möchte, dass dieses Buch etwas von unseren gegenwärtigen Existenznöten widerspiegelt, etwas Prosaisches und Drängendes, das von wirtschaftlichen Problemen zeugt. Es soll aber weder ein Sachbuch zum Thema Armut werden noch ein Manifest. Ich habe nicht vor, Knut Hamsuns *Hunger* oder *Erledigt in Paris und London* von George Orwell zu schreiben, auch wenn beide Bücher mich zutiefst beeindruckt haben, nicht zuletzt aufgrund ihrer literarischen Einzigartigkeit.

Mein Roman soll definitiv Spaß machen und ganz bewusst voller Unterbrechungen sein, nach dem Vorbild des franko-amerikanischen Schriftstellers Raymond Federman und seiner Romane *Amer Eldorado* oder *Retour au fumier*. Der Alltag einer Heldin, die ohne Geld, ohne Arbeit zurechtkommen muss, kann schnell deprimierend werden, mein Buch soll aber nicht bedrücken. Ich habe diesen Text angefangen, weil ich mich amüsieren wollte. Nachdem ich in *La Condition pavillonnaire* so viel Kraft aufwenden musste, um Gegensätzliches zu verbinden, wollte ich einen ganz anderen Weg beschreiten und meiner Phantasie freien Lauf lassen, ohne mir irgendwelche Zwänge aufzuerlegen. Und so fingen Gegenstände an

DANK

Bernard Lahire

Centre national du livre

Geneviève Villard
und der Kulturabteilung der Region Rhône-Alpes

Isabelle Desesquelles und der Résidence De Pure Fiction

Bibliothek Denis Diderot

Sylvain Trudel

Daniel Robitaille, Agence Paprika für den Satz

Marie-Laure Walckenaer

und

Brigitte Bouchard

Dank der Übersetzerin an

Susanne Lange, Angelika Klammer, Marie Luise Knott
und alle Teilnehmerinnen und Teilnehmer des DÜF-Seminars »Stilerkundungen« im Sommer 2016

Monika Rinck, www.begriffsstudio.de

ihre Lektorin Claudia Puls und alle im Hause Ullstein,
die dieses Wahnsinnsprojekt auf Deutsch gestemmt haben

Ein Extra-Dank an Annika Preyhs und Constance Stifft
(Satz und Herstellung)

zu sprechen, tauchte der Teufel auf, wurden die Listen bedrohlich länger, geriet die Typographie in Bewegung ... Nachdem ich unter dem Einfluss einer *puristischen* oder *schnörkellosen,* jedenfalls durchgehend ernsten Schreibweise intellektuell gereift bin, habe ich nun das exakte Gegenteil in Angriff genommen und bin bei einer Schreibweise angelangt, die man als *barock* bezeichnen könnte.

Dass wir uns aber richtig verstehen: Lustig ist nicht die Arbeitslosigkeit, lustig sind die Feste, welche die Literatur uns immer wieder bereiten kann.

Wie Sie sehen, wimmelt es in diesem Buch von vielen unterschiedlichen Elementen, momentan ist es noch ein großer Sack, in den man alles Mögliche stopfen kann. Ich brauche unbedingt mehr Klarheit. Weil ich aber im September ein Buch veröffentliche und halbtags arbeite, werde ich wohl monatelang keine Zeit haben, mich in Ruhe daran zu setzen. Aus diesem Grund würde ich den Roman gern in der Residenz *Reine Erfindung* abschließen, die diese ersehnte Ruhe verheißt.